在龙华跳舞的两个原则

邓一光 著

人民文学出版社

图书在版编目(CIP)数据

在龙华跳舞的两个原则/邓一光著.—北京:人民文学出版社,2021
ISBN 978-7-02-016500-1

Ⅰ.①在… Ⅱ.①邓… Ⅲ.①短篇小说—小说集—中国—当代 Ⅳ.①I247.7

中国版本图书馆 CIP 数据核字(2020)第 126000 号

责任编辑　马林霄萝
装帧设计　崔欣晔
责任印制　任　祎

出版发行　人民文学出版社
社　　址　北京市朝内大街166号
邮政编码　100705
网　　址　http://www.rw-cn.com

印　　刷　三河市中晟雅豪印务有限公司
经　　销　全国新华书店等

字　　数　195千字
开　　本　787毫米×1092毫米　1/32
印　　张　10.75　插页3
印　　数　1—10000
版　　次　2021年2月北京第1版
印　　次　2021年2月第1次印刷

书　　号　978-7-02-016500-1
定　　价　36.00元

如有印装质量问题,请与本社图书销售中心调换。电话:010-65233595

目 录

第一辑 重生

003 · 你可以让百合生长
086 · 我们叫作家乡的地方
117 · 万象城不知道钱的命运
141 · 离市民中心二百米

第二辑 梦境

167 · 深圳在北纬 $22°27'—22°52'$
193 · 深圳河里有没有鱼
209 · 台风停在关外

第三辑　隐秘

225· 宝安民谣
249· 在龙华跳舞的两个原则
273· 簕杜鹃气味的猫
299· 家乡菜，或者王子厨房的老鼠
322· 与世界之窗的距离

第一辑 重生

良善与尊严于危机四伏中绝处逢生

你可以让百合生长

一

我把美达揍了。本来不该揍,但揍了。

我们约好放学的时候和周星驰说话。不是香港的周星驰,是高三(一)班的一个男生,学校足球队的左边锋,长得不是一般的帅。他是伊顿公学锁定的目标。也许相反,伊顿公学是他锁定的目标。反正他挺棒的,书包里至少装了三个国际中学生理科竞赛的奖章,至于各种才艺证书什么的,估计他拿过不少,而且他一点儿也不在乎,都给他家那个著名高尚小区的小弟弟们叠纸飞机了。

我们打算对他下手。我是说,我、美达和朱星儿,我们仨。但美达破坏了计划。

我们在农林路拦住了他。他骑一辆六成新的"三枪"牌自行车,优雅地弓着箭鱼一般挺拔的身子,沿着阳光如洒的马路过来。我们都闭上了眼睛,我和朱星儿。这是规矩,帅哥过来的时候你得闭上眼。你可以把它当作某种仪式,也可以看成是紧张。有时候我会嚷嚷,谁给我可乐,我太激动了,快不行了!但这一次,我没有机会嚷。

在我和朱星儿闭上眼睛的时候,美达离开了我们。这个可耻的叛徒,她朝周星驰冲了过去。我不知道这中间她是不是摔了一跤,或者像风暴过后的帝企鹅一样,在阳光的照耀下张开傻乎乎的大嘴颤抖。反正等我睁开眼睛的时候,她呆呆地站在马路边上,被凤凰木漏下的阳光切割得零碎一片,像个刚做完脑白质切除术的白痴;而我们共同心仪的王子,却连影子都见不到了。

接下来发生的事情你们已经知道了,我把吃独食的菜花妹揍了。下次她再这样我还揍,揍得她不敢见阳光。我不在乎别人是不是拿我当女头领看待。我也不在乎人们用手机下载的那些歌是不是每三首就有一首是由她妈控股的那家著名上市公司提供的。难怪难听。

我得承认,我不是一个好女生。你也可以说我不是女生。没有人把我当成女生。连最有同情心的男生都不会把我当作女生。他们当中的大多数像躲避放射性元素一样躲着我,剩下几个有胆量的,他们拍着我的肩膀管我叫"嘿"。我和学校里的每一个男生刺儿头都打过架。我们互相把对方揍一顿,或者我被他们当中的谁把脸打开花,但通常最后赢的总是我。相信我,如果你被人揍倒了六十次,还能从地上爬起来,随时在他经过的任何一个地方出现,直视他的眼睛冲过去,最终出局的肯定不是你。其实我比男生干得出色,除了不能和他们一起站着撒尿,他们干的那些事我全都能干。因为这个,还因为别的,学校里所有的老师都在校长面前告过我的状。这当然不是什么好事。可我有什么办法?这个世界上有一个糟糕的我不是我的错。

现在有一道题,请回答。

一个十四岁的女生,她有一个不断复吸因此老在去戒毒所路上的父亲,一个总在鼓励自己日复一日说大话却缺乏基本生存技能因此不断丢掉工作的母亲,还有一个每天提出一百个天才问题却找不到卫生间因此总是拉在裤子上的智障哥哥,她该怎么办?

就是说——爸爸,一个让你怀疑做人有多么糟糕的人;妈妈,一个让你整天紧张兮兮的人;哥哥,一个让你觉得生活是多么无趣的人。想想这样的事情吧。

我就是这个女生。

我是深圳百合中学的一名特殊学生。作为外来务工特困家庭的子女,我在百合中学免费享受义务教育,同时协助学校的校工做一些杂活儿。你可以叫我学生,也可以叫我打工妹,随便。这是社区那些好心的大妈们干的。她们有本事组成庞大的亲友团,为我寻找一个又一个学校,把我像珍贵的熊猫似的骄傲地推荐给人们,并且把任何企图躲避的人逼到社会伦理的墙角里。事情就是这样,好事全让我碰上了,我得认。

我当然有自己的爱好。你也可以说是热爱。这有什么区别?我喜欢唱歌。但我不想像学校百合合唱团那些得意扬扬的小鸟们一样,每天在交掉作业之后不要脸地飞进练声房张开嫩黄的小嘴喊上一个小时。就算在这所二吊子"高富帅"和"白富美"聚集的名校,我是唯一白领课本不交钱的特殊学生,我也不想拥有这种白捡的机会。

我想做一名歌手。我是说,那种不需要和别的什么人乱糟糟挤在一起宣泄青春的歌队成员,而是一个人站在舞台中央,独自歌唱的歌手。

二

我就是这么认识左渐将的。他是百合合唱团的指挥,著名音乐人,我的偶像。我注意他很久了。我很少这么关注一个人。我的耐心有限。我对付不了整个世界。这个世界不属于我,我干吗要关心它?但有的事情你必须有耐心,比如对左渐将,他的出身正好和我有相像之处。关于这件事,我没有告诉他本人,也不会告诉任何人。

"你就是那个乌鸡变凤凰的例子,对吧?"

第一次站在左渐将面前的时候,我这么对他说。合唱团的小鸟们正矜持地从指挥办公室门外鱼贯而过,去练声室。朱星儿的娃娃脸在门口晃悠一下,消失了。我的注意力全在左渐将那张消瘦的脸上,没有留意朱星儿是否对我竖起小拇指,给我发来一个"NO"的警告。学校活动大楼另一头的乐团里,一支圆号在暗自抽搭。我应该感谢班主任黄莺的努力推荐,否则我根本没有可能踏进合唱团的指挥办公室,但我可不想一开始就让谁拿住。

左渐将坐在乱糟糟铺满了歌谱的办公桌前,费力地佝着背,吃着一片毫无姿色的隔夜面包。我去,他的样子可真是太老太弱了。他有多大年纪?他可一点儿也不像三十七岁零八个月又二十一天的男人。我敢保证,如果没有超过一百遍地研究过他的资料,在第一次见到他的活体时,我会拿他当一个随时需要关照的老人。

可是,在听过我的发声之后,你猜他怎么说?"很遗憾,你没有唱歌的天赋。你的声带没有打开。你多大?十四?看来打不开了。让我们想想,你还有别的什么兴趣?你为什么不去生物兴趣小组?"

他就是这么对我说的,一点客气也没有。这个结果我早知道,用不着他告诉我。不是知道声带这玩意儿,是知道"打开"。满校园的女生和男生都是花骨朵,都在打开或者已经打开了,可我除了打架斗殴、打碎教学用具、打扰同学做作业、打破校纪校规,还没有打过别的什么东西。我这朵蓓蕾没法打开,打不开,情况就是这样。但这个结果还是激怒了我。

"亲,我觉得吧,咱俩都是特殊人物,应该团结一致。"我叉开双腿,摆出一副满不在乎的样子说,"再说,你也不是正式老师。交响乐团什么时候把你开除的?我琢了个磨,你也不光是打开的高手,也有让人踢出场的时候。"

他停下吃面包,回过头来看了看我。不是看一下就把视线收走的那种看,而是坐正了身子,目光集中在我的脸上。全神贯注,认真地看。为这个,他把手中剩下的半块面包放下,好像不那样,他就没法看清我似的。我必须承认,虽然老相,他那张消瘦的脸挺有特点,可怜的周星驰没法和这样苦难的脸比经历。还有,我发誓我能听到他那颗脆弱的心脏在轻轻呻吟。他不就是因为这个才离开交响乐团的吗?

"你从哪儿听说的?"

"全世界的人都知道。不信你问兰大宝。"

"谁是兰大宝?"

"我哥哥。顺便说一句,他是智障。"

他看着我,有一阵没有说话。我当然也没有。我觉得他在倾听大楼对面的那支圆号。他肯定在想,那个执着的高一年级的圆号手怎么会把音准走偏到东部华侨城去的,难道那里有勃拉姆斯的《学院典礼序曲》在等着他?但看上去不是。

"不,我俩不一样。"他开口了,"我不是说,你是学生,我是老师。这个我有经验。有时候,我能从我的一个团员那里学到在音乐学院作曲系没法学到的东西,有时候我能指点声乐系的教授们干点什么,比如告诉他们,他们一开始就错了,他们在干着埋葬工的活儿。我指的是天才,你不会告诉我你是天才吧?"

他拍了拍手心里的面包渣,从椅子上站起来,扶住椅子背,从桌上拿起两页套谱。看上去他腰疼,需要扶住一点什么。

"正式说明,我不是老师,是义工。"他面无表情地说,"我不在合唱团领一分钱的酬劳,如果不算每天免费喝掉的那几杯咖啡,还有免费使用的复印纸的话。我这么说可能有点小心眼儿,可你是由政府资助来学校读书的,对吧?"

太厉害了。即使在费力地站起来的工夫,他说话的时候也始终看着我的眼睛,一眨不眨,而且一下都没有移开。他在运用换气法。

"那……"

"我的话还没有说完。"他阻止我,不是用手势,而是用他的目光和不容置疑的口气,"在你说话的时候,我会看着你,也许不情愿,但会耐心地听下去,不抢你的话,你也应该向我学习。耐心听完任何人的话对你没有什么坏处。我说的是耐心,不是听话。现在我继续。"他朝手中的套谱看了一眼,再抬起目光看着我,"如果不介意,兰小柯同学,你能不能告诉我,因为你协助校工收拾校园里那些美丽和安静到其实完全不必要去收拾的落叶,学校每个月发给你多少助学津贴?"

漂亮的断杀,我出局。我服气。没有什么道理,出局就是道理。谁让我摊上了那样的家庭,那样了不起的父母和哥哥。我活该。

我当然没有告诉他,好心的人们每个月数给我多少张钞票。深圳不允许人们互相打听并且对外宣传自己的工资收入。再说,谁会把工资单里肮脏的内容告诉一个不拿老板一分钱义务打工的高尚的人呢?但班主任黄莺后来向我道歉了。

"你不能和每个老师都说同样无理的话。无厘头也不行。"黄莺老师生气地责备我,"你脑瓜灵活,念头的繁殖能力超强,这个谁都知道,但你总得把握自己,哪怕一次,别像山谷里的风,到处跌跌撞撞,花也拽,草也拔。左老师是受人尊敬的艺术家,学校请他来,可不是让你当春儿糟蹋的。"

"谁去校长那儿告姐的刁状了?"我气急败坏地发飙说,"现在,还剩下谁他妈的没告了?"

我不该和黄莺老师顶嘴,尤其是在她面前说粗话。她就像亲姨妈一样爱我。我怀疑她前世欠了我什么,或者她才是我真正的妈妈。她希望我能变得足够小,缩回到她的子宫中去,再生我一次,这样我就不会出问题了。我敢保证,如果她把浪费在我身上的爱心收回去,用在她那个还在吃奶的孩子身上,她的宝贝肯定会胖成超级婴儿。

这些事情能怪谁,当然不能怪社会,怪不上。公平地说,我所在的社区和学校一点儿也不歧视我,它们就像传说中的诺亚方舟,是猫是狗都能站上一只脚去。我遇到的善良人比我想遇到的还要多。谁叫我生活在一个满是普适诉求和情怀的社会里?拯救弱者符合一个拼命向世界文明靠拢的社会的基本主张。但是,作为家里唯一正常的成员,我每天都在和生活对抗——

不是和不正常的生活对抗,而是和正常的生活对抗。这个社会要求人们生活得正常,而我的家庭不正常,我的家人不正常,我也没法让他们正常,除非杀掉他们,否则我就得作为家里唯一的正常人,用不正常对付正常,这样才能使我的家人在做不到的时候,不因为自己的不正常而愧疚和害怕了。

毫无疑问,我是一只还没有发育好的孔雀。你要认为我是别的什么也可以,但我就是这么认为自己的。我想让人们注意我,为我鼓掌,可我怎么都开不了屏。没法打开。打不开了。

三

兰大宝每天都要仔细检查他的眼镜。他没有读过一天书,根本没有资格近视,但他有一大盒各式各样的眼镜。它们都是平光的,或者是下掉了近视镜片的眼镜框。他喜欢戴眼镜,这是他唯一不会被人拿走或者损坏的东西。他戴着眼镜在家里有模有样地走动的时候,我觉得他很了不起,像个令人尊敬的学者。我总是安静地坐在那里,看着他挺着胸脯从我面前走过去,在门口装模作样地巡视一阵,再挺着胸脯走回来。我想哭。

这几天,我没有去废旧物资收购公司为兰大宝讨眼镜。我很忙。我已经把废旧物资收购公司的人烦透了。我和他们吵过很多次架,把他们骂得够呛。他们目瞪口呆,完全丧失了对付我的愿望。再说,兰大宝的眼镜够多了,那些让我想哭的玩意儿够多了。再说,他又把屎拉在裤子上了。

她在卧室里抹眼泪。我说的是我妈。我没法叫她"妈妈",她一点妈妈的样子也没有。我觉得要是我叫她"妈妈",她和我都会羞愧,我根本叫不出口。她不是为兰大宝的事抹眼泪,那对她来说不算什么。她是为自己,她又被用工单位辞掉了,她为这个自责。她总是被用工单位炒掉。她总是在自责,真让人受不了。

我替兰大宝洗干净身子,换下的屎裤子泡进盆子里,把他收拾好,腾出手,去书包里取出这个月学校发的助学津贴,交给她。我说行了。她不行,继续抹眼泪。我说行了。她拉住我,口齿凌乱地述说她犯下的错误,眼泪弄湿了我的手。我说有用吗?这样的话你说了多少遍?下一次你什么时候被炒掉?

我甩开她的手,走进夹缝似的黑黢黢的厨房。我想我应该找点别的什么事情来做。她跟在我的身后进了厨房,喋喋不休。我不知道我俩谁是妈,谁是女儿。如果我再大几岁,比如我要是十八岁,我就当她的妈妈,一个单身妈妈,不要任何只会出现在戒毒所里的男人。我他妈真就做一次妈妈,看看做妈妈能把我怎么样?

"你为什么不数一数钱,再去床头柜抽屉里翻一翻,看看还有没有上个月剩下的零钱,加在一起,再数几遍。"我怂恿她,"也许这个星期他们会让你去戒毒所看他,如果他能够配合治疗的话。他当然能够。他比那些医生的资历还要老,有什么资格不配合?这样你就可以再犯一次错误,买些戒毒所不让带进去的东西给他了。"

"你要我买什么?"她惊慌地问,"我要买吗?"

"为什么不?K粉,大麻,摇头丸,冰,香港石,四号,随便什么都行。"我恶毒地说。

"我怎么带进去?他们会检查的。"她胆怯地说,"上一次,他让我给他带点联邦止咳露,我没敢,他很生气。"

靠,她为什么不带支手枪去?那样更刺激,我敢保证戒毒所里会热闹一阵子。还能怎么样?有这样的父母,我正常不了。

我撇下她,揭开锅盖。锅没洗,锅沿上有一圈肮脏的干涸米粒,能看出那是早上残留下的。我想完了,兰大宝中午吃什么?他不会又去社区门口的食品店,堂堂正正地从人家的柜台里拿薯条包,被人撵得满地乱爬,或者去城中村改造工地上给人当口淫角色,换半盒人们吃剩的盒饭了吧?

"晚上咱们吃什么?"她四下看,像在找什么。

"那得看我们有什么。你中午没给大宝做饭?"我能肯定,家里什么吃的也没有。

"我忘了做饭。要不要问问大宝?"她朝厨房外看了看,有些拿不准。

"哪一次他答上过?你为什么又不给他做饭?你

是不是觉得他营养过剩?"我接了水洗锅,没好气地说,"他要吃牛郎星,你摘得下来吗?他要吃麦当劳,你肯花那个钱吗?家里有多少钱你不是巴心巴肝地往戒毒所里送?兰大宝不是你的孩子,'他'才是。"我认为她应该离开厨房,否则我没法转身,反正她会把一切应该做的事情都忘掉,只是沉浸在无休无止的自责中,"你能不能自己拿一回主意?你是当妈的,不是我。"

"你说得对,我是当妈的。今晚我给你们做饭。"她被我的话提醒了,探头往水池里看了看,又低头在脚下的一片水渍中寻找着什么,好像那里有两块一毛一斤的镀光糙米或者一块二毛以下打蔫的油麦菜。但显然没有。她花了很长时间来想这个问题,一脸困惑。然后她在逼仄的厨房里用力挤开我,去开碗柜。

我手里的锅被挤掉在水龙头上,这没什么,碗柜的门被她拽了下来。她说"哎呀",不知所措地看手里拎着的半扇碗柜门。没等我接下她手中的那块破木头,她又叫了一声。

"钱呢?你刚才说钱,钱在哪儿?你交给我了?你没有偷偷拿回去吧?你买什么不该买的东西了?"

她慌里慌张地抓住我。她把我刚换上的干净衣裳抓出了几只手印,把我的胳膊都抓疼了。那半扇门砸在我的脚上。你可以想象事情有多么的糟糕。

晚饭还是我做。会出现奇迹吗?我找她要了几块钱。我挣的,交给她,她忘记了。我指点她找到它们,再要回来,这样,她这个家庭主妇的身份就能够得到确认了。她不大情愿地数了好几遍钱,找出几张脏兮兮的零头给我,好像钱是她挣的,我要拿去乱花似的。

我捏着几块钱,穿过乱糟糟的城中村,去菜场,顺道解决了一件棘手的事。

你知道城中村这种地方,这里的居民和我一样,也是外来户。这座城市的居民全是外来户,但要分你是无产者还是有产者。不管是哪一种,他们都有自己的麻烦。我也有。我是说,无产者兰小柯和她的家庭当然会有麻烦。

我闯进一栋肮脏的自建房,踢开半掩着的门,一股臭烘烘的臊味差点儿没把我冲倒。两个染了头发、脸色暗黑的年轻打工仔脱离纠缠,从床上跳起来,连忙提裤子。其中一个懵里懵懂地说,你来了?

我一句废话也没有,走过去,抓过电视机的插座线,从怀里摸出一把生锈的剁骨刀,用刀刃慢慢地锯电线,锯了十几下,电线断了。

"兰大宝跑掉了,要砍你们,姐没有理由。"我把断掉的半截电线头丢在肮脏的床上,它像一条困惑的蛇舒展开,"下次你们谁再敢把兰大宝往罐头屋里拖,不管他屁股脏没脏,姐会用这把水版张小泉生割下你们的头。听明白了?"

我是说,城中村有的地方,有一种被称作罐头屋的自建房,有时候它们每平方米住着三个人,这里的人们通常很孤独,暴菊有时候不算强奸,但如果被暴菊的是你的亲哥哥,那就不一样了。

我在厨房里做饭。我让兰大宝站在我身边,让他给我唱歌。我在菜场买了几个已经下市的土豆,为这个和卖土豆的小贩吵了一架。当然我没有饶过他,离开的时候多抓了一个土豆。我给兰大宝做他喜欢的土豆烧鸡架骨,上周买的一只鸡架骨,我们还能吃两次。

至于她,她最好坐在屋里别动,免得又做错了什么,那样我们就得再做错一些什么了。

不要一点点,我要非常多;
父母都爱我,作业都及格;
鼻头没粉刺,邻桌是大帅哥;
做错事情没人说,想去天堂能搭上车。

我写的歌。兰大宝唱得不错。他本来就不错,如果"他"和"她"怀他的时候小心一点的话。

"你没有夸奖我。"兰大宝不高兴。

"亲,别那么没出息。难道你不是天下最棒的靓仔?你敢怀疑你不是?不怕我不高兴?"我觉得我可以多放一些油,地沟油吃不死人,"下次不许再去罐头屋,谁夸你聪明你也别去。"

"你没有夸奖我。"兰大宝很犟。

"我真的不高兴了。我刚才对你说的话你记住了没有?现在让我来惩罚你这个垃圾宝贝。"

我放下油瓶,用沾满油垢的手捧住兰大宝像一只烤红薯的脸,狠狠地摇晃他,直到把他摇得晕头转向。

"天上会不会掉下一个人,那个人是我?"兰大宝受到鼓励,很兴奋。他摇晃了一下,努力保持住平衡,不肯放弃地继续问他的天才问题。

"等着,掉下来了我再告诉你。"锅烫了,我们都饿了。

"他们说,我是靓仔。那个人就是我。"兰大宝非常固执,他往我身边凑,希望我像妈妈一样搂住他。

"去把眼镜戴上,戴那只黑框的。我要下锅炒菜了,你必须戴上黑框的我才能把菜炒熟。"我把兰大宝从灶台边推开,我有的是办法对付天才,我才不会崩溃呢。

四

合唱团的小鸟们矜持地从指挥办公室门外鱼贯而过,我看到朱星儿向我投来同情的眼神,好像看着一只折翼的同伴。真让人受不了。

我站在指挥办公室里,左渐将站在我的对面。我知道,有些事情你想摆脱,可就是不可能。难道人们就这么迫切地需要我这种命运的弱者来做他们衡量善意拥有量的天平吗?

你猜对了,歧视和流感病毒一样,如今有了进化后的变种。不是抛弃,是关怀。就是说,你要是不幸做了这个社会的底层人,你就中了头彩,任何时候都摆脱不了不恰当、让你不舒服,因此你决定不需要并且厌恶、但又怎么都甩不掉的关怀。

"我没打算百鸟齐鸣,我不做你的和弦基础,我不参加合唱团。"我毫不领情地看着他说。

"暂时你还参加不了。"左渐将一点儿也没有照顾我的面子,面无表情地说,"我说的是演出。我们先试试你在外声部能干点儿什么。也许我们能试着调整一下伴唱声部,替你在那里找个位置。也许行,但很难说,我尽量把期望值降到可以容忍的程度。"

"我现在可以回教室了吗?我的作业还没交。"我不想在装腔作势的合唱团指挥办公室里继续接受污辱。我打算离开这里,如果他不在我走出办公室的时候拽着我的小辫把我拖回来的话。

"记住,别抢着发声,先训练你的内心听觉。"他好像没有听到我在说什么,皱着眉头,心不在焉地看着窗外什么地方,沿着自己的思路说,然后转回头来,"我们今天学习新的八小节,结束的时候会复习上周教的内容。注意你身边人的嘴型,注意她们对发声器官的使用,注意她们对调式的把握。如果胆子不够大——这好像不是你——头一个星期,你用耳朵。你可以试试闭上眼睛,仔细听。"

我笑了一下,我想到了周星驰。百合合唱团是女子合唱团,团员全是女生,没有帅哥,我不会闭上眼睛。但他没笑,根本不管我在想什么。

"我们练习的这个曲子是一个非洲音乐家写的,他和那些角马、猎豹、大象一样,从没走出过肯尼亚草原。"他又转过头去朝窗外看了一眼,我也朝那里看了一眼。那里什么也没有。

"试试你能不能听见它们。"他收回视线,犹豫了一下,"闭上你的眼睛,让心慢下来,注意听,"他停了一会儿说,"再听,"他说,"继续听。在你全部放松,感觉不到身体存在的时候,慢慢启开你的嘴,看看会发生什么事情。"

我瞪大了眼睛,该死的。我觉得左胸的某个地方像是被什么击中了,咯噔了一下。我盯着他,他却转过身去,走回到桌边去拿起振动着的手机。这个不要脸的俗人。

朱星儿为我的加盟欣喜若狂,她在我走进练声房别人没留意的时候伸过手,偷偷捏了我一下。合唱团的小鸟们在鼓掌。我快速地看了一下左渐将。

"她们在欢迎新成员。"他看着我,用平静的口气说。然后他转过身去,走到练声房的中央。那里有一把孤独的掉了漆皮的破椅子。

"你们都知道了,这是一支风格化的曲子,一首来自非洲大草原的歌曲。没有人比非洲人知道大自然的神秘力量。"他扶着椅子的靠背,显得弱不禁风,用手背抹了一下嘴角,掩饰住两声轻咳,手揣回裤兜里,"你们会发现,在使用自己的声音时,它会发生奇妙的变化,几个声部互为照应,整首歌会产生无限关联。"他有一张过于冷静的灰暗的脸,但他的手势却是夸饰的。"我要你们注意象声词,动物警觉的声音、植物生长的声音、阳光穿过溪流的声音、雨水和风声。我要你们记住一个词,挣扎。设想一下,歌唱的不是你,是你的心脏。"他根本没有什么心脏,他在向他的团员们撒娇,"在开始练习之前顺便说一句,今天没有巧克力。这个月花销太大,我的赞助人已经生气了,她威胁要断掉我的干粮,也就是香烟。你们知道,这是我唯一保留的坏习惯。"他真的在撒娇,他甚至因此向他的小鸟们眨了眨他有些虚肿的单眼皮,"所以,练习完了以后,请你们心无旁骛地离开,别用你们埋怨的眼光看着我,那样我会受不了。现在,我们可以开始了。"

小鸟们开心地笑了。练声房里荡漾过一阵风。肯尼亚大草原的味道扑面而来。我像一头走错了家门的傻兔子,不知道该往什么地方去。他就像一个巫师,而那天的我始终没有张开过自己的嘴。

五

左渐将在指挥办公室里等着我。

"乖乖,他会下你的线。他干这种事的时候眼睛眨都不会眨一下,你得忍住疼,亲。"朱星儿离开的时候为我担心。

我不在乎。有什么,不就是让他弄到练声房里当着他的团员们奚落了一番吗?谁叫我先奚落过他那颗脆弱的心脏。做了就得认,这个规则我早就接受了,能承受。

"我替你说了吧,我不是这块料,我做不到点缀和填充,我连稍弱的音量和退让的音色都做不到,还有比这个更糟糕的吗?"我走进指挥办公室的时候泰然自若。我站在他面前。我故意站得离他很近,近到他坐在那里必须抬起脑袋来看着我,"用不着对我说抱歉。幸亏你的赞助人拦着没让你继续买巧克力哄你的小鸟们,那样你又会多付一颗巧克力的钱。我这就走。"

说完那番话以后,我并没有离开。也许我应该离开,这样做没有什么意思。

他看着我,有些吃惊,或者不是,是我没有看懂他。他把桌上的一堆乱糟糟的谱子扒拉了一下,拿起其中的一份看了一眼,又放下,抬头看看我。

"你酷爱音乐。"他说,"通俗的说法就是这样。所以你选择到一所以音乐教学为特长的学校勤工助学。"他微微仰着他的头,"别不承认你没有选择过,社区为你联系的第一所学校不是百合中学,第二所也不是,是你自己提出要进这所学校。别想着去问是谁告诉了我这些事情,我不会说是你的班主任告诉我的——因为我对你感兴趣,我逼她告诉我的。"

我乐了。他比资料上的演出照显老,也比资料上的那个著名歌手可爱。我收集资料时漏掉了什么?我开始哼歌,我才不在乎别人怎么评价我。我的事情全学校都知道,但我没有乐多久。

"遗憾继续存在。"他根本不打算听我哼什么,继续说,"你的确没有歌唱天赋,甚至很糟糕。但你不承认,一直幻想有一天能站到深圳大剧院的舞台上去。你一方面故意掩饰你对音乐的渴望,一方面却不敢真正走近它。这没什么,只要不走火入魔,你完全可以成为合唱团中的一员,在节奏性伴唱部或者装饰性助唱声部发挥你毫无修饰的音色。合唱团的姑娘们中,有谁最终能走上大剧院舞台,至今我没看出来。以我的标准,她们都没有天赋。可她们的歌声是真实的,和鸟儿传达出的声音一样地真实,真实到每一次我都得控制住自己走过去拥抱她们的冲动。"他突然停下来,看着我,"你刚才说什么?什么离开?"

"你没打算让我走?"我愣在那里。我觉得我不该口吃。我觉得他太混账了。我就没见过这么混账的音乐家。当然,在他之前,我也没有近距离见过任何活体音乐家。

"谁告诉你我要你离开?"他露出困惑的神色。

"因为,因为我唱得很糟糕。"我口吃得越来越厉害。

"你唱了?"他感到不解,"我就没听见你的声音。你根本就没有张过嘴。整个练声阶段和复习阶段你都在看着我,眼神涣散,毫无主张。如果不算上你把前排团员的辫子打成结这件事情,你几乎什么事也没做。"他停下来,脸上露出疲倦的神色,看上去不想再和我说下去,"好了,我脖子仰累了,现在说另外一件事情吧。你有一件乐器,我没说错吧?"

"尼玛,哪个蕾丝边说的?"我跳起来,有一种被人出卖的感觉。

"谁是蕾丝边?"他愣住。

"你不认识。就是那种装清纯、装无辜、喜欢害羞、喜欢穿粉色装、把肤浅的男人搞得痛不欲生、顺便也搞拉拉的婊子。"

"口胶糖是我的时代,你们这个时代用什么去掉嘴里的臭味,我提不出什么建议。"他面无表情地说,"简单回答,有,还是没有?"

我去,那把丑陋的、让人笑掉大牙的、被我藏在床下的二胡?别臊我了,打死我也不会说。

"想知道怎么跟上你的同伴,不被他们落下吗?"他用手去寻找椅背,像是想要坐下去,"听好了,每天早上起来,对着你的小镜子——如果没有镜子,可以用窗户玻璃代替——站到它面前,看着那上面的你,由衷地说,你不是最糟糕的,如果你不想糟糕的话。然后,给自己一个微笑。"

"我可以试试。"我忍俊不禁。我又开始哼歌了,"我可以理解成这是你私下给我上的小课吗?"

"我没有向你索要小费的意思。"他从靠背椅边走开,用拳头顶住后背,好像又害腰疼了。我知道那不是。我知道是什么,但我不会再提到它。

"你说得对,我的确被开除了。不是交响乐团,他们没有开除我,他们才舍不得开除我这样的天才。是音乐。"他站下,回过头来,目光平静地落在我脸上,"你没有走近它,或者说,还没有。我走近了,得到了它,成了它宠爱的孩子,可我很快就会失去它。已经在失去了,接下来是永远失去。"他脸上露出沮丧的神色,"真不知道我俩谁的生活更糟。"

"说说你的事。"我来兴趣了。我想看看我的资料中还漏掉了什么,为这个,我愿意原谅他提到我糟糕的生活。我觉得我们扯平了。

"算了。"他犹豫了一下,挥了挥手说。有一刹那,我觉得我看到了软弱,他的软弱。我觉得这不可能。"下次合唱团活动的时候把你的二胡带来。顺便说一句,乐器演奏方面我是高手。你也可以叫我老手,老家伙,随便什么都行。你在心里就这么叫我吧?我不知道除了空气,还有什么不能作为乐器。也许空气也值得试试。"他再度把目光安静地落在我脸上的时候,那里什么也没有,"兰小柯同学,看见有人出丑我会很高兴,但看见有人使用他的音乐权利,我会更高兴。"

这就是左渐将给我上的第一堂课,这个卖萌的老家伙。

六

我踏着肮脏的滑板在阳光下前进。我哼着歌。其实那不是歌,只是我随便哼的一段曲子。我就有这个本事,能随便哼一些曲子。也许我不是凤凰木,但我可以是火焰木、人面子或者大叶紫檀。深圳的植物不止一种,地球上的植物更多,凭什么我就不能开放,这就是我离开合唱团指挥办公室时的想法。

美达和朱星儿在农林路等我。我去的时候朱星儿正在给美达看肚脐上的贴秀,这个从不穿内衣的干物女。这次她换了一只令人恶心的巨钳蝎子。我不明白她为什么不改改对无脊椎动物的嗜好。她完全可以试试抹香鲸。

"没想到,你俩都坠落了,悲哀。"美达说。她说的是我步朱星儿的后尘去百合合唱团的事。

"我们有免费巧克力。"朱星儿放下衣裳掩住肚脐说。

"再说,帅哥看腻了,我改口味了。"我说。

"倒也是,一个过气的老帅哥,没什么可看的。"美达欣慰了,"你们听说没有,左渐将的女朋友是'流星'芭蕾舞团的演员,一个超级美人儿。她追了他六年,追一个老头儿,把青春都搭进去了,可这个老头儿就是不娶她。挺可怜的。"

"可怜你妹。"我脱口而出。

"你骂谁?"美达问。

"骂你。"我说,"左渐将那么老,还有心脏病,谁肯跟他?她只不过是他的赞助人,照顾他的生活。"

"可我们都管她叫夫人。前两届的学姐都这么叫。"朱星儿说。

"拜托,吴冰是皇冠上宝石似的人儿,身后跟着上百个脑残富二代,看谁一眼那个人就得跪下去。她只是同情左渐将。再说,左渐将离过婚,谁肯嫁给一台报了废的二手老爷车?"我说。

"也是。"美达同意,"混了这么多年,连套房子都没混上,还住出租屋,要我也不干。"

接下来美达建议去奶茶坊泡一会儿。我没同意。我想抽豪烟、喝豪酒、文身、去小众电影厅泡萌男,可兜里没钱,也不想免费享用珍珠果口味的奶茶。其实不是这个,是"流星"芭蕾舞团台柱子的事。我以为只有我知道,现在连美达都知道了。看来明星没有什么好事,过不过气都有绯闻跟着。

"你们觉得,我要是自杀了,我妈会不会吓一跳?"美达征求我们的意见。

"我晕了个去,有难度。你得把自己弄得很糟糕才行。"朱星儿内行地说。

"我不想动刀子,那样太脏了。跳楼怎么样?"美达问。

"你去迪拜塔。"我建议。其实我的意思是,我希望话题回到"流星"芭蕾舞团的台柱子上去。我不知道自己怎么了,就是赶不走这个念头。

"我真瘦成这样?"美达欣喜若狂。

"才怪。别学你妈,除了打肉毒素不知道怎么活。"我恶毒地说。

"谁叫我是女生。我得把一半精力用在怎么让自己漂亮上,另一半用来对付我爸。"美达愤愤不平。

"你拿什么对付初升高预考?"朱星儿朝我看了一眼,暗中帮我一起下药。

"发挥余热呗。"我幸灾乐祸地支招。我就是这么聪明。

"别提这个。你们谁替我杀掉黄莺大妈,我把周杰伦的签名照送给她。"美达果然上当。

"周董老了。再说,你自己怎么不去?"我说。

"我没时间。"美达犹豫了一下说。

我和朱星儿哈哈大笑。头顶上什么地方传来关窗户的声音。

美达不是我的朋友。我在班上有两个重要伙伴,朱星儿和美达。朱星儿是我的死党,美达是我的死敌。美达是学校一霸,成绩超好,特长超多,会做人,人脉广,当然她不打架,所以才有被我揍的潜质。她凡事都争着当中心,没见过她这么傲慢带愚蠢的女生。我一到学校她就相中了我。还有谁和我一样像一株孱弱又遇久旱的幼苗,接受着那么多甘霖的关怀?我是公民社会里自然的中心,这让美达感到不愉快,但她拿我一点办法也没有。

我是和美达在生理课上结为战略盟友的。那堂课的内容是如何预防艾滋病,这堂课的内容激怒了我。"他"没有艾滋病,"他"从不用针头注射。我是说我爸。上课的老师是外请的,浑身洋溢着公共知识分子天性中的激动。他让我别讲话。我的确在他一脸兴奋滔滔不绝地讲解如何规避滥交行为和独自夜出时应该随身携带安全套的时候和朱星儿偷偷讨论别的事。

"我说总比你说好。"我说。

"为什么?"这就是非职业教师的软肋。如今的职业教师绝不会问学生这个。

"你说的是废话。你当我们是腐女,夜里谁不在家待着狗一样地吐着舌头做作业?你读书的时候,你爹妈会放你夜里出门激情四射?不是废话是什么?"我的反驳引来了哄堂大笑。

他弄不懂什么是腐女和激情四射,生气,说没见过我这样的学生。他请我站起来,出去,立刻。

"穿上你的雨衣,没看到你是和女生在说话吗,不知道唾沫也传染呀?"美达出手了。她气愤地大声指责那位公共知识分子。

美达一剑封喉,帮我干掉了外请教师。她让我臣服于她。我不干。我能臣服谁?

七

今天是个好日子,裕仁天皇宣布投降,我们一家办妥了居住证。当然,裕仁宣布投降是几十年前的事,而且不是我投下的"小兄弟",但这又有什么,只要身份能够确认,谁投降我都欢迎。

我为兰大宝炒了鸡蛋饭。我让他在鸡蛋饭炒好之前不要抠墙皮。房东来收租子的时候已经骂过好几次了,我们出不起更多的房租,只能仰人鼻息。他可以唱我教给他的那些歌,这符合这座城市的文化主张。兰大宝今天不想唱歌,他很苦恼,有很多问题要和我探讨。

"有时候眼睛睁开天亮了,有时候眼睛睁开天没亮。"

"睁早了天就没亮。"

"他们说我不能找女朋友。"

"他们放屁!"

"为什么我不能找女朋友?"

"让他们说,你等着,女朋友会来找你。"

"要等多久?"

"耐心点垃圾宝贝,你漂亮的女朋友正在路上。"

"她比你漂亮吗?"

"我保证,比我漂亮一百倍。"

"我可不可以当爸爸?我要是当了爸爸,就可以把爸爸当儿子领回家来,我们就在一起了。"

"这你得和他商量。"

"她"去戒毒所了,去看"他",也许很晚才能回来。他们会抱头痛哭,从头哭到尾,花掉所有会面的时间。

我把香喷喷的鸡蛋饭垫在毛巾上,让兰大宝坐在门口吃。我还有很多的事情要做。我把兰大宝被大便弄脏的裤子泡进盆里,倒上洗衣粉。我从床下拖出我的箱子,拿出一本剪贴本翻了翻,再一次浏览了"流星"芭蕾舞团的那一档内容。我把箱子锁好,爬到床下去取出二胡。我拉断了一根胡弦,又拉断一根,在蛇皮琴箱上戳了两个窟窿,对此非常满意。我和"她"不一样,我没有时间哭泣。

"她"回来了,眼圈红红的,在门口呆若木鸡地站着,然后进了厨房。厨房里黑,她准是在戒毒所里没哭够,一个人在那里继续流泪。我最恨她这个。

不过很快就知道,事情不是我想的那样。她回来晚,是去找工作,结果让人给赶了出来。她把人家给她的表填错了好几份,然后惊慌失措地打听老板有什么爱好。

"你不能这样,不能到任何地方都向人家打听老板有什么爱好。他爱好游艇,你知道什么叫游艇吗?他想请代孕女生八个儿子,你挨得上吗?"我老练地教导她,"你不需要知道老板有什么爱好,你甚至都不会记住老板长得什么样,那没用。你得推销自己。"

"我推销了,他们不要。"她张皇无措地说。

"那就不断推销,告诉他们你能做到。"我说。

"别说了,我做不到。"她害怕地揪自己的头发。

"那你要我和大宝怎么办?"我朝她喊,"大宝是你永远的孩子,我还没成人,如果你不能改掉我的出生日期,我就只能接受未成年人这个事实!"

"宝贝,我会努力。我还会找到一份工作,好工作,我保证。"她更加慌张了。

"别叫我宝贝,我不是谁的宝贝!它在哪儿?你说的那份好工作在哪儿?你准备什么时候再把它砸掉?"我怒气冲天地说。

她逃离厨房,躲进房间,我们一家三口挺尸的地方。我冲进去。

"天哪!"她说。

"没有天!"我说。

"他爸!"她说。

"他在戒毒所,你刚去看过他。他问过你吗?问过大宝和我吗?问过一句家里的事吗?"我不依不饶地问。

"我爱你爸爸。"她乞求地朝我露出和解的眼神,希望我放过她。

"以前是。"我偏不,谁放过我了?

"我还爱他。"她固执极了,这一点她像我妈。

"在他丢下你不管,丢下他的两个孩子不管,拿走家里最后一件值钱的东西,一声不吭地溜掉去买他的天堂通行证之后?"我冷笑道。我知道我有多恶毒。换了你来试试。

晚上还是我做饭。也可以不吃,除非我准备饿死,也打算把她和兰大宝饿死。洗完兰大宝的脏裤子以后,我没有心思再温习功课。我凭什么不可以夜里出门并且不带上任何被称作套子的东西?这真不是我打算过的生活。

那天晚上我没吃饭,用这种办法来惩罚自己。我很饿,但我该被惩罚。即使她没说我也知道,她回来之前在外面徘徊了很长时间。因为没有找到用工单位,她不敢回来见我和大宝。不是没脸见,是不敢见。一个不敢见自己儿女的妈妈。

兰大宝呢,兰大宝在哪儿?我一想到兰大宝就吓坏了,从床上跳起来。兰大宝不在家里。他该不是去海边等他漂亮的女朋友来找他了吧?

我理也没理一直在黑暗中怯怯地打量我的她,冲出屋去。我在黑暗中踩上了一只流浪猫,它惨叫了一声从我身边蹿走。这座城市到处都是流浪猫,但我得把兰大宝找回来。

八

左渐将没有追问二胡的事,这让我有些后悔。它本来在床下藏得好好的。他怎么不看看它惨无人道的尸体?那可是我从湘西带出来的唯一的私人物品,在火车上我还为它打了一架,为此永远失去了一颗牙齿。他真应该看看一样东西被人关注会落到什么样的下场。

左渐将让我留下,在每次合唱团活动结束以后。"我和校务办联系了,你可以帮我复印谱子,练声房的保洁也算你的积分。"他面无表情地说。这个快要报废掉的老家伙。

我知道我没戏。我在伴唱部就像一粒耗子屎,所有的人都恨不能躲我远一点。第一指挥助理已经含蓄地说过某些人的僵硬表现,跟不上主旋律什么的,反正是一些毫无希望的话。等着吧,要不了多久,她会私下找我谈话,把我拖进杂物间,没头没脑地吼我一顿,然后让我去找他,自己了断自己。

没关系,姐干什么都行,给姐钱就行,做杀手都行。只要不使用太复杂的手段,杀人姐也干。

"你哼的是什么?"他问我。他终于注意到我的天赋了。

"没什么。"我拉着拖把在练声房里到处走,把凳子踢得震耳欲聋。

"我不熟悉这个旋律。"他躲开气势汹汹的我,弯腰捡起掉在地上的谱子。

"我没告诉任何人。"我把水洒出花样,开始卖力地拖地。

"明白了,是你自己谱的曲子。"他点头,好像他什么都知道。

"对,是我自己。不是谱,是生。"

他认真地看了我一会儿。他看人总是很认真。

"我生的。我是它的妈妈,我可以生下它。"我为自己证明。我一点也不觉得不懂乐理知识值得脸红。

他笑了,嘴角拉得很开,这让他变得年轻了一些。这是他在我面前第一次笑。但他不应该在我打扫练声房的时候还坐在练声房中央那把破椅子上,这不礼貌。

"你感到脸上疼吗?"我卖力地拖着地板。干活我总是很卖力。

"为什么?"他一边在谱子上记录着什么,心不在焉地应付我。

"女生们看你的时候,你有没有觉得,脸上有火辣辣的感觉?"我说。

"这么严重?"他抬头吃惊地看我。

"卖萌呗,现在的女生就吃这一套。"我嘲笑他。

"我见识过你这样的。"他收去脸上的笑容,目光扫过我的脸。

"但你还是没有把我撵出合唱团。"我停下来歇口气,叉着腰说,"别看着我,我没打算请你吃哈根达斯。本童鞋没钱。"

"我也没有。我得把钱留着看病,医保不够我折腾的。"他平静地说,然后低下头继续记他的谱子,但很快他又把头抬起来,"我警告你,别做出毁坏音乐的事情。毁灭更不行。"

"说话说明白。"

"你的那把二胡,它一点错都没有,不该做你不良心理的牺牲品。而且,"他深深地看了我一眼,"你自己知道,你比任何人都爱它,爱音乐。"

"有什么了不起。"我愣了一下,有些心虚。我觉得地拖得不干净,还得再来一遍。

我还是觉得有什么事情不对。他的脸色苍白得吓人。他不是帅哥,他已经很老了,但他也没有必要把自己弄得这么吓人吧。

他蜷缩起身子,捏着笔的那只手捏成拳头。我问他是不是要我去给他找校医。他抬头看了我一眼,问我都听说了一些什么。

关于他的事还能有什么,CCTV青年歌手大赛一等奖,岭南十大青年歌手,这座城市的当红歌手,不就是这些？他的确红过，或者说曾经红过，但我不会告诉他，兰小柯同学像一个脑残追星族，发狂地追踪过他的足迹，收集过他所有的演出曲目。我也不会告诉他，因为他和兰小柯同学一样，也是从大山里走出来的孩子，也有一个抛弃了他的父亲，他是兰小柯同学的榜样。兰小柯同学愿意和他说话，被他注意。

我低着头狠狠地拖地板，紧咬牙关，不再说什么。今天我不想和谁吵架。

九

左渐将到我家来了。不是家访，这个轮不上他。是那把二胡。我绝对不会把它带到学校去示众，他只能自己来完成一个音乐拯救者的工作。

兰大宝很喜欢左渐将。他一见到左渐将就迷上他了，特意戴了一副最喜欢的黑框眼镜，恭恭敬敬给左渐将端来水杯，然后又换了另一副他同样喜欢的无框眼镜。他盘腿坐在左渐将面前，像个老实的小学生，惊讶地看着那个音乐圣人把戳破的蛇皮修补好，再换上新的琴弦。

"别喝，那是自来水。大宝不知道它和开水有什么区别。"我忍不住告诉了他。

"没事。刚来深圳时火气大，常灌它，多年没喝了，算忆旧。"他让自来水在嘴里停留了一下，像是在回味，然后咕咚一声咽下去。

真是闷骚。我知道这不是真的,他怕兰大宝伤心。我们坐在屋里谈话。当然不是什么像样的屋子。我们没钱租更好的房子,但他也不是出身权贵的"高富帅",我用不着拍他的马屁,所以没有去黑暗的厨房里为他烧开水。

"你们可以去申请廉租房。为什么不申请?"在等待胶水风干的时候,他打量了一下了不起的兰家。

"你赢了。我们不是深户,没资格。再说也没有钱,一分钱也没有。一分不出他们让住吗?"

"不让。"

"我赢了。知道我为什么喜欢数学,唯有这门课考高分?因为将来要用它算钱。我可不愿别人少给我一分,别人也一样,不会让我少出一分。"

"明白了。"

"其实你什么也不明白。社区问我们下个月能不能出一部分房租;兰大宝的行为矫正课已经停了三次;你坐着的这个地方一股怪味,因为我用过消毒剂,用了三遍,有人吐在上面了;我没有时间打扫,我要打扫学校里那些美丽和安静到其实完全不必要去收拾的落叶,够忙的。所有这一切,你可以用钟点工,我得自己干。"

他笑得很开心,像是得了什么便宜,然后他努力收起笑容。

"你妈又失业了?"

"她努力过。"

"那样更糟,对吗?"

"亲,别拿救世主的口气对我说话,我不吃这一套。"

他抬头看了我一眼,低下头继续补琴箱。

"我能问个问题吗?"

"现在放学了,再说你也不是我的老师。"

"为什么爱音乐?"

"别烦我,我不想做作业。"

"我替你回答,因为音乐能使我们成为更好的人。"

"才怪。这话对你合适。我们不是一路人。记得吗?我是无产阶级。你有房产,你是深户,是音乐家,虽然退役了,可还是有人请你发挥余热,你早就不知道苦难是什么了。你已经堕落了,变质了……"

他根本没有在听我不讲道理地胡说一气。在说过"成为更好的人"之后,他像被人揍了一拳,微微张开嘴,竖起耳朵,目光在我头顶上散开,怀里的二胡像一把钝刀,切割开他那张脸。他拿我当什么了?我生气,起身离开那里。

"把他叫进来!"他在我背后兴奋地说。

"谁?"我站住了,回头看他。

"大宝,叫他到我这儿来,马上!"他目光炯炯,一脸抑制不住的光芒。真是个怪物。

我回头看厨房方向。我在那个时候听见了兰大宝,他在厨房里唱歌。他不知在什么时候不见的。他不喜欢人们争吵。我们刚才在争吵,这就是他离开的原因。但我还是不明白左渐将为什么眼睛发亮。

59分,大白鲨的水域。
72分,一只可怕的章鱼。
81分,老爸的咆哮老妈的抽泣。
99分,哎呀,我是一只蹦跶的虾米。
120分,感动得痛哭流涕。
150分,保我天下无敌。
知识的海洋又深又冷,天才宝贝都是机器。
Shit,分数宝贝,我在哪里才能躲开你?

兰大宝唱的。我教的。我的词曲,《分数宝贝》。

十

我晕了个去,兰大宝成了百合合唱团的一颗新星。

我不知道左渐将用了什么方法,但他肯定和魔鬼交谈过。他把兰大宝带到园林路公园。他紧张兮兮的,不让我跟着,不让任何人跟着,就他俩。他和兰大宝在公园待了整整五个钟头。

我在公园外面走来走去,心里发虚。我不希望兰大宝受到伤害。我不知道该不该回家去取剁骨刀。有几个在阳光下闲得无聊的外来务工人员,在树荫下面站着冲我傻笑。我瞪着眼朝他们吐唾沫,他们吓得立刻走开了。

我必须承认,我不想让兰大宝把充沛的精力全部用在研究他的粪便上,他完全可以去海边等他的女朋友,但我不知道我这样做是不是害了兰大宝。

接下来的事情谁也没想到,兰大宝竟然是个歌唱天才。经过左渐将的指导,他居然能唱到 High C 上去。兰大宝的嗓子的确不错,但还不至于不错到我认不出他。令人吃惊的是,现在的他完全变了,这个坑爹的垃圾宝贝,竟然变成了一个海上女妖,所有听见他歌声的水手都会受不了。

兰大宝出现在练声房里的时候,练声房里传出一片压抑的笑声。兰大宝很紧张,不好意思地紧紧抓着他的眼镜,躲到我身边,寻求我的保护。然后他对合唱团里的一个圆脸童鞋发生了强烈兴趣,走过去摸她的脸蛋,玩她脑袋上那只会变幻出各种颜色的闪光发卡。我臊得想找个地缝立刻钻进去,要不是朱星儿拉住我,我就从练声房里冲出去了。

左渐将抬起指挥棍,他就像一个不负责任的登徒子,对站在练声房中央不知所措的兰大宝不管不顾。指挥棍轻轻划开练声房里的空气。鸟儿们黄口轻启,歌声响起,然后是兰大宝。

是《把我的奶名儿叫》。原来是混声四部合唱,百合合唱团把它改成了女声合唱,左渐将再次做了改动,在第十八个小节后,把它移交给了兰大宝。我不是那个在生下我十四年后仍然不知所措的"她",但当兰大宝衔接进入时，我在心里惊讶地叫了一声。我当然得叫。那不是兰大宝的声音，肯定不是！兰大宝加入进来的时候，女声部分弱下去，他独自呈现。左渐将清楚他做不到，只给了他短短的十六个小节。兰大宝不能承担太长的节奏。在十六个小节中，他提了三次裤子，但一次错误都没犯。合唱团的小鸟们惊呆了，居然失控到没有在兰大宝之后跟上他，而我的眼里快速盈满了泪水。

我必须告诉你们，我听到的是天籁。

十一

练习结束后，我带着兰大宝离开活动大楼，他成了小鸟们争相簇拥的宠物。我傻了，脑子里灌水，目光呆滞。我无法抑制激动，在草坪上站住了。我让朱星儿保护兰大宝，不让他被粉丝们挤烂。他当然如愿以偿地从圆脸童鞋那里得到了不断变幻颜色的闪亮发卡，而我则撇下骄傲得像个王子似的他，返回大楼，直接走进了指挥办公室。

左渐将在喝水。他好像很渴，被人弃之于辄的那种渴。他不明白我要干什么，手里端着半杯未饮掉的水，回过头来奇怪地看着我。我不会告诉他。我不会说什么但我爱兰大宝，我这辈子的眼泪只为我的傻哥哥流。

"谢谢你，老师。"我头一次像个好学生，或者说，头一次像一名正常的女生,恭恭敬敬地站在他面前,对他深深鞠了一躬。

"为什么?"他不明白,眼睛瞪得很大。

"你为兰大宝做的一切。"我抑制住哽咽说。

"不,"他端着水杯看了我半天,然后放下水杯说,"谢谢你自己。"

"我?"这次轮到我不明白了。

"对,"他说,"如果不是你教他唱歌,没有人知道他是一个音乐天才,他是为音乐而生的。"

"为音乐而生?兰大宝?"我糊涂了。准确地说,我是愤怒了。他在撒谎!兰家没有什么天才,兰家是一堆招蚊引蝇的臭狗屎!

"我不知道。"有一刹那,他显得有些困惑,回过头去看桌子上的那半杯水,好像他不该把它放下,他做了什么错事似的,"我现在还不知道,但我能肯定,他有天赋。你教他唱歌。那是你自己写的,然后教会他唱,对吗?如果不是你,他会在屎尿和人们的轻薄中活过一生。"

"那我呢?"我抱着希望盯着他的脸,"我的一生怎么活?"

"什么?"他困惑地看我,不明白我在问什么。

"为什么你不把我领到公园里去,难道你就不管我了?"我朝他喊,"你让我怎么办?让我在公园外徘徊,继续倾听主旋律,再倾听,永远倾听,待在人们无尽的关怀中?"

"我已经说过了。"他脸色苍白,十分平静,"你和大宝不一样。大宝是个天然的孩子,我是说,他什么也不怕,而你根本开不了口。你不敢开口,不敢让别人听见你的声音。你连自己真实的声音都没有,发不出声,不敢让人听见,这就是你的问题。"

"你是说,我没戏对吗,你是这个意思吗?"我盯着他。

"你的个头儿得自己长。"他说,甚至因为这句并不好笑的话笑了一下。

"别给我说这个,你不是火星人。"我的愤怒到达了顶点。不光如此,也许我还有委屈,强烈的委屈。我觉得自己被人彻底抛弃了。

"你不能指望这个世界为你准备好想要的一切。它不该你。它谁也不该。它就是它。你得自己成长。"他说。

"我勒个去,"我冷笑,"别给姐来人生餐具那一套,虚伪知道吗?说什么成长,真当技术改变世界呀,你们都一样,根本就……"

我不知道是不是我说了什么刺激他的话,反正,在我激动地胡乱说着什么的时候,他把一只胳膊伸到空中,捏紧拳头,然后样子难看地歪了歪身子,轰隆一声倒了下去,带倒了他手边的那张椅子。

我呆在那里,看着从他手中滚落到地上的两粒药片。现在我明白了,在我走进他的办公室时,他在喝水,但他不是在喝水,而是在服药。这个没有了心脏功能的失业者！我都干了些什么！

我冲出门,我去叫人。

十二

左渐将没有死。这一次没有。但所有人都知道,他快死了。他自己也知道。

我在二医院外面的街道边徘徊了很久。我是"她"的女儿,这是遗传。我说的是我妈,我和她一样软弱,一样会搞砸一切。他得的是心脏病,他遗传来自谁？

我还是走进了病房。我见到了他的赞助人,小鸟们说的"夫人",那个年轻而美丽的芭蕾舞演员。他们没有结婚。他根本就不敢面对她。她追了他六年,他躲了她六年,他们永远也不可能结婚,但我得承认,他们是,或者应该是最迷人的一对。

我空着手,没有买礼物。我认识鲜花和水果,但我没有钱。我在他的病房里无聊地坐着,免费看电视。

"真丑。"看《动物世界》的时候我说。

"是挺丑。"他赞同。他躺在病床上,说话的底气还没有恢复,有些气短。

"它会出来吗？"看日出前的天际时我说。

"不知道。也许能,也许不能。"他盯着屏幕说。

"我知道,这叫身世。我的身世。"看小草破土而出的时候我说。

"有一个这样的家庭不是你的错。"他无力地指了指他的左胸,"有时候,这里会有那么一点儿疼,有那么一点儿喘不过气来,这也不是我的错。可如果要认为,那还能怎么样?它就是我的命运,我被抛弃了,就是你的错、我的错了。"

"我不想再拉二胡了。"我躲开他的目光说。

"然后呢?"他问。

"随便。我不想再死皮赖脸地待在合唱团了。我想离开合唱团。"

我没有在第一时间接过美丽的芭蕾舞演员递给我的削过皮的苹果,但是我最终还是接过了它。我把它捏在手里,果汁丰沛,淌了我一手。

"再然后呢?"他没有挪开他的目光。

"带我妈去应聘,给她找一份工作,然后给我自己找一份。"我正襟危坐地说。我没直接说出退学的话,我不愿意刺激他,这是我在医院外面徘徊时做出的决定。

"说说大宝吧。"有一阵他没有开口。他在和植入器的排斥期做斗争。他很累。也许他根本做不到,他在硬撑,可他却咧开嘴笑了,"我在医院里待了多久?老实说,我挺想大宝的。"

"他总想给我洗脚。"我在想兰大宝,他会不会想这个让他发生了天壤变化的人?如今兰大宝可以随便摸谁的脸蛋,拥有一大把闪亮发卡,而且每天都闹着到园林路公园里去站桩练声,可他却无助地躺在这儿。"每天晚上他都缠着我,把水弄得到处都是,如果我不答应他,他就不上床睡觉。我不知道别人怎么想,在城市里,你还能见到一个一步不落跟在妹妹身后缠着要给她洗脚的哥哥吗?"

他笑了,扭头向"夫人"示意。"夫人"微笑着摇摇头,离开病房,轻轻带上门。我不傻,我能看出那是什么。他在告诉她,要她放心,他没事,他想和我私下谈一谈。她在告诉他,别太用力。

"听着,"他皱了皱眉头,认真地说,"你可以让大宝给你洗脚,那不会让你失去尊严。但如果你炒了合唱团,我会追杀你到火星上去。"

"才怪。有本事让海牙国际法庭来审判姐。"我不想配合他的关怀。我不想接受任何人的关怀。

他困难地扭动着身子,抬起头,吃力地从床头柜的抽屉里取出一份歌谱。他不可救药,死到临头还想做他的音乐殉道者。他困难地欠起身子,但没有做到。他示意我走近,把歌谱递给我,让我看。我根本看不懂。我不知道那些鬼魅的黑色蝌蚪在说着什么。但我不想生气。我原谅这个器官衰竭者。

"是你的歌。"他看着我,微笑着说。

我没听懂,惊讶地看他,再看手中那些到处游动的蝌蚪。"法律没有规定病人可以骗人。"我口齿不清,不知道自己都说了些什么。

"还记得你哼的那段歌吗?我把它记录下来了。我发现它的旋律很奇特。你怎么说,'屌爆了'?我就是这么想的。"他闭上眼,喘了几口气,睁开眼睛说,"你的歌。你的。"

"你是说,我随口哼哼的那段旋律,它是歌?"我呆在那里。

"对。原来不是,现在是。当然,现在它长大了。"他冲我眨眼,扮了个怪脸。

我扑上去抱住了他,手中的水果滚落到床下。我把什么弄倒了。我把手中的谱子弄皱了。但我不管,我就是要么做。我愿意把自己弄倒,只要他还在,他还活着,还能活下去!

"夫人"惊吓地推开门冲进来,惊讶地看我们。我不知所措,他狼狈地缩在被单下。"夫人"抚着胸口松了一口气,笑了,把我弄乱的一切收拾好,查看过监视仪,再度带上门离开病房。

"这不是一首歌。严格地说,还不是。"他笑眯眯地看着捧着谱子爱不释手的我,"但它可以是。我需要你帮助我做完接下来的事情。"

"你要我做什么?你要不要我把这里再弄乱一次?"我舍不得放下谱子,它是我在窗户玻璃上看到的另一个我。我舍不得把视线从他那张消瘦的脸上移开。我觉得他太老了。我觉得他在医院里待的时间够长了。他为什么老赖在这里?他不知道我他妈愿意为他做一切事情吗?

"学习乐理知识。"他不知道,自顾自说,"我教你。没有你我做不到,没有我你也做不到。还记得吗?你的话,我俩都是特殊人物,我们得团结一致。你说的。我们第一次见面的时候。"他停下来喘了一会儿气,检查了一下身上的管子,"我不是说把它写成歌。我觉得,要是这样它会生气,因为它比这个了不起。我们为什么不试试四部混声合唱?我是说,我们把它写成一部合唱作品。我是说,现在它什么也不是,我们从头开始,我告诉你该怎么做,你来写,你自己写。"

"我该怎么做?"我张皇失措地看着他。

"去找它,找到它,然后把它生下来。你是它的妈妈,你把它生下来。"他看着我肯定地说。

"我想做一名音乐老师!"我激动地宣布。

"可以。"他想也没想就附和我,"我是说,你可以做任何你想做的事。就算你做不了,做不到,但只要想了,努力了,你就长大了。"

"你是说,我不是唱歌的料,做不了歌手,但我可以用音乐来长大?"我盯着他问。

"当然。"他困难地点头,"你可以用音乐来思考,你还可以用音乐来计算。但是,当你真的走近它,我相信你不会再用它来计算别人有没有少给你一分钱,而是会用它来计算别的。"

我听懂了他的话。我第一次没有对这样的大道理表示反感。我朝窗外看去。我看见很多云彩向我涌来。我不知道,有什么在我内心被触动了,我不知道,那和打开这种事情有没有什么关系。

十三

"他"在戒毒所里开始最后一个脱敏疗程前失败了。不知道"他"用什么办法骗过了管教人员,从哪里弄到了"他"渴望中的脏货,那是"他"的天堂通行证。"他"被送回强制室从头再来,接受束缚中漫长的毫无尊严的治疗。"她"也失败了。充满杂质的"棕色糖"不是"她"带进戒毒所的,但"她"在继续"她"的无措。人们不断帮助"她"找到工作,"她"又不断把它们丢掉。

我的家庭和世界一样,并没有改变。大人们习惯了他们的生活,他们像任性的孩子一样,说什么也不肯放弃他们在生活中赖以依存的心理玩具。

但今天的风不是昨天的风了,今天的声音也不是。我知道改变在哪里。

兰大宝每周一次跟我去练声房学习发声,还有与和声部的协作。学校为他办了一张特殊通行证,他在自己的照片旁歪歪扭扭地画了一朵百合花,然后把它绑在眼镜腿上,这样他就同时拥有了两样心爱的宝贝。

在兰大宝接受合唱团第一指挥助理单独训练的时候,我在指挥办公室里读《乐理知识》和《五线谱简易速成》。我知道窗外有蜜蜂安静地飞过,还有看不见的花粉孢子。我不看它们。我知道我做不到,我离一个作曲家还有一段遥远到足以让人放弃的路,但这有什么?

左渐将回到练声房的那天,是合唱团的重大节日,所有团里的小鸟们和老师们都拥进了练声房。他像一个怕寒的老人,披着一件皱巴巴的棉坎肩,站在那里,脸色苍白,不明白地看着大家,然后蹙起了鼻子。

"怎么回事?"他不高兴地说,"你们怎么没有穿校服?你们的衣裳怎么全都是蓝色?"

"蓝色是恋爱的颜色。"第一指挥助理憋着笑代表大家说。

他怔住,像被啄木鸟啄了一下,往后退一步,求助地回头看。年轻而美丽的芭蕾舞演员不在那里。她在学校门口看着他走进活动大楼,然后悄然离去。她不想让人们说她是他的监护人,不想让人们认为她在用她绝望的爱做最后的逼宫。

"别紧张指挥。不是真恋爱,那样不够分的。姑娘们就是想让自己酷一点儿。"第一指挥助理解释。

他笑了,松弛下来,抹了一把额头上的汗。他不该兜里不带纸巾,他应该带上一方复古手绢,那种有手绣花边的。他很快恢复过来,走到练声房的中央,那里放着那把脱掉漆皮的破椅子。

"我必须告诉你们,孩子们,这首曲子有点儿难度。不,我撒谎了,不是有点儿难度,而是非常难。"他掩了掩棉坎肩,从乐谱架上拿起乐谱来,看了一眼,直接进入主题,好像他从来没有离开过似的,"现在,让我来告诉你们它有多难。"

但他对我就没有这么客气了。他走进办公室的时候,我拘谨地站了起来。我不知道为什么我会拘谨,这根本不是我的风格,但我就是忍不住那样。

他看着我写下的那些旋律。我紧张得像只初次猎获蚊子的青蛙。而他则像一头不满意河水和河畔植被的河马,从谱子上抬起头,盯着我。

"你写的是什么?"

"谱子呀。你让我写的。总谱我还做不到,但迟早有一天我会做到的。"

"总谱?你竟然敢提总谱?你打哪儿来的那么大的胆子?"他的目光冷冷的,口气里充满蔑视,"看看你都写了些什么?你觉得你写的这些闷闷不乐的失败者的旋律有意思吗?有吗?"

"我觉得挺好的。我喜欢。"我不服气。

"音乐表达人类的一切生存情感,生死、命运、爱、幸福、友谊、善恶、劫难。世界广阔到眨一下眼就会损失万千,你就看不到别的?"

"你说的一切,也包括失败者。我写的就是这个。"

"失败者?你为什么不去扒碟,不去苹果在线商店里买段子?那比这个更简单。"

他像毫无修养的街头暴走族一样地愤怒了,把谱子抓起来,抛向空中。它们飘落下来,有一页贴在我的脸上。我惊呆了。我把谱子和笑容从脸上揭下来。我不知道他怎么了。我不知道在医院里的那个他是不是他,那个笑眯眯看着我的那个他是不是他,还是因为医生在他出院时为他换上了一颗不再脆弱的心脏,他变了?

"别告诉我你最大的愿望就是去监狱享受纳税人支付的福利,关于这个我比你知道得多!"他粗鲁地冲我喊。

"你当然比我知道得多,我没本事像你那样进过监狱!但这不等于你就可以来教训我!"我发作了,气呼呼地冲着他嚷道,丝毫不管是不是伤害了他的自尊心,"凭什么你就是歌唱家,而我就是特殊人群?两岁的时候你还赖在妈妈怀里哭呢!"

"没错,我是进过监狱,可我没有妈妈。"他并没有被打倒,口气严厉,毫不通融,"我一眨眼她就去世了。"

"你有没有觉得,"我手在颤抖,浑身僵硬着说,"你在让我做一件不合乎逻辑的事?我根本做不到。我努力了可我做不到!"

"你指艺术规律?"他气咻咻地不肯让我过去,"你说对了,艺术的起点是超验的巫术,它从来就没有向逻辑投降过。"

我看着他。我已经不生气了,他还在恼怒。他的确老了,的确应该试试换一颗健康一点的心脏,可如果做不到,他完全可以像老了的英国人或者因纽特人,难道中国就不生长绅士?

我走过去,从地上捡起谱子。它们凌乱不堪,要把它们收拾起来可不容易,但我做到了。我把它们一页页拾起来,收好。我走到办公桌前,把歌谱理整齐,当着他的面,把它们撕掉了。

他瞪着眼不解地看我,嘴唇直哆嗦。我把撕碎的谱子丢进垃圾篓里,扭头离开了指挥办公室。我想也许我应该先通知医院,至少弄一台呼吸机来,或者一副担架,但我什么也没管,就是那么做的。

十四

左渐将和我有过约定吗？我想没有。但从那以后,我成了他的第三个指挥助理,为他记录练习笔记,帮他挪动排练椅,在他教导那些小鸟们的时候,静静地坐在角落里看着他。

他在加大对我的乐理知识的学习和练习。他就像一个令人厌恶的魔鬼,一步也不肯让我从五线谱前逃开。连续半个月,他没有脱下那件皱巴巴的棉坎肩,让我忍无可忍。我没办法再和他相处,他却有的是办法让我在撕碎谱子,冲着他发作一顿,冲出指挥办公室后,乖乖地重新回到办公室,坐回键盘前,怨气冲天地继续我的乐理训练。

作为对我学习的奖励,他带我去了一些地方。东部华侨城。深圳湾。七娘山。他喋喋不休地抱怨说,他病得很辛苦,得休养。他的确在快速孱弱下去,行动困难,连走路稍长一点,就喘不上气,需要我去搀扶。但每次我去搀扶他,他都会怒气冲天地打开我伸向他的手,让我在一旁老老实实待着。

他不再每天去合唱团听小鸟们啾鸣,这属于休养,去莲花山上晒太阳或者去红树林边吹海风也属于。但他根本没有修养,他像个恶魔似的逼迫我训练——不是识谱,是观察。他让我看海湾深处,问我看到了什么。我不怀好意地告诉他,我看到了漂浮着的垃圾袋和死掉的鱼虾。他让我听山路两旁,问我听到了什么。我恶毒地告诉他,我听到了打桩机的噪音,还有山下汽车一辆接一辆驶过的轰鸣声。他让我继续看、继续听。我简直烦透他了。

"你想让我看到什么,听到什么?难道你就那么喜欢正在腐烂的鱼虾和扑面而来的废气吗?"

"然后呢?还有呢?"他追问道。

我承认他是对的。的确有然后。然后是一波波涌进的海水,它们气势磅礴,不屈不挠,追逐着海鸟,一波接一波新鲜地涌到我们的脚下。还有鸟儿欢快的叫声,露水滴落的声音,云彩划过低空的声音。

"还有,还有还有!继续听,再听,什么也别想,注意听。"他烦躁地跺脚。

我完全绝望了。我真的觉得自己不属于任何料子,做不到任何事情。我为什么非得做一个歌手?我为什么非得有一个理想,或者按照什么人的塑造来完成一次成长?我把我的念头告诉了他,他骂了一句粗话。他说,蠢人才说这样的话。

他带我去了深圳交响乐团。那是他过去待过的地方。"我被开除的地方。"他冲我戏谑地眨了眨眼睛。他简直太坏了。我从来没有见过比他更坏的老家伙。

乐手们在排练。年轻的指挥看见他,停下来,在舞台上向他鞠躬。所有的乐手都站了起来。这就是老家伙的好处。他向年轻的指挥鞠躬,示意他可以开始。他们开始了。不,不是排练,是勃拉姆斯的《第一交响曲》。

宏大的交响乐在大厅里响起的时候,我一下子垮掉了,变得像个刚从天堂学校里放学回家的乖孩子。我觉得我熟悉它们,与生俱来的熟悉。我的后背紧贴在胶木椅背上,膝盖发软,指尖把手掌掐得生疼,眼眶湿润。我觉得我可以有很多的妈妈。我觉得我可以被一次一次地生下来,也可以生下一些什么。

他呢,他在哪儿?我打了个寒战,像被母亲抛弃掉的婴儿紧张地回头看。他在很远的地方,在排练大厅的最后一排,一声不响地缩在椅子里,闭着眼睛小憩。我知道,他累了,而且,他是要让我在神圣的音乐厅里,做唯一的听众。

"我需要你帮助。"从排练大厅里出来时,他对我说。他不看我,看大街上,显得有些不好意思。

"我晕,我不想做义工。我有一大堆事。我家里全是大人们应该干的活。"我拒绝说。

"你怎么这么聪明?"他叹了一口气。

"是狡猾。我不喜欢聪明,我喜欢狡猾。"我得意地说。

"我不能再拖累她。"他没有提到那个能用"倒踢紫金冠"征服深圳的美人儿的名字,"我知道你们在背后叫她什么。但她不是我的夫人。我没这个福气。我不该再拖累她。我只是需要人照顾。"

"你真把自己当成一个加V男？你是一个忘恩负义的人。"我生气，不知道是为谁。

"忘恩负义就忘恩负义，爱说什么就说什么好了。"他固执地说，"我能自己冲凉，穿鞋也能凑合，但谁去梅林路农批给我买菜？我可不愿意把钱花在超市里，花一斤的价能在农批买四斤。我没有那么多钱。"

"你赢了。谁让我的谱子在飞速进步，而且你又那么可怜，对不对？"我妥协了。

"你答应了？"他惊喜道。

"是妥协。"我纠正他，"可你也得妥协。"

"说。"他喜形于色地说。

"让美达进合唱团。"我说。

他收起笑容，皱着眉头看我，看一阵，扭头看街头驶过的车，又回头看我。他在权衡利弊，好像他对这种事情很难做出准确的判断。我真想告诉他，男人都他妈这副德行，看人只看表面，活该错过一个又一个好姑娘，被婊子们骗得痛不欲生。

"求你了，美达想进合唱团想得哭。"我拽住他的手摇晃，央求说，"她不是想进合唱团搞什么，她只是不想被我和朱星儿甩掉。"

"你是什么时候学会关心别人的？"他疑惑不解，一点也不觉得他这是在讽刺，"我不是说大宝，我是说美达。这不像你知道吗？"

十五

我成了左渐将家庭生活的帮手,每周三次,帮他打理一些他处理不了的家务活,不收取任何费用。我勒个槽,我在帮助他。这是他的说法。我,帮助他。

放学以后,我骑着自行车,搭载着兰大宝去左渐将家。他的自行车,八成新。我不管交警会在什么地方埋伏着捉住我,只要兰大宝不在车上玩眼镜就行。我蹬着车飞快地驶过农林路,在凤凰木漏下的阳光中快速超过周星驰。小男生好奇地看着我身后的兰大宝,再看我梳得整整齐齐的小辫儿,一脸的不解,好像他从来没有见过我,没被我骚扰得苦不堪言过似的。

一进左渐将家的门,我就打开了所有的窗户。如果我不来,它们可能一整天都关着。左渐将笑着说,怎么会这样?但他会依然如故,很快躲进卧室里去写他的曲子,像只过冬的老鼹鼠。

兰大宝有了新玩具,这回是大家伙。只要坐在钢琴前,他就绝不肯再挪窝,这样,我就必须每隔两小时催他去一趟卫生间。兰大宝捏着短粗的手指,挨个儿敲打琴键,因为琴键发出的不同音阶又爱又怕,紧张地笑个不停。我会事先用口罩兜住他的下颌,那样,他的口水就不会滴在昂贵的钢琴上了。

我会在来之前,绕道去农批买一大堆蔬菜。我把它们全都泡进水池里,依次刷洗,直到它们干净得像天堂里来的贵宾。

"买这么多,能吃三天。"他皱着眉头吝啬地说。

"多吃西红柿你的病就会好,黄瓜也一样。"我甩掉水珠向他伸手,"二十一块三毛。我不想可怜你。"

"明白了。"他笑,回客厅去取钱,"我也不能这么对你,对吗?"

我喜欢他这一点,知错就改。但也不一定,有时候他就很犟,这种时候非常多。

"你想过死亡吗?"我把一只洗干净的萝卜放进漏篮里。

"你说什么?"他在卧室里问,口气很紧张。

"我想过。"我关掉水龙头,从厨房探出脑袋,大声说,"我想做席琳·迪翁那样的歌唱家,嫁一个老男人,生一个漂亮男孩,再生一个漂亮男孩,让老男人教他们音乐,然后我再死。"

"好主意,这样你就有一个音乐世家了。"他从卧室里出来,朝钢琴那边的兰大宝看了一眼,"什么时候想的?"

"六岁吧。我不能肯定,也许还要早。六岁时我老哭,看见妈妈抱别的孩子我就哭。"我把另一只萝卜放进漏篮里。

"怎么会?"他靠在门框上,困惑地说,"我不是说妈妈抱别人孩子的事,我好像没有六岁时的记忆。但是,"他紧张地盯着我,"你刚才说死,什么死啊死的?"

我快速瞟了他一眼,没有接那个话题。我知道,他并没有他通常表现得那么不在乎。

菜洗干净了,现在它们一点儿农药味也没有了。他的情绪调整过来,要我给他念我新写的歌词。我给他背了一首《我不是阳光》。

> 我是阳光,可能不是,那有什么不同;
> 我是自在的雨点儿,有翅的蜜蜂,
> 夏季里满处开放的风铃花,是星光和花丛;
> 要来的还在路上,要有的赖在梦中;
> 该惹点儿麻烦了,是孩子就会得到世界的宽容。

他喷喷着嘴,像个街头没有学熟的小混混,说不错。当然不错,这样的不错我还有很多。我又给他念了一首《没有谁最可爱》。

> 人生就是舞台,总有一幕为我展开。
> 找到它,世界看我彩排。
> 不等待,走上舞台;
> 不等待,和烦恼拜拜;
> 不等待,和快乐同在;
> 不等待,伸手牵住未来。
> 开启所有的灯光,忘记了台词从头再来;
> 这世界没有谁最可爱,舞动起来就是精彩。

他用妒忌的眼光看我,说这是他听到的最糟糕的歌词。我扬扬得意。我不想说他的坏话,比如妒忌什么的。他心脏功能不全,是弱者,这方面我得让着他。

"夫人"放心不下,总是忍不住来看他。她来的时候,饭已经煮好了,这让她有些失落和伤感。他留我们兄妹俩吃饭,加上"夫人"。反正我也赶不上回家做饭了。反正"她"还是找不到用工单位,总得给"她"时间。再说,我可以在离开之前留下十元饭钱。我觉得按照菜价,我和兰大宝支付八块饭资也不是不可以。

"你年轻的时候有女生追吗?"吃饭的时候我问他。我对这个问题好奇。

"夫人"抿着嘴在一旁偷偷笑,躲开他求助的目光,为兰大宝搛了一筷子豆干炒芹菜。

"我不老。我有那么老吗?"他从"夫人"那里收回目光,生气地看我。

"别受不了打击,据实说。""夫人"轻轻拍他的胳膊。

"好吧,我是不年轻了。"他不情愿地承认,"可我年轻过。我年轻过对不对?"

"我也年轻过。"我解释说,"我是说,我以后有资格说这种话。"

他同意:"只要活下去,谁都有资格说这种话。"

"你还是没有回答我的问题,你年轻的时候,有女生追吗?"我追问。

"我证明,有。""夫人"看不过他的难堪,为他解围。

"仅仅是有吗? 不是一般的有。"他开始吹牛皮,"毕业那会儿,我所有的东西都被班上的女生要走了,她们留下做纪念。你说我火不火?"

"人家是商量好了一块儿捉弄你。""夫人"吃醋了,揭发他,"你自己说的,人家大学一场谈三次恋爱,你一次也没谈过,到毕业时,连一辆破自行车都被女生要走了。哪有留一辆破自行车做纪念的?"我们都笑。

"说说你。你谈过恋爱没有?"他躲开让他跌面子的问题,拿我开刀。

"你以为我是腐女? 当然谈过。好几个。"我大言不惭。看了看他和"夫人"停下的筷子和看着我的眼睛,心虚了,"我是说,想谈。"

"别灰心,有的是机会。"他安慰我,一脸平衡。

"别欺负人。现在的男生都是物质男,有什么意思。你们就没觉得我色艺双全,完全有这个资格?"我急了。

他俩哈哈大笑。兰大宝不明白他们笑什么,也跟着呵呵地乐,嘴里的饭粒掉回碗里。

"传授个经验,"他用筷子头指点着自己的胸口,"向我学,往老里等。我刚才的确说假话了,年轻时,从没人追过我,我也没追过别人。是不敢追,害怕被人拒绝。可等到老了吧,比如到了三十岁,那个时候我可俏了,身后跟着一大排,撵都撵不走。事情就是这样,老了你才有资格捞上最好的女人。你得反过来,等最好的男人。"

我看到"夫人"的筷子轻轻颤动了一下。她把目光埋下去,然后快速给兰大宝搛菜,把一片黄瓜落在饭桌上了。

"我想嫁给你。"我脱口而出。

他愣在那里。"夫人"抬头看我。他俩对视了一眼,快速挪开目光。"夫人"为兰大宝舀汤,汤舀得沥沥拉拉,再去拾桌上的那片黄瓜,很费了几筷子。

"为什么?"他问。

"那样我就能生一大堆孩子了。我是说,谱子。"我闷闷不乐,"你们别安慰我啊,我知道不可能。我连恋爱是什么都不知道。我根本就没有想恋爱的人,只是说说而已。"

"也许,你可以等下辈子。""夫人"试图开玩笑,她脸色苍白。我明白她的意思,她想安慰我。她的意思是,这辈子别添乱了,就这样吧。

"如果你进步快,我会送你一套古典作品,正版的。"他承诺。

"你是说《眼泪》和《遇到上帝神圣的光明》吗?"我欣喜若狂。

"还有《来吧春天》和《静静的海洋和幸福的航行》。"他微笑地看着我。

"你觉得,要是我过生日,我能够立刻得到它们吗?"我等不及。

"你上个月才过的生日。"他狡猾地说。

"我可以再过一次。"我耍赖。

他放下筷子,突然收起笑容。他想到了什么。我有点儿紧张。

"在开始学习合唱的时候,我曾经想放弃。音乐学院比我强的人多了去了,他们每一个人都能让我臊得夜里不敢回寝室睡觉。而我什么也不懂。我甚至不知道风其实不是风,而是流动着的宇宙。"

我和"夫人"放下筷子,看着他。兰大宝不肯放筷子,他不安地看着手中的筷子,再看看衣兜里的眼镜。

"我的指挥是一个老指挥,他看出来了,什么也没有说。有一次,练习曲目的时候,他点我的名,让我走到指挥位置前,当着同伴们的面说出三个愿望。我不知道他为什么那样做,我按照他的要求说了。让我想想我说了什么。"他闭上眼睛想,然后睁开眼睛,"外星人,骑士和鸟儿。"

我被击中了,亲。这也是我想要的愿望!

"他让别的团员也说出他们的三个愿望。那些愿望被说出来之后,我们都笑了。那么多的愿望,它们离我们是那么的遥远,几乎没有一个愿望会被实现。是啊,一开始,每个人的愿望离自己都是那么远,远到不可抵达。"

"然后呢?"我急着问。

"气氛活跃起来,"他舒心地笑了,"而且,我们像打了鸡血的小崽子,斗志被重新点燃了。我们知道作为一名合唱者,什么才是最重要的——梦想。"

我和"夫人"相视一眼。我们不想让他难堪,拼命忍住笑,可怎么都没能忍住,结果是桌上喷满了我和"夫人"嘴里的饭粒,连兰大宝都没能幸免。他不明白出了什么事故,惊慌失措地看着我,等着我捡去他脸上的饭粒。

十六

一年一度的勃拉姆斯国际音乐节到了,国内抽签结果,百合合唱团胜出,代表中国参加本年度音乐节比赛。消息令人兴奋,合唱团开始紧锣密鼓地做着出国比赛的各项准备。

事情并不顺利。小鸟们变得紧张起来,焦虑不安,她们忘记了气息的支持、声带的闭合、共鸣腔的打开、韵母的形态准备,在起声阶段犹豫不决,混乱不堪,在激起的瞬间呈现出臃肿无力的发声,令人难以置信。

左渐将皱着眉头听完我的讲述,把药片放回床头。他想了想,要我放下手中正在干着的家务活,替他拿过笔和纸。他在纸上写下一句什么,交给我,让我带回学校,转给第一指挥助理。我偷看了纸上的内容,上面只有一句话,"让内心的秘密消失"。

我不明白,为什么要让内心的秘密消失。我有那么多的秘密,它们陪伴我从小到大,是我最信赖的伙伴,它们要是消失了,我怎么知道我是谁?

"让她们发泄掉内心的压抑,这个压抑来自内心的秘密。"他耐心地向我解释,"什么时候孩子们开始有了秘密? 一个孩子对世界有了秘密,对他人有了秘密,这不是好事,说明孩子不在了,他们没法告诉世界他们是谁,真实的他们是什么样子的。这个世界是他们的,他们不应该对世界有任何戒备,他们有权发出真实的声音。"

合唱团照着他的话办了。

"你们谁带了水果刀?"我一走进练声房就听见美达在嚷嚷,"我最近太胖了,我得把自己切瘦一点儿。"

"我也胖。我快愁死了。"朱星儿说,"我可不可以调整一下饮食结构,只吃矿泉水和阳光?"

"都站好了,把你们的臭美收起来。"我学着左渐将的口气,用指挥棒敲打着椅子背,"让我想想,注意波动。我再强调一次,轻声时声音几乎等于零,注意,是几乎,你的内心能够听见;强音时控制在弱于小二度的范围内,稳定住,别摇晃;快慢保持在每秒钟六次的范围内,别多,也别少。孩子们,我们可以开始了。"

不知道该怎么评价这件事,也许他手持小棍的时候样子很帅,但他根本不懂女生。当第一指挥助理宣布,接下来的两个小时时间里,大家什么也不做,只聊天,每个人都有权说出内心秘密而不会受到任何批评和攻击的时候,事情简直糟糕透了,小鸟们全都在说一件事,她们争相说父母的坏话。

"我老爸出门的时候总会问,我有头皮屑吗?"一只小鸟说。

"这算什么秘密?"第一指挥助理发呆。

"我妈每天吃饭的时候都抽泣,如果我爸不在,她就歇斯底里大哭一场。"另一只小鸟说。

"说自己的秘密,不是家长的。"第一指挥提醒。

"难道他们不问'今天怎么样'这句话,不说'早点睡'这句话,他们就会死吗?"再一只小鸟抢着说。

"请大家注意,别跑题。"第一指挥张皇失措。

"我们真的可以说吗?"美达问。

"当然,这就是我要你们做的,不,是指挥要你们做的。"第一指挥助理求助地看着美达。

"我恨他们!"美达大声地说。

练声房里爆发出一片笑声。我也笑。但慢慢地,我不笑了。我听见鸟儿在枝头鸣叫的声音,露水滴落在泥土中的声音,昆虫爬过枯叶的声音,云彩涌过头顶的声音。我突然开口,说了"他"和"她"的事情。

"他有头皮屑。我是说,我爸爸。很多,看上去很难看。但他从来没有问过她。我是说,我妈妈。他也没有问我和兰大宝,好像这个世界上根本就不存在我们娘儿仨。"我谁也不看,呆头呆脑地说。哄笑声和议论声停了下来。"他总是天不亮就出门,去关外一个个工厂试工,夜里很晚才回来,我们刚到这座城市的那些日子,就是这么过来的。"

我不知道我为什么要说这件事,但我就是想说。

"他一离开家她就哭,吃饭不吃饭都哭。"我说,"她知道他没有技术,年纪也大了,根本试不上工,他去也是白去。他就是在这种时候遇到了毒品。"我说,"家里没有钱,没有人肯赊货给他。他向她要,她把家里值钱的东西都卖了,还是供不上他。他要她去找人借,她不认识任何人,人家不肯借,借了也还不起,没能力还。她一次次出门,又一次次空手回来,他就揍她,把她脸揍肿了,胳膊拧脱了臼。"

小鸟们惊讶地看着我,不明白我在说什么。第一指挥助理也看着我,很紧张,不知道该不该拦下我。

"是她把他送进戒毒所的。她向警察告发了他。警察到家里来把他带走了。他在门口回过头来冲她大喊,说会宰了你。"我说,"她带我和大宝回了湖南老家。亲戚们劝她,离了吧,这样的男人没法过下去了,没有男人也能过日子,过得更好。"我说,"我们在老家待了三天,第四天,她把老家的房子卖了,带着我和大宝上了火车,回到深圳。她只带了一件行李,是一大包他喜欢吃的血肠。"我说,"她从来没有想过要离开他,一次也没有。"我重重地叹了一口气,"她爱他。她每一次去戒毒所,回来以后就躲在厨房里哭,但她更爱他了。"

我停下来,心里突然觉得一阵轻松。美达瞪着眼吃惊地看我。朱星儿掩住嘴哭了。练声房里一片寂静,啾啁声消失了。小鸟们快速地互相看了一眼,低下脑袋,好像过去她们把我看成一个怪物,那是她们的错误。

我赢了,但左渐将失败了,没有任何孩子会说出内心的秘密。我是说,表达。这是左渐将在合唱团里的第一次失败。不知为什么,我忧心忡忡,并没有因为头一回在众人面前说出了心里的一个秘密而高兴。

十七

出国比赛的日子越来越近,合唱团在无可救药地坠落,作为团里的灵魂,左渐将必须停下自私自利的休养,回到团里抄起他的指挥棍。

左渐将走进练声房。不,他不是在走,而是像刚从奥斯维辛放出来的苍白的孩子,一步步移进练声房。他拒绝我搀扶他。他吃力地坐在练声房中央,他那把漆皮脱落的椅子上,不安地看着他脚下的地面。小鸟们屏气凝神地看着他。她们在等待。她们都爱他。她们不愿意他为她们那么吃力。他抬起头,开始说话。

"我们来做个约定。"他喘了喘气,让自己平静下来,同时抬手示意我不必为他端去水杯,"就像最开始一样,我是说,像合唱最开始出现时的那样,你们不叫团员,叫歌者,我也不叫指挥,叫击拍者。让我们看看,我们能做些什么。"

他那么说,也那样做了。同合唱的起源一样,他和他的三个女助理一起,为他的歌者们上了一堂她们从未上过的课。

歌者们坐在练声房里,焦急地等待着。三个女助理一出现在门口,严肃的气氛就被打破了,歌者们简直笑喷了。三个女助理全都化了妆,穿着人类先民在祭祀活动时穿的羽翼装,光着胳膊和腿,几乎半裸着身子,分别装扮成一只巨蜂鸟、一只北方尖尾鸭和一只白腹沙鸡,样子可笑极了。而他这个击拍者出现在门口的时候,歌者们简直笑狂了,一个个没法控制地往坐台下滑。他赤裸着上身,腰间围着一件小得不能再小的兽皮裙,头上戴着一对纸板做的犀角,装扮成一头威严的犀牛。我是在场唯一没有笑出来的人。我看着他,那个肌肤苍白松弛、孱弱到无法直腰站立的老家伙,那个在现代社会里把自己扮成了小丑角色的人。我突然在心里痛恨起自己,同时怨恨年轻美丽的芭蕾舞演员,她为什么不走进校园,把他拉回到应该待的温暖的病床上去?她像一只没有骨头的蜜蜂,不要脸地追逐了他六年,现在她躲到哪儿去了?

击拍者开始了。他伸出一只赤脚,轻轻地在木地板上点了一下,然后是第二下,第三下。他的脚下得重了。他以脚掌击拍,引领着节奏,三只女鸟儿围绕着他,随着舞蹈的律动踏响地板,发出吆喝声,再从吆喝改为呐喊,从呐喊改为吟唱。在人类先民最早的群体歌声中,最原始的合唱声响起。歌者们静下来,她们不再嬉笑,慢慢直起腰身。

我是那只巨蜂鸟。我自始至终没有笑。我知道我在哪里,在干什么。我们在完成一次上万年前曾经发生过的祭祀活动,在与自然力、鬼神和祖先的超验力量对话,那是人类最初的精神生活。和我一样,"北方尖尾鸭"和"白腹沙鸡"因为衣饰不整满脸通红,但她俩谁也不肯让自己停下来。击拍者比我们更卖力,他严肃地板着脸,额头间满是汗毛毛,他把因为剧烈跳动滑落到鼻梁上的犀角推上去,再一次推上去,专注地表达着对神秘力量的呼唤和祈佑。我们都投入到原始的合唱中,忘记了自己的存在,直到歌者们从梦中醒来,队列中响起雷鸣般的掌声。

十八

合唱团的声音回到正轨,不,比过去更好。那是建团以来歌者们表现出的最佳状态。用我的话说,差不多是在一人高的空中自由飞过。

我必须为兰大宝准备一套正式的演出服。他是代表中国参加勃拉姆斯音乐节比赛的百合合唱团正式团员,在《嘎达梅林》中有一段妙不可言的领唱。他现在已经成了合唱团歌者们争相邀宠的公共宝贝,我能肯定,他能让这个世界把他当作宝贝。

至于我,我当然去不了风景宜人的维尔宁格罗德。我不是主旋律部中的一员,也不是和弦部中的一员,就是说,我不是合唱团中任意的一员,左渐将也不是 M.杰克逊,不可能带着一大堆助理去格莱美颁奖大厅接受万众的欢呼。但这没什么,我现在知道我是谁,可以做些什么了。我能在左渐将去机场之前,准备好他需要的所有总谱,同时在美丽的"夫人"被他严厉地下达回避令之后,悄悄为他准备两包我能买得起的劣质香烟。

至于"她",她不知道该怎么应付兰大宝去德国这件事。她紧张得要命,坐立不安。她对她的傻孩子要去德国唱歌这件事反应惊愕,心态复杂。她不断问我,德国人为什么想要兰大宝?他们会不会把兰大宝送进集中营?或者,我们家会不会背上一屁股永远也还不清的债务,因此被法院下达驱逐令赶出这座城市?要是这样,她去戒毒所看望他就得花费一些精力了。

"我没有钱,不能给大宝做衣裳。"她摊开她的两只无助的手,一副无赖的样子。

"你当然没有。"她刚找到一份工作,还在试用期,暂时还领不到工资,如果没有我从学校和左渐将那里拿回家的补助金,下个月我们一家三口不知道能不能活下来,戒毒所的那一个,当然也坚持不了多长时间,"但我有。我挣的。"我说。

"已经花光了,剩下的你休想再拿回一毛钱去。"她惊慌地捂住衣裳口袋。

"不给拉倒。"我才不会让她拿住,"但我警告你,如果下次你再给他带任何官方不允许带的物品,哪怕你把它们藏在牙膏里,我也绝不会再交出一分钱的津贴。"

我推开她,趴在地上,钻进床下。我把我所有的宝贝都拿出来,分给了美达和朱星儿。按照商品交换规律和人类始终默认的潜规则,我半买半讹诈地从她俩那里凑足了钱,为兰大宝做了一套漂亮的演出服,添置了一些必需的生活用品。

我的学习开始归于正常。这个学期,我只和人发生了两次冲突,最终没有打架。打破课堂用具和打扰同学作业的事情还在发生,但明显开始减少。我在考虑,也许我可以利用双休日去"义工联"做点儿什么,只要"她"能在新的工作单位里多坚持几天,不很快被人炒鱿鱼。我开始回忆。我记得刚来深圳那年,"她"给我买过一件漂亮的蕾丝裙子,也许我该找出它,试试它还能不能穿。我就是没有想到,合唱团会要我提供身份证号码。

"当然不能全部都去,指挥助理也一视同仁。"第一助理对我说,"我是主旋律伴奏,我得去;你是总谱助理,你得去。周老师不去。"

"为什么?"我张着嘴,活像一个被人当场出卖的傻瓜。

"这你得问左老师,他定的。对了,别忘了带上总谱副件。"

他在指挥办公室里和校长说话。这个需要人帮助的俗人,手里端着水杯,面前的桌角上放着手机,不断地向振动着的手机瞄一眼。我冲进办公室,推开校长。我肯定,此刻他手心里一定捏着几粒药丸。我直接扑进他怀里,紧紧地搂住了他的腰,把脸深深地埋在他胸前,完全不顾泪水会不会打湿他的衣裳,同时那样做,会对他孱弱的心脏造成什么负担。

"我已经准备吃药了,喏,正在吃,只不过过了五分钟。"他张皇失措地解释,"我忘记什么了吗?"

十九

在风景优雅的维尔宁格罗德市,所有的孩子都是美丽的,不管他们来自哪个国家。所有孩子的声音都是美丽的,不管他们用哪种语言歌唱。

在合唱节上,作为比赛团队,我们只被允许听一场介绍曲目的表演。我们获准听英国孩子的声音。在接下来的竞赛单元中,组委会把非比赛国的孩子们全赶出了音乐大厅,以示公平。已经够了,一场示范,我们陶醉得不轻。你知道什么叫天使的声音吗?我向你们发誓,我们听到的就是。

比赛顺利地进行着,按照比赛抽签,在决赛中,中国歌者最后一组登台。第一个曲目是《小河淌水》。左渐将像往常一样站在歌者的队列前,用手势、头部的动作引导她们,用赞赏的目光鼓励她们。然后是下一个曲目。

曲目一首接一首,我在后台的大幕边站着,我比谁都紧张。我看见豆大的汗珠从击拍者的额边滚落下来,流进他衣领。他的指挥服有多老?他看上去的确太老了,可我肯定,三十八岁不是勃拉姆斯国际音乐节上最老的击拍者。

我在心里默默地祈祷着,祈求他能坚持住。我的祈求失败了。他垮了,被一只犀牛角压垮了,这个桂冠的懦夫!他用光了所有的力气,在最后一个曲目到来前沉重地倒在指挥台上,再也站不起来。

比赛场上掀起一片骚乱。比赛暂停,他被人抬下去,所有的中国团员都拥向后台。化妆间里弥漫着浓烈的丹参的气味。歌者们全都哭了。比赛总监派人来向中国的孩子们建议,她们可以选择放弃,因为她们出色的表现,音乐节组委会会考虑为她们颁发荣誉奖。第一助理情绪激烈,她提议用钢琴担任节拍引导,完成最后一个曲目。

急救中心的人赶来了,把他架起来抬上担架车,送往医院。担架车离开化妆室的时候,他伸出一只手,拽住了化妆室的门。他躺在担架车上,无力地转动着脑袋,在乱糟糟的人群中寻找着。我知道他在干什么。他在捕捉我!我退后两步,从他视线中消失掉,躲藏进人群中。但我没能做到。

他的目光停下来,罩住了我。该死的!他看着我。该死的!他看着我!我全身无力,停止了退缩出人群的企图,垂下脑袋。

他喘息着向医生示意,他会很快结束这件事,然后他会配合他们。他们同意了。

"你一直在观察我,孩子。你知道我要什么,你能做到。"他尽量加快语速,在舞台总监给出的五分钟时间内完成他的赌博,"队形不变。她们会掌握自己的节奏。相信你的歌者,她们是最好的,知道在音量和音色上如何配合。你只要注意起声部分,在激起的一瞬间加入力度,保持住它,小心过渡到下一个音符,然后,跟着你的内心走,什么也别想。去拿你的小棍吧。"

"你在胁迫我。"我觉得我在颤抖。我颤抖得都快要站不住了。

"对,我胁迫了。"他不容反驳。

"我做不到!"我说。

"你能做到。"他说。

"不!"我朝他喊道,"你别想那么做!我做不到,我不会听你的,这次绝不会!"

他像个蛮横无理的绅士,瞥了我一眼,不再理会我,把目光转到惊慌失措的歌者们。

"还记得我为你们表演的那场最早的合唱曲目吗?你们能听到人类向神灵的祈求,还能听见人类向自己的集体保留和传授生存技艺、彰示种族繁衍的声音,人类文明就是这么传承下来的,那以后就有了你们,就是你们自己。星儿,帮个忙。"

他把目光投向化妆台,那里有一盆欲绽未绽的百合,在此之前我们谁也没有注意它。他示意朱星儿替他把那盆百合花抱到他身边。他看了它一眼,然后抬眼看我,再看歌者们,抬手对她们做了一个静音的手势。

"最后半分钟。让你们的心静止下来,听,它有什么声音。"

百合在他怀中。百合静如虚无。化妆室里静得能听见五百兆光年外流星飞过的声音。我闭上眼睛,慢慢松开知觉,怂恿它靠向我的心。我听见了。

他太虚弱了,脑袋耷拉下去,无力地躺回担架车上,被人推出化妆室。他的最后一句话人们几乎听不见。

"孩子们,去,让世界听见你们的声音。"

四分三十九秒,中国孩子重新站上舞台。我站在我的歌者前面。灯光太亮,我看不见我的歌者。不是灯光,是他,我的眼前只有他。他目光如炬,在黑暗中一眨不眨地看着我。我的指尖划过一道轻微的痉挛。我头一次知道,一个老人的目光能有这么明亮。

吸进一口气,我举起手中的小棍。

我们开始了。

我手中的小棍一直悬在那里。

歌者们气息均匀,静静地看着我。

我手中的小棍没有落下。我知道我的身后有什么。不是评委,是整个世界。

现在有一道题,请回答:一个十四岁的女生,她有一个因为不断复吸因此老在去戒毒所的路上的父亲,一个用日复一日说大话来鼓励自己却缺乏基本生存技能因此不断丢掉工作的母亲,还有一个每天提出一百个天才问题却找不到卫生间在哪里因此总是拉在裤子上的智障哥哥,她该怎么办?

没有人能回答这个问题吗?好了,我现在来回答。我是说,现在,让我们来听花开的声音。

那支四十八克重的金属小棍轻轻落下。气息扑面而来。几乎听不见声音。注意,是几乎,但它在那儿。是的,那就是花开的声音。

激起段落是那么的美妙,几乎毫无瑕疵,我赢得了第一个高分。我知道我出生了。我知道我打开了。我知道她们行。我相信我的歌者,相信这个世界,相信我自己。

我的歌者在主要和弦部分上此起彼伏,如鱼逐波。风通过峡谷。雨点儿打在云朵儿上。蝶翅划过草叶。雪粉团从塔松上跌落。主题出现了,那是兰大宝。他像一个骄傲的王子,穿着漂亮合体的演出服,戴着他最中意的那只黑色眼镜框,十分肯定地进入了第一个小节。和声部分默契地退让开,为他露出月光之溪,在溪畔的黑暗中像萤火虫似的烘托着他。天上掉下来的那个人是他吗?他的女朋友还在遥远的路上吗?他可以当爸爸吗?他还在等待人们的夸奖吗?然后他愉快地消失,歌者们跟上。小棍执着地划开气息,花开的声音如潮涌来,瞬间幻化成漫天繁星。

我不知道我是怎么结束这一切的。热烈的掌声把我从穿越中召唤回来。我没有演出服。我穿着一身普通的牛仔装,因为后台工作衣裳有些皱巴巴的。我连妆都没有上。我只是一个瘦小的脸色苍白的中国孩子。我慢慢转过身,不明白地看着全体站立起来用力鼓掌的评委会成员,他们的眼里有什么,星光还是泪花?

"鞠躬致谢,快鞠躬致谢!"

第一助理满脸潮红地在身后的什么地方着急地提醒我。

二十

合唱团的全体成员们彻夜守在医院外面,可除了领队和第一指挥助理之外,所有人都被礼貌地拦在医院外,没有人看到他。

天亮之后,我们去了机场,离开维尔宁格罗德的时候,大雪停了下来,他还在昏迷中。"夫人"和我们同时登机,我猜,她乘坐的航班和我们的航班会在欧洲的某个航线上交肩而过。她去接他回家。在此之前,她办理了挂鞋手续,离开了她迷恋的芭蕾舞团。此刻,她和他都不知道,中国的歌者们拿到了本届勃拉姆斯音乐节的总冠军,她们妙不可言的歌声如今正以光的速度在全世界各地传播。

回到深圳后,我把大宝托付给朱星儿和美达,去戒毒所看"他"。陪"她"去。这是在他第四次被送进戒所之后,我头一次去看他。

他俩一见面就抱头痛哭,把我撇在一旁。我坐在那里,看着拼命埋怨对方的他俩,再低头看我的手。我手里捏着一样东西。那是我给他带去的礼物,一盒德国产香烟,我用团里发的补助金买的。我扭过头去看会见室的窗外。那里有一些戒毒人员在打篮球。有人投中了一个三分球,人们都很开心。

我想到了左边锋周星驰。我还想到了两句新写的歌词。他和她还没有哭够。可能永远都不会够。我没有机会告诉他兰大宝和我的事。兰大宝缠着我用他的眼镜替他去换领结,他从德国回来后迷上了演出服,但没有人在乎他的眼镜,而且,我再也没有宝贝去替他换回新的演出服了。我知道不该怪他们。不是他不关心他的儿子和女儿,也不是她忘记了我的存在,是我认为没有必要。他俩需要更多的时间。大人们需要更多的时间。还有,他曾经是我父亲,但现在他什么也不是,他只是我和兰大宝的一个历史,我们必须承认的历史。

学校的空气很紧张。美达决定去美国读高中。朱星儿的脸上开始长痘了。这个学期结束后,我们会在高中见,但也可能不见。总有人被踢出名校,这就是人类社会的规律。死敌和死党都不是永恒的,我也不是。我的成绩并不理想,预考时有两门科目不及格,但我已经决定继续完成学业,读完高中。不管我能不能留在百合中学,我会让自己拿到高中毕业证。

放学之后，我踩着肮脏的滑板飞快地穿过凤凰木漏下的阳光，在农林路撵上美达和朱星儿。

"骗过学校了？"朱星儿看见我的时候松了一口气，"这个你拿手。"

"没有。"我老实承认。

"没有是什么意思？"朱星儿惊讶地看着我。

"我违犯了校纪，我得承认。"我说。

"那是募捐，为别人，该叫公益吧？你没有必要这么认真。"美达说。

"那也不能把学校的公物偷出去卖掉。"我说，"我反悔了。我得认真。"

"就是说，你招供了？连我一块儿出卖了？"朱星儿狐疑地看着我。

我认真地点头。没有什么好说的，我的确那么做了。

"兰小柯，你怎么是这种人？作为我最要好的朋友，你有责任对我负责。"朱星儿不相信地看着我。

"包括替你去死？"我问。

"包括。"她肯定地说。

我没有说话。我从朱星儿身上看到了过去的我。我装作看路边的人，为自己脸红。我不该说这么多的话。不，我可以说任何话，但它们帮不了我，谁也帮不了我，我得靠自己成长。

二十一

左渐将?是的,后来我去看了他,在他回到中国之后。

"夫人"告诉我,左渐将没有几天好活了。她在下课之后走进校园,把我约出教室,在花园里告诉我他糟糕透顶的情况。她眼里含着泪,微笑着说。我们什么也替他做不了,那是他的心脏,他自己不争气。她说,他希望你去看他。

我木讷地站在一大丛篱杜鹃旁。我胡乱地想,"夫人"自己呢,她的心脏,谁替她捧在手心里?

"祝贺,最佳击拍者。"我一走进病房他就说。他躺在病床上,身上插满了管子,头发长长的,有点儿蓬乱,就像一头被人猎获住的糟糕的大象。

"我该怎么开始我的演讲?"我看都没有看一下他的狼狈样。我四处打量着,在床头坐下,把脚跷在床架上,像真正的总冠军那样大声地说话。

"中国是我的祖国,歌声是我的故乡。"他想了想,一本正经地说。

我俩都笑了。我觉得这个激起段落开始得不错。他让我去床头柜的抽屉里自己拿他给我的礼物。是巧克力,一粒。这方面他始终很抠门,从不肯网开一面,哪怕是对我这个总冠军团队的击拍者。

他躺在那里看着我,像看一个老朋友。他真不该看我。他那么看着我,我就不得不拿下放在床架上的脚。

"这样好多了,符合你漂亮的衣裳。"他朝我身上打量了好几眼,一脸狐疑,"你穿过这件衣裳吗?我怎么没见过?"

我脸红了。我真不该那么刻意,在来之前翻出那件只穿过两次的蕾丝裙子,露出两截腿。可我就是忍不住。我想让自己漂亮起来。我是说,像真正的女生那样。

"凭什么我就不能这样?我说我恋爱过,是真的,我没有撒谎。"我向他承认。我就是不能摆脱向他承认一切。

"六岁的时候?真恋爱?"他把目光从我的衣裳上收回,好奇地问。

"没有那么大。"我肯定地说。

"我以为我是唯一在你还没来得及发育的时候偷偷爱过的人。"他有些失落。他完全在吃醋。

"是一只狗。"我满不在乎地说,"一只小公狗。在我爸爸不断消失、我妈妈不断去找爸爸的时候,它一直在保护我。"

他狐疑地看着我。我咧开牙床冲他笑了一下。然后我扑到床上,扑进他怀里,放声大哭。

"我不要你死!不要你死!"我抽咽着朝他喊道,脸上满是泪水,它们顷刻间湿透了他的病号服,"你死了我嫁给谁?我谁也不嫁!"

"夫人"没有进来。这一次她的心很硬。在离开校园之后的当天晚上,我在网上叩了她,问她为什么不嫁给他,六年了,她能嫁给他十次。她先不肯说,后来说了。她说他不愿意娶她,因为这个该死的老家伙不愿意她日后做二婚女人。她还在等待。她已经没有多少时间了,而她需要更多的时间。她需要用尽一生的性命才能吃力地翻过他这一页。

我的眼泪打湿了他的病服,也弄皱了我漂亮的蕾丝裙子。然后我们恢复了正常。我离开他,起身给他倒水,找出刀给他削苹果。他那副有气进没气出的样子,当然什么吃不进去。我问他想不想听我最近写的歌词。他想听,但累了,要闭眼睡一会儿。他同意我俩暂时不说话,这样他就能够休息一会儿。但他是个撒谎大王,立刻就说了。

"你可以不嫁人,但得活到不想活了再死,对吧。"他喘息着说,"你不是自己的太阳。谁都不是自己的太阳。每一样东西都是生长的养料,来这个世界一趟不容易,够我们感谢的。"

"可我不是一个好基因对不对?"我红着眼圈说,"我问过我妈,怀我的时候,我爸吃的是麻雀,这就是我为什么变不成凤凰的原因。"

"我想告诉你一个秘密,我自己的。"他闭上眼睛休息了一会儿,睁开眼睛说,"小时候,我是个胆小的孩子,因为这个,我爸爸整天打我,把我的头都打破了。你看到了,我不够聪明。"他努嘴示意他的脑门儿,"摸摸它,这会儿还有个硬疙瘩呢。"

"一个在生活中根本看不见的爸爸,他不是真正的爸爸。"我不肯摸他那个需要小心翼翼保护的天才脑袋,更不愿意妥协。

"回过头去。"他没法挪动,把手抬起来,这个需要用手来完成自己的指挥家,现在已经失去了一切。他困难地不耐烦地动弹了一下,示意我回头看窗外。

我照他说的做了。我回过头去,看见窗外的树枝上停着一只小鸟儿,它歪着脑袋朝窗户里看,它也看见了我。

"告诉我,它的爸爸在哪儿?"他说,气咻咻地,显得十分粗鲁,而且根本不在乎我是怎么想的,"它早就被它的爸爸丢掉了,但它在飞,一刻也没停。它会飞得很高,而且会有自己的孩子。"

"你想让我怎么做?"我觉得自己在崩溃。我恨死他了。他为什么还不结束?他早已不再是歌手,他连合唱都做不到了,而且不肯做那个一直在努力的芭蕾舞演员的合唱者。他早已越过了起声部分,他已经用完了他的所有时间,他已经到了全曲的终了,他应该在乐句消失的同时敏捷地结束掉自己的声音,像最好的合唱。但没有。

"回答我,你能把生命还给他们吗?想还给他们吗?"他目光如炬地盯着我,严厉地说。

我再一次哭了,哭得歇斯底里,一点儿尊严也没有。我知道那不是我要的,生命不是我要的,我那个时候还没有权利,但我得到了。现在的生活不是我要的,我也没有任何权利说不,但我同样得到了。他说得对,我不可能把生命还给带我来到这个世界上的那两个人,把生活还给生活。正如他也不能把死亡还给地狱,我们都不可能把任何东西还给任何人。

"那你呢?你为什么做不到?"我朝他喊道,"你是一个卑鄙的叛徒,只管自己,你还是一个自私自利的家伙,什么也看不到!"

有一刻,他什么也没说。他的脸色变得越来越苍白,很难看。他在努力呼吸,想让自己坚持更长一些时间。然后他开口说了。

"我承认,我不想死。"他说,"没错,我想活着。"有一阵他停止了,病房里能听见阳光嗡嗡的起伏声,然后他说了,"我想娶她,和她过一辈子。"

"去告诉她,马上!"我泪流不止,呜呜地抽搭着。

"我会那么做,用不着你操心!"他烦躁不安地说,气息在嗓子眼里发出蛇嘶声,"现在轮到你了。"

"胆小鬼是你,没我什么事!"我冲他喊。

"那就让我看看!"他一字一字地吐出那几个字。他不肯让我离开半步,把我钉在他面前的椅子上。

我妥协了,彻底妥协了。我不要脸地哭泣着,同时打开自己,说出了内心最后的秘密。

"我说哥哥是垃圾宝贝,我知道这么说他不公平。"我哭着说,"他没那么脏。他总是希望我把他弄得很干净,一点大便味道也没有。再说,他不能废物利用,因为他不是废物,对吗?"

"继续。"他像一个残酷的击拍者,不肯让我停下来。

"妈妈,"我用衣袖揩掉滚落下的泪水,我不知道为什么泪水会那么多,"我不后悔你不是最漂亮最富有的女人中的一个,不后悔你生下了我。你是不聪明,是挺笨的,但你的笨也让我长大了,我一点儿也不后悔。"

"一点儿也不吗?"他不依不饶地敲打着他该死的羊皮筒。

"是有那么一点点。"我哽咽着朝他喊道。他都快死了,为什么还不肯闭嘴?"但现在没有了,一点儿也没有了!"

"别停下来,继续,还有什么被你忘掉了?"他也严厉地朝我喊。

"爸,"我用力地擤了一下鼻子,我的鼻子肯定红了,这样会很难看,被美达和朱星儿耻笑,"我也不后悔你是我爸,不能后悔。"那颗奖赏最佳击拍者的巧克力在我手中已经融化掉。我把它稀稀拉拉地填进嘴里,弄了一脸巧克力酱。我相信在这个世界上,没有任何一个女孩子像我这么难看,"你从没给我买过冰激凌,从没问过我作业做了没有,从来不知道我在想什么,我脸上为什么有伤。但你把妈妈抱在怀里的时候,爸,我知道你想做个好爸爸。你想过。"

我忘了告诉你们,那天深圳的天气很好,没有台风路过,一切都很正常,和平日里一样正常。

我们叫作家乡的地方

黄昏的时候,我搭乘一辆顺风车从福永去南澳。姆妈跟着我。她一路上都没有和我说话,要么打盹,要么看着窗外的景色发呆。我们在路上遇到一辆抛锚的"滇B"、三个出了点麻烦的年轻穿越族、两对在海岸上拍婚纱照的新人和一大群在夕照中返回东部山区森林的白头翁。说实话,我希望能叫出他们和它们的名字,这样也许我们能够说说话,在漫长的路上大家都会好过一点。我们还遇到一场来去无踪的阵雨,这在岭南的夏季是常有的事,但这些都没什么。

车在山海相连的东部群山中穿行,这里气流乱涌,常常有诡异的风从森林中蹿出,聒噪地破窗而过,风中能闻到灵猫、鸢、赤腹鹰、褐翅鸦鹃、穿山甲和蟒蛇的气味,让人觉得指环王时代又回来了。据说东部大山里有野牛和野猪出没,我猜大多数深圳居民和我一样,并不认识它们。在市区里待惯了,有点像刑期过长的犯人,人们习惯了城市牢狱有保障的生活,出城跟出狱似的,免不了有些紧张,如果和野牛野猪遭遇上,需要翻译才能沟通。

夜里两点钟,我离开湿漉漉的大鹏所城,去了哥哥所在的夜总会。这个时候大部分游客都回市里去了,或者没回,在附近的客栈安顿下来,哥哥有机会出来见我。之前我在古城里毫无目的地逛了两小时,在"将军第"对街的小摊上吃了三只茶叶蛋,啃了两只加了玉米香精的煮玉米棒,坐在城门楼垛子下刷了两小时微博,又打了两小时盹。这期间我和姆妈没有说话。她也没和我说。有时候她走到我身边来,好像想要说点什么,但到底没说,站一会又走开了。更多的时候,她在什么地方无声无息地走动着,或者走进某栋老宅子里,在那里消失掉。我知道她会那样。她不会和任何人说话。但我不会勉强她。

哥哥手里握着一支金属材料拐杖从猩红的夜总会大门里一瘸一拐出来,就像一块被巨大的患了水肿的肺咳出来的异物,有些伤感,有些不耐烦。他是个瘸子,有那么一点,不太严重,喜欢随身带一支金属手杖,但并不怎么使用。我站在街对面的山墙下看他。他其实并不老,才三十出头,至少不应该像看上去那么老。好在我能认出他。我们有好几年没有见过面了,九年吧。我不知道他喜欢什么样的见面。我是说,虽然我俩同在深圳,我在福永,他在南澳,相隔不过几十公里,可是九年了,我们从来没在这座城市里见过面,一次也没有。我是说,自打离开老家以后,我俩就再没有见过面——他根本不愿意在任何地方以任何方式见到我,我也一样,我认为我们只不过是兄弟,各活各的,谁也不欠谁,见不见的没什么。但这一次我俩必须见,而且需要好好谈一谈。我们不能在夜总会里见,他只是夜总会保安队的小头目,夜总会不是他的,就跟伶仃岛不是他的一样,要是我请他在夜总会里洗个澡或者干点别的什么,他会认为我在污蔑他,说不定会杀了我。

"我们吃点什么吧。"等哥哥走近,我开口对他说。

我的意思是,我们可以把一些不必要的程序省下,他不用把我带到他家里去,让我认识他的家人,或者别的什么人,我们可以随便去某个地方坐一坐,假装消夜什么的,在那里把该谈的事情谈了。在路上我就决定了,我不会花他一分钱,不管吃什么,账单都由我支付。

听了我的话,哥哥看我一眼,扭头就走。在那之前他没有正经看过我,对此我什么也没说,跟上了他。

我们去的地方不是正规夜市,是海边的一个鱼鲜码头。码头上空荡荡的,码头的入口处停放着两辆贩鱼鲜的小型货车,夜晚的海风带来一阵阵沉闷的海腥味,四个男人坐在海堤上,借助码头上昏暗的灯光甩扑克。码头靠着出口,一溜摆着几个卖海味的烧烤摊档,节能灯吊在锅灶上,锅灶前油烟蒸腾,影影绰绰。离着码头不远是一条曲里拐弯的巷子,巷子口有两家门脸不大的私家旅社、一间乱哄哄的发廊、一间卖成人用品的小店和一个卖形迹可疑的水果的小摊,没有什么像样的人来往。

哥哥在一张油腻腻的低矮小桌前坐下,有点不耐烦地大声召唤摊档主。脑门发亮的中年摊主过来,看上去有点紧张。在此之前他不那样,和两个熟悉的食客笑骂着。姆妈没有跟上我们。我猜她不想参加我俩的谈话。她不会感到饿。她只想知道我和哥哥谈得怎么样,这样就足够了。

我问哥哥想吃什么,或者喝点什么。哥哥骂骂咧咧——不是骂我,我刚到,还不至于——是骂顺着节能灯纷纷往下掉的木蠹蛾。摊主拘谨地站在哥哥面前,用力揩着手上的油污,他肯定想躲得远远的,不愿意见到我哥哥,但是没有办法,他的排档炉火正旺,还有别的客人,不能不负责任地一走了之。

我要了一份炭烤海鲫,一份白水煮濑尿虾,一份姜汁煲鱿鱼须,几瓶啤酒,六瓶吧。酒菜很快上来,我们吃喝起来。

不知道是不是因为我们坐下来了,哥哥用不着一瘸一拐到处走动,这让他心情好了一点,气氛有所融洽,他谈起让他烦恼的事情。我用纸巾抹掉酒瓶上的水珠,启开瓶盖,把啤酒递给他,听他说。我还给他剥虾壳,那是一门手艺,你不能忽略掉虾线和虾头上的黄油,也不能让虾肉留下遭受过摧残的痕迹,得用锦衣卫执行廷杖的那种巧劲,就是说,人没了,皮肉完好如初。

没过多久我就弄清楚了,我到之前,哥哥刚把焦萍萍揍了一顿,他是为这件事烦躁。焦萍萍是我嫂子,他俩结婚六年了。也许时间更长,这个我不知道。之前他俩各有配偶,再之前焦萍萍是商职校的学生,哥哥在离婚之前还有别的配偶,但没结婚。我不清楚哥哥有过多少配偶。我说过我不知道,我们之间从不来往,没谈过这些事情。哥哥和焦萍萍有一个孩子。哥哥还有一个孩子,但不是焦萍萍生的,孩子的姆妈是代孕女,一手交孩子一手数钱,人钱两讫,然后就失踪了。

"看她的肚子就知道,至少还能生五个,也许八个,可惜了。"哥哥遗憾地总结说,他说的是那个替他生下儿子的"天使女"。

这一次,哥哥把焦萍萍的脸打肿了,就是这件事让他烦恼。听他的意思焦萍萍人长得漂亮,他很看重这个,一般不打她的脸;他有别的办法让她听他的话,而且,他不许她因为挨了打就离开他,更不许提离婚的事。

"我一直在为她打拼,为孩子们打拼。"哥哥委屈地说,"我还在打拼,就要成功了,她想怎么样?"

哥哥看重他的两个孩子,尤其是小的一个,就是代孕女生下的那个,是个男孩。据说那孩子长得有点灵异,老把拇指含在嘴里盯着人看,像缺了点什么,不如头一个女孩讨人喜欢。这些都是我听老乡说的。我没见过两个孩子和他们的妈。我还听说,哥哥在南澳一带很有名,是龙岗区的优秀务工人员,他没有高学历和高级专业技术资格,没有国家级技能竞赛奖励、发明专利和高额纳税数,但他靠着顽强的个人纳税、参保、固定居住、与人合办公司、做义工、参加青年志愿者行动和不间断地去献血站献血,差不多已经为自己积满了入户的分数,很快就能成为深圳市的户籍人口了。像他这样仅仅花了九年就能积满分的外省人不多见。但不管他的两个孩子长成什么样,他俩都是我侄子,两个都是。

"每次揍焦萍萍我都想哭,你说这算什么?她为什么不理解我,我为了谁,还不是他们母子三个?"哥哥灌了一气啤酒,不耐烦地看我了一眼,"你来干什么,嫌我还不够乱?"

我不知道该怎么回答他。我原以为他不会这么问,这让我一时无语。我为什么来南澳找他,这件事我俩之前在电话里简单说过。我从一个老乡那里找到他的电话。我没有他的电话,姆妈也没有。我回过头去寻找姆妈。我看见了她。她出现在鱼鲜码头,离我们有点远,站在礁石嶙峋的海堤上,呆呆地看黑漆漆的大海。哥哥没有跟着我朝海堤那边看,他要么是没看见姆妈,要么是故意的,但似乎也没有太大关系。

姆妈要死了,这就是我来找他的目的。是我俩的姆妈。我们的父母从来没有跟别人睡过,他们就生了我俩。我来找哥哥,他是父母的大儿子,小时候他们通常不叫他名字,管他叫"老大"。我找老大认真谈一谈,我俩得对姆妈要死了这件事情做点什么,不能什么都不做,那就说不过去了。

"你为什么不回去?"哥哥说,从桌上操起酒瓶,撸一下瓶嘴,不满意地看了我一眼。

"我回不去,不能回去。"我说。这件事我也在电话里跟他说过,我说过为什么我回不去。公司派人去土耳其安装光纤通信设备,名单上有我,为这个指标我等了三年,为争取等待这个指标的资格我苦熬了另一个三年。也许从土耳其回来我就能晋升二级职员,我所在的那家公司一万多号基础层蓝衣员工,像我这样的大学生有三千多,其中五分之一揣着硕士本,每个人都憋着劲往金字塔顶上爬,粥少僧多,要是错过机会,下次就轮不上我了。我觉得我已经等够了,不能再等了。我觉得这件事我已经说清楚了。

"老头的后事是你处理的,你有经验,他俩一样。"哥哥用力拍了一巴掌脸,从那里拿走一只血肉模糊的木蠹蛾,"我们最终都得死,对不对?"

"他们不会再给我机会,我只有一次机会。"

我很恼火哥哥的不近情理。我不能确定他说"他俩一样"指什么,可我在一家拥有白金版现代管理体系的大企业工作,和他不一样,我不想做水客,没有"新义安"的人可以帮我,也做不到一次次往街头义务献血点冲,为自己积攒一大摞献血证,再去换积分,我只想他能帮我一次,就这一次。

"我进公司六年了,已经干腻了,不能永远都待在基础层,这样什么前途都没有。"也许就算去过土耳其也改变不了什么,我还是进不了骨干层,但至少我努力过,不会后悔,这就是我的想法。

还有,我们的确会死,但不是现在,现在要死的是姆妈,这个也不一样。

"你就不该去血汗工厂,"哥哥愤愤地扬手赶走头顶上的木蠹蛾群,"我早说过,那里听上去不错,但你活在别人的错误里,活在所有人的错误里,这回你爽歪歪了,我没说错吧?"他把一块虾肉拣进嘴里,吮吸一下吐到脚边,用脚碾,好像那是一块突然活过来的基因突变物,是他自己,他必须那么做才能拯救地球。"她到底想干什么,就不能忍一忍?"他满是怨气地瞪着我,这回没有一掠而过,看得很仔细,"她总是做一些别人做不到的事情,要不是这样,情况会好很多。"

他说"她",他指的是姆妈,自打我俩离开家以后,他就一直这么称呼姆妈。我想他这样是错的,要是姆妈不生下我们哥俩,这些事情都用不着了,也轮不上我俩在这儿谈什么情况好不好了。但他那么说并非一点道理也没有——姆妈不是病入膏肓,她的确有一些病,甚至可以说病得不轻,但还能撑一段时间,几年,或者时间更长一点。但她不想撑了,觉得没脸撑下去,撑不动了。

"我走不开。"哥哥说,口气不容置疑,"我这条腿要了我的命,它现在越来越不听使唤,而且我不会再回到那堆狗屎里去,永远也不会。"

"那我俩谁回去?"我问。

"别问我。"他说。

"总得有人回去。"我坚持。

"你问她,问她自己,看她怎么说。"他不耐烦到了顶点,操起酒瓶,把剩下的半瓶酒一气灌掉。

我没有回头去看海堤那边。我知道姆妈还在那儿,要是她听见了哥哥怎么说,她会难过。我还知道哥哥有情绪,我俩从家里出来的时候,父母把能够攒到的钱全都给了我,一分也没有给他。我读大学需要花钱,他出来打工应该赚钱补贴我,这就是父母当时的想法,为这个,他一直不肯原谅他们。但他把我们家所在那座方圆上百里的大山叫作狗屎,这是不对的,而且他也不该提他的那条腿,他那样是在冒犯黄泉下的父亲。

我在想我和哥哥离开家乡那一天,姆妈送我俩一直送到县城。七十多里山路,是真正大山里的路,要是走公路就得乘班车,姆妈不想把钱花在车票上,坚持走去走回。我和哥哥没带行李。家里没有什么拿得出手的行李。我俩各背一只帆布包,包里装着换洗衣服。我的包破了,姆妈头天晚上替我缝好,家里为我攒的学费严严实实缝在夹层里。那天我和哥哥的表现不同。哥哥急匆匆走在前面,不断地朝路边的刺棵丛里啐唾沫,谁也不看,有一种壮士一去不复返的决绝。我有点兴奋,又有些不安,不知道到了学校以后别人会不会笑话我。那个时候我还不会说普通话,为这个我一直忐忑不安。父亲当时已经病了,他老是犯肝疼,怕花钱,硬撑着没去检查,自己到山里采了一些草药煎水喝,喝得人黑成一段漆木。姆妈本来不想送我俩,说她受不了,父亲非让她送,她就只能送了。

"他就想让我受罪,他就会这个。"背着父亲姆妈抱怨说,"他知道我会哭死,他自己也会哭死,但他让我受这个罪。"

发车的时候姆妈并没有哭。也许我看错了,但她的确没有抬手抹眼泪。脏兮兮的长途汽车从她身边驶过,她离得很近,如果不是车窗挡着,我都能摸到她被风吹乱的头发。她好像不相信车就这么开走了,不相信我们,她的两个儿子就那么离开了她,茫然地站在飞扬起来的尘土中,有点不知所措,有一只刚出生的小狗在她脚边歪歪倒倒地嗅着什么,但是一眨眼她和小狗都不见了。

"你什么时候回去?"我问哥哥。我们已经喝掉了三瓶啤酒,主要是哥哥喝,我象征性地陪他。我不能在南澳逗留太久,天亮以后就得赶回福永,不然就赶不上下午出境了。

"回去干什么?"哥哥困乏地抬头看我,好像不明白我在说什么,"你以为是怎么回事,随便说一句你什么时候回去,我就得乖乖听着?门都没有。"

我看哥哥。他说门都没有,他说了那个话像是松了一口气,把酒瓶子往脏兮兮的桌上一蹾,在砂锅里抓起一块鱿鱼丢给一只蹲在屋子角落里的猫。那只猫一直蹲在那里,目不转睛地看着我们。我猜它是在看哥哥,他们认识。我猜哥哥在等待这个时机,我是说,某种东西,它一直捆绑着他,令他困惑和痛苦,现在那个东西终于要断开了,"铮"的一声,他在等待这个时刻,然后他就彻底解脱了。

离我们不远的一个排档开着一台短波收音机,食客比我们这个排档多不少,都是附近客栈的旅游客,摊主不断地往桌上送去一些煮好或烤好的马鲛鱼、明虾、带子螺、花蟹和小蛏子。收音机里正播着一个夜间节目,听众一个接一个往里打电话,主持人是个女的,她让打进电话的人把身边的收音机关上,说自己遇到的麻烦,她再劝打进电话的人想开一点,念一些孔夫子的话,仁爱、推己及人、将心比心、企者不立、跨者不行什么的,说一半掐断电话,进入药品广告阶段,糖尿病肥胖症抑郁症之类的特效药,然后主持人再继续念孔夫子的话。

哥哥回头朝收音机喊了一声。我没听清楚他喊的是什么。也许他不是冲收音机发火,但收音机立刻关上了,孔夫子也没了声音。坐在我们身边的一对年轻男女背包客结账走了。我注意到那个女的,离开时她回头看了哥哥一眼,目光中有一丝不屑。隔壁排档也走了好几个客人,他们没吃完盘子里的炒河粉。一溜几家排档,无论摊主还是食客都低着头吃东西。看上去情况有点不对劲,大家都有点怕哥哥。我是说,哥哥在这里很有威信,这和老乡告诉我的情况一致。

"我不能回去。我发过誓,永远也不回去。"哥哥不耐烦地说。

"那我俩谁回去?姆妈要死了,总有人得回去。"我说,但很快我就后悔了。我不是那个重返大山的人,只能是哥哥,我不能把他激怒了,这样他肯定不会拖着一条瘸腿在镇上跳下班车,再走十几个小时的山路,回到家里去处理姆妈的事情了。

"我已经说过,我再也没有机会了,这次真的不行。"我把理由重新说了一遍,为了赢得哥哥的同情,这次加上我的第三个女朋友离开我的事情。哥哥不知道我谈过三个女朋友的事。我们都不知道对方的事,本来应该知道,但不知道。我说的全是事实,但我觉得真的没这个必要。

"说那么多干什么?"哥哥不耐烦地看我一眼,"你这样有什么用?你就这样让那些人拿住,任由他们宰割?"

"我没这个意思。"我觉得我得重新向他解释一下,我说女朋友的事并不是要逼他,女朋友离开我并不是他的错,他就没有让焦萍萍离开他,而且他很快就能攒满积分,成为深圳的户籍人口。我也想像他一样,留在深圳,为自己娶一个妻子,安一个家,不再做外省人。我一直在努力打拼,把命都豁出去了,把手指头都丢了一个,我并没有任谁宰割,所以我才不能回去。但说这些有什么用?我就不说了。

白水虾剥完了,虾仁在一次性塑料碗里堆得老高,有两只木蠹蛾掉进去,我把它们拣出来了。我在想要不要再加一份,或者换一个有壳的什么菜,竹节虾也行,这样我就有事情可做了。

两年前的冬天,父亲终于吐出最后一口气,撒手走掉。他被肝硬化折磨了几年,有一天他去山上收红薯,遇到野猪,他想把野猪撵走,结果反倒被野猪撵下了山沟,摔断了腿,得了坏血症,他痛苦的叫唤声连山里的动物都害怕,夜里不敢接近我们家。但父亲不是得坏血症死的,是肝癌。我不明白山里人怎么也会得癌。我不知道这个世界怎么了。我向公司请了假,回去处理父亲的丧事,丧事处理完,我们都轻松了很多。那天晚上,我和姆妈在火塘边坐着说话,她给我烤了几块糍粑,做糍粑的糯米是用头一年积攒下的桐子从山下镇里换来的,烤得又香又糯,很好吃。我问姆妈为什么不吃。她说心里堵,吃不下。我明白这个,她没有说谎话,谁遇到这种事情都好不了,但我还是把烤好的糍粑吃完了。火塘里的火很旺,姆妈听见了什么,起身去屋后查看。我不知道她去看什么。猪圈是空的,去年夏天养的一头架子猪已经装进村里帮忙办丧事的乡亲们肚子里带走了,几只鸡也陪伴架子猪一起走了,屋后的房檐下吊着几穗被山鼠糟蹋掉的玉米,还有一袭父亲留下的斗笠蓑衣,没有什么可看的。后来我才知道,姆妈是去看埋在山坡上的父亲,她担心父亲躺在那里会觉得冷,犹豫着是否要给新泥蓬松的坟头添一抱柴火。然后她回来,坐回火塘边。她就是在那个时候第一次告诉了我她的决定。

"再过一段时间,过一段时间吧,"姆妈没有看我,把一双扭曲到完全看不出样子的手伸向火焰,那是风湿性关节炎和漆毒造成的后果,"等喘过气来,我也跟你们老汉走。"

"去哪儿?"我没明白姆妈的意思,抬眼看她。

姆妈没有再说,脸上露出一丝后悔的神情,好像她不该那么说,不该告诉我这件事。我很快明白过来,劝她别那么想,她和父亲不一样,至少还能活二十年,也许三十年都不止。她只有五十一岁,只不过有风湿性心脏病和关节炎,那算不了什么,她不该那么想。

"你们老汉问过我,"姆妈说,"他要是走了,我跟你们谁过。"

"跟谁都行。"我说,"要不你跟我。"

姆妈笑了,样子很满足。我看着空了的糍粑篓,有几粒变了模样的江米黏在上面,看上去有点依依不舍,我忍不住把它们一粒粒抠起来吃掉。姆妈问我是不是还想吃点什么,她去一旁端过一只篾梢脱落的筲箕,让我嗑松子。

那天晚上山风很大,门被拍得直摇晃,咯吱咯吱的,有什么动物在对面的山坳里嚎叫。我猜不管那是什么动物,它一定是个做姆妈的,它在找它走丢的孩子。姆妈后来说到哥哥。她没有埋怨哥哥没有赶回来奔丧,她让老乡捎了信给哥哥,但他连信都没回。她叹着气,说难为他了。她说你们老汉不是故意的,他也没有想到,老大会那么决绝地扭头就跑,否则也不会出那件事了。她说应该老大读书,老二就算了。她说这件事不能怪她和父亲,他们不认识老大的老师,不能央求老师给老大加七分,让他念上大学。我觉得这种话就不必说了。我觉得他们就是认识哥哥的老师也没有用,老师管不了阳光招生,再说哥哥提出过他愿意读专科,只要能读上书,读什么都行,但是家里拿不出那么多钱。我觉得什么都改变不了,不然父亲完全可以从屋后的坟地里爬出来,和我们一起吃烤糍粑,嗑松子。我往火塘里添两块柴,再递给姆妈一张纸巾,让她把眼窝里的眼眵揩掉。我告诉姆妈,我已经是四级职员了,也许过年就能转成三级,他们很重视我这个材料专业的高材生;我答应很快把她接到深圳,让她过上幸福生活,但我觉得这样可能不管用。

"她是怎么想的？你为什么不拦住她？"哥哥没好气地问。

我看了哥哥一眼,没说话。我拦了,这个我在电话里给他说过,我只是没告诉他,姆妈特地叮嘱我,不要对他说。

"老大要强。他比你难。你们老汉死了,一切都不一样了,我不能给你们添麻烦。"

姆妈就是这么说的。但我没有明白,要强和难有什么关系,为什么一切都不一样了,那里面包括什么？还有一件事,我一直不知道,父亲和姆妈,他俩是怎么看他们的两个孩子的。据我所知,父亲和姆妈一直认为我脑子有问题,磨不开,除了死读书,别的什么也不会,老大就不一样,他是他们——曾经是——最骄傲的孩子,也是他们见到过的那座鄂西北大山里最聪明的孩子。我能看出来,姆妈对她的老大有一种深深的愧疚,打我们离开家里以后,她一直回避谈到他,一谈到他就叹气,不知道父亲是不是也这样。但他们没有告诉我,他们愧疚什么。

父亲死了以后,姆妈神魂颠倒,有一段时间走路都走不稳,好像她的一条腿和一只胳膊不见了,被父亲带走了。后来好了一点,但也好不到哪儿去。她种不动地,种一季野猪收一季,种一季野猪收一季,她没法种,种不动了。家里的房子倒过一次,又倒过一次,谁也说不清那几年的天气怎么那么糟,天像垮了堤坝似的,雨下个没完没了。山洪来得猛,姆妈被山水困在核桃林里,抱着树干哭着喊救命,但是没有人来救她。村里人都忙着在自家地基后抢挖排水沟,即使住得最近的胡大狗,他家离我家也隔着一道沟,水凶得根本过不来,再说胡大狗家和我家关系不好,他媳妇打过我姆妈,她把她打倒在红薯地里,头都打破了,他们不会管她。

哥哥朝巷子那边看了一眼。有一个背包客模样的中年人装作是路过,鬼鬼祟祟走进马路对面的巷子,很快折返回来,埋着头快步走掉。我猜他并不真想在这种时候来找乐子,他要是在旅店里耽搁了,赶不上团队凌晨上山的时间,人们就会报警。

"你说什么?"哥哥问我。

"我什么也没说。"我说。

"那你说什么?"他说。

"你指刚才还是现在?"我说。

"没有用,"他放弃掉,挥了挥手,好像那是一个无聊的话题,"我已经说过了,什么用也没有。"

我们又陷入沉默。

后来我的确那么做了,就在姆妈说过要跟父亲走的话三个月后,我把她接到了深圳。为了安顿姆妈,我从城中村的合租房里搬出来,租了一个价钱相对能接受的单间,姆妈和我一起生活了六个月,那六个月把我熬垮了,也把她熬苦了。姆妈头一次站在"家"里的样子,我一辈子都忘不了。她很紧张,帮我叠堆在床上的被子和衣裳,收拾地上的外卖餐盒和没洗的衣物,做完这些事她就一直站在那儿,不知道再该做什么。我不知道有什么东西刺激了她,弄得我也很紧张。我说了几遍让她坐下。我说随便,她可以坐在任何地方,或者躺到床上去,但她怎么都放松不下来,直到夜里睡觉前,她才小心翼翼地在床的一角坐下,很累地轻轻叹息了一声。然后我们说了一会儿话,主要是我说,她听,一句话也没插。她死也不肯睡在床上,坚持睡地铺,为这个我们争了几句。那天晚上我一直在想,接下来,第二天,还有更多的那些日子,我该对她说什么。

过了几天,姆妈下决心出门,结果找不到回来的路。我去派出所把她领回来,她一见到我就抱着我大哭,浑身发抖,不肯松开我。她记不住城中村迷宫似的地形和集装箱似的楼群,分辨不出人头攒动清一色的年轻人,每一栋楼在她眼里都一样,每一个走过的年轻人她都会当成是我,她被那种情况吓坏了。

"学学养宠物的人,你连他们都比不了,你妈养你值得吗?"负责处理这件事的警察非常生气地训斥我。

当天晚上,我给姆妈做了个牌子,写上我们"家"的门牌号码,还有我的名字和手机号码,没几天我就在垃圾袋里看到了它。

"我不该待在这里,"姆妈木讷地低着头不敢看我,她为这个而抱歉,"我心里发慌,老觉得走得太远了,腿上没劲。"

"再想想别的办法,会有办法的。"我说。

有一次她忘了关煤气,差点儿没把自己炸到天上去;有一次她被房东骂了两个小时,但房东的话她一句没听懂;还有一次她在地铁出口处着急地走来走去,她忘记了自己来这儿的方向,等我找到她的时候,她泪都流干了,委屈地抓着我的手发抖,她那个样子就像个得了衰老症的孩子。我们都受不了了,完全崩溃掉,直到我去河南安装设备那次。

"能借点钱给我吗?"哥哥打破沉寂说。

"什么?"我问。

哥哥简单地说了用途。他和夜总会老板的侄女,一个很能干的女人打算合伙包下一个养蚝场,他担心积分入户的政策改变,想加快积分的步伐,而且他大女儿明年就要上小学了,要花钱的地方太多。

"没有。"我说,我的意思是,那些财富巨鳄已经在人们中间形成了很大的恐慌,人们已经受不了了,"我也想跟上时代,不能什么也不干,但那样很困难。"

"我得想办法解决这件事。我想让焦萍萍去管理养蚝场。她不该那么焦虑,她可以干很多事情。"他说,"算了,我们不说这件事。"

但我不知道我们能说什么。我在想我那个一次面都没有见过的嫂子,她一定被哥哥拼命挤进这座城市的劲头吓住了,也许她从没见过一个男人能有这么执着和疯狂,我在猜她对这件事情怎么想,和这样的男人一起生活她能干什么,在他暴戾地抽过她耳光之后她能干什么。我在想姆妈,她很快就要死了,在此之前我们能够做些什么。

那次我去河南出差,离开了五天。走之前我特意教姆妈学会了使用煤气,告诉她怎么通过没有红绿灯的过街横道,这样就不用老是等在马路边,无法过马路。等我回到深圳的时候,姆妈已经饿了整整两天,每次她把煤气点燃都会害怕得立刻关上,然后躲到屋外去。她担心煤气爆炸,靠喝水龙头里的水度过了那五天。我真不该告诉她不关煤气的后果,她被这个吓坏了。我去城中村的小食店买了两份鱼蛋和一份汤粉,坐在那里看着姆妈急匆匆大口喝着汤汁,把整粒裹着脏兮兮蘸料的鱼丸往嘴里填,被滚烫的汤汁烫得眼泪直流,心里五味杂陈。那是我第一次观察姆妈吃东西,她差点没被噎着,我在她背上拍了好几下,她抬头冲我不好意思地笑了一下。我觉得我俩的身份换了个个儿,她是孩子,我是姆妈,但我不是一个好姆妈。

我的第三个女友就是这个时候离开我的。她不相信如今这个时代还有谁会这样不开化。她是从贵州山区出来的,她就能熟练地使用苹果手机软件;她认为我和姆妈在合伙欺骗她,我们在故意为彩礼数的压价制造舆论,这让她无论如何接受不了。女友那天专门出门给姆妈买来苹果,泪巴巴地削给姆妈吃,说阿姨让我孝敬您一次吧,然后她就和我分了手。女友离开以后姆妈痛哭了一场,把苹果摔了一地。她说自己是个可怜虫,什么也做不了。她说活着比死还难受,老天为什么不把她带走。我劝了她好半天,直到后来发了脾气,她才停止流泪,乖乖地去倒垃圾。

那天晚上我做了噩梦,梦见前女友嫁给了我死去的父亲,她吃力地往我父亲的坟茔里搬她的嫁妆。我从噩梦中哭醒过来,发现有什么不对劲。我看见姆妈像一只没有进化好的猴子,撅着屁股在地上爬来爬去,在房间的每个角落里摸索一阵,再离开那儿。她钻进床底下,再困难地钻出来,手里拿着一样东西。借着窗外的路灯,我看清了姆妈手中是什么,那是一只她摔掉的苹果。

那天晚上姆妈和我谈到天亮,以后她就走了。她花了两天时间把我的衣物和被子洗了,把屋子打扫得干干净净,地板抹得都能直接摆放蒸好的馒头。我觉得对不起她,但也没拦她。我送她去车站,看上去她很高兴,对离开城市回到山里这件事感到满意,而且有点急不可耐。她对豪华大巴有戒备,好像被它的样子吓住了,一直追着我问车票多少钱,能不能换成站票。她不断安慰我,说她想父亲了,她担心开春前野兔找不到吃的,会把父亲的坟刨开。车开走的时候我没有跟着车往前跑,我有一种感觉,那是她最后一次出现在我的生活中,我看见她从车窗里擦着半边脑袋高兴地朝我招手,我没有回应,心里充满了委屈和恨意。

"她是怎么想的？她完全疯了。"哥哥愤懑地说。

"她没有那种病。"我说。我是指姆妈没有疯，她没有精神方面的病，关于这个我比他知道。

"难道事情还不够？已经够了，别再继续下去了。"他气愤地说。

我没说话。我能说什么？

姆妈回到山里以后，我又搬回合租屋，以后按月给姆妈寄钱回去。不多，但够她买粮食的。后来我才知道，她把我寄给她的钱加上她拾菌子和挖中药换来的钱全都捐给了报恩寺，在寺里给父亲认下一块功德碑。附近几个村的人都那么做，她觉得她也应该这么做。寺里的和尚为功德碑做法事的时候，她很紧张地守在寺庙外，然后和寺里的杂役一起把那块碑抬到寺院后面的坡地上竖起来。那块碑并不单独属于父亲，如果那样需要捐更多的钱。报恩寺的老住持很通融，同意把姆妈的名字刻在一大串名字的最后面，这样姆妈就相当于省去了一半的钱，她为这个高兴了很久，趴在台阶上给老住持磕了好几个响头。

我知道这件事情以后很生气，姆妈干什么了要捐那块没来由的功德碑？那些菩萨管过姆妈和父亲的现世吗？管过我家祖宗们的来世吗？他们怎么能够胡乱收人的钱？菩萨管不了，人们也一样，人们根本就不管，姆妈有一段时间病得大小便失禁，胡大狗在下山的路上安装了孔明枪，它们差一点要了下山抓药的姆妈的命。山里没有社区医疗站，政府的禁山政策让啮齿类动物疯狂繁殖,玉米和洋芋常常在一夜之间就被野物糟蹋掉,保险公司从来没有光顾过大山深处,这些事,没人管。

但我并没有回去找报恩寺的和尚讲理。请假会影响我的晋职,回去一趟还得破费不少,想想这些我就忍住了,没有再提这件事。

一了百了。姆妈就是这么给我说的,她在山下的镇子里拨通了我的电话,告诉了我她最后的决定。说那个话的时候,她没有一点难过的样子,还轻松地叹了一口气,好像这是她一生中做出的最正确的事。她那句话把我戗住了。

我回过头去找姆妈。她不在海堤边,不知去了哪儿。我想起第一次她对我说这件事情的时候,那时我们刚刚处理完父亲的事,坐在火塘边烤糍粑,火塘里的火焰往上蹿,像是想要从火塘里逃开,我把矮凳往姆妈身边挪了挪,搂住她的肩膀,轻轻摩挲她的背,除了这个我什么也做不了。姆妈的背有些佝偻,她还不算老,严格说她只是个中年人。我在想她年轻时候的样子,那个时候发生过什么事情。她肯定年轻过,在没有生哥哥和我之前,她一定像朵美丽的番红花,那个时候她会不会像现在这样叹息,会不会像现在这样决定一了百了,结束掉自己的生命?她坚持了两年,现在她不打算再坚持了。

"焦萍萍太不懂事,她越来越不懂事,很快我就会解决这些事。"哥哥生气地说,他说话的时候把蘸料碟子打翻了,为这个他更加恼火,"他们别想阻止我,我一定得把分积满,没有人能把我从南澳赶走。"他脾气太坏了,看上去比原来更坏,这方面他没有什么改变。

摊主很快送来新的蘸料碟,还用塑料圆筒里的纸巾擦干净放在一旁的金属手杖。其间哥哥起了一次身,走到巷子当中,和路过鱼鲜码头的两个中年人用本地方言说话,主要是和两个人中更富态的那一个说。哥哥两只手交替着掩住裆部,在富态的中年人面前显得很卑微,这和他之前的表现完全不一样。以后他就回来了,气不打一处来地坐下。

"官二代。"他不屑地说,"他爸爸是街道办副主任,他也是,下一届就轮到他接班,靠这个他们能把人变成狗屎。"

哥哥和自己的老板摽上了,和夜总会的客人摽上了,和街道办的官员摽上了,和他遇到的所有人摽上了。他总是败下阵来,然后拖着一条瘸腿跳到一些紧锁眉头的女人床上宣泄怒气。但这不是事情的全部。他从不和那些女人鬼混,而是非常认真地要求她们像他一样,他们之间谈点什么。他让她们坐在他那条瘸腿上,要求她们目光专注地看着他。

"看看这条可怜的腿吧,想象一下它有多脆弱。"他含着眼泪向那些女人歇斯底里地大声喊叫,然后不要脸地痛哭起来。

我不知道哥哥经历了什么,他刚满三十岁,三十多一点,可是脸上已经堆满了沟壑,看上去比耳顺老人还要老。南澳很好,南澳是深圳的后花园,这里的原住民都是幸福的人,哥哥肯定想成为他们那样的人,他差不多已经攒满分了,但看起来他离幸福还有很远的距离。我不知道他在哪个环节出了差错,他怎么会把自己搞成了这样,我们之间从来没交流过这些事。

"没完没了,就是没完没了。"哥哥说,愤懑仍在,"你让我怎么办?我不可能和每一个人说清楚,不可能去守住谁,谁也守不住,她是怎么想的,她为什么要去死?"

有一阵我们谁都没有说话,也没有喝酒。后来我们又要了四瓶酒,继续喝。没加菜,菜够了。我有点后悔没有点窑鸡,那是南澳的特色,但是够了。我知道问题不在这儿,我知道哥哥他还是记恨父母,他们把盖新房的木料卖了,把家里能够凑出和借到的钱全都给了我,也许那个时候他们能够做点什么,比如让哥哥也读书,读一个专科学校,而不是只供我一个人读书;也许他们该分出一部分钱,比如五分之一或者再多一点,让哥哥在离开家乡的时候不至于空着两只手;但也许他们从没那么想过,没敢那么想,想也没用。这件事情我没和父母交流过,我不能肯定,当时我一门心思只想离开那座大山,只想带上足够的学费而不至于让人笑话,那个时候谁要阻拦我,我什么都能做出来。

"我他妈一辈子也不会这样对待我的儿子。"哥哥发狠地把酒瓶子蹾在桌子上,不可思议地摇了摇头,再摇了摇头,就像他永远也想不明白,只是希望彻底摆脱掉什么，然后那件事情再与他无关了似的，"我不会让我的孩子觉得还有另外一种生活，他们和那个生活完全无关，他们是被揿进池塘里的蜻蜓。"

我知道哥哥在说什么。小时候他是我们那座鄂西北大山里的名人，他知道很多别人不知道的事情，他的作文写得非常好，学校的老师总是拿他的作文当作范文在课堂上讲。有一次他有一篇作文在县里的报纸上发表出来，那一次把我们一家人吓坏了。我还好，主要是父母，他们不知道出了什么事，为什么他们的老大要在报纸上写那种话，他们的老大满腹忧虑，对从来没有去过的世界刻骨铭心地念叨，这些奇怪的念头让人弄不懂，它们都是打哪儿钻出来的。

有一段时间，父亲担心他们的老大走火入魔，不允许他再去学校，让他在家里砍青冈树，等冬天到来的时候，家里就有柴火烤火了。那一次父亲揍了哥哥，他把不该砍的树给砍了，而且留下了过多的树桩。父亲气得浑身发抖，他刚被林区管委会罚了款，他用捕狐夹捕捉到两只兔子，拿到山下的镇里去卖，被镇上的人举报了。林区管委会的人说那是华南兔，国家三级保护动物，为这个家里被罚得一个子儿也没剩，但这样已经不错了，要不是管委会手下留情，父亲得坐三年牢。父亲始终想不明白，他祖祖辈辈生活在这座大山里，他们猎过虎，套过熊，到了他这儿他就不再是这座山的主人了，连兔子都不能捉，捉了就得坐牢，他想不明白这件事情。

父亲揍哥哥的时候哥哥本来想还手,但他不是父亲的对手。他手里握着一根青冈木,全身发抖,眼里满是委屈和仇恨,然后他丢下青冈木扭头跑掉。他没能跑出多远,人撞到一棵他不久前砍掉的树茬上,断掉的树茬深深扎进他的大腿,他当场晕厥了过去。

哥哥伤好以后落下残疾,成了瘸子。再以后他离开家,我在半道上追上他,送他翻过五指梁。他在路上一句话也不说,脸色严肃得可怕,我被他那个样子吓住了,不敢跟得太近。后来他站下来,不看我,看更远处的黛色的山。他说,我再也不会回来了,以后你为他们送老吧。他说完那句话以后就走了。我站在那里,看着他拖着一条瘸腿急匆匆消失在山路尽头,我知道那就是他想要的,他不会再回头看我一眼,我为这个难过了很长时间,并且为我没有把他送出更远而始终心存抱歉。

哥哥去了县城,但没能在那儿待多久。他瘸着一条腿,什么手艺都没有,人家不会让他写那种不切实际的作文,他这样在城里完全混不下去。后来他回到学校,但再也不写优秀的作文,而是到处找人打架,很快就成了远近闻名的狠角,在这方面他可以说素有天分。朱老当带着两儿一婿气汹汹到学校闹事那一次,学校完全失去了主张,老师们躲在宿舍里不敢出来,学生娃哭喊着到处乱窜,校长当着全校师生的面给朱老当跪下,求朱老当放过学校。哥哥出现在教室门口,脸色铁青,手里提着一把砖刀。他把砖刀用力劈下去,在场的人发出"呀"的一声。他不是劈朱老当和他的两儿一婿,是劈他自己,他那条瘸腿。当他拖着血肉模糊的瘸腿不要命地向朱老当扑过去的时候,你就知道事情应该结束了,不然谁都讨不到便宜。

我在想,要是我也是个瘸子,我的一条腿废掉了,在我的兄弟去城里读大学的那一天,我也决绝地离开大山,把自己交给莫测的命运,从此以后拿那条腿瘸来赌未来,谁要拦着我,我就把砖刀往大腿上劈下去,把那儿重新劈得皮开肉绽,要是那样,我会怎么样,会不会活得像个人样?

"你是不是觉得没帮她死,你对不起她,心里过不去?"哥哥喝了一气啤酒,不怀好意地问我。他已经喝了七八瓶酒,看上去已经到量了,"别没完没了地说,就说一次,一次就够了,"他去捉一只在瓶嘴上挣扎的木蠹蛾,没捉住,放弃了,"你是不是觉得,这件事我们应该帮,做儿子的应该帮助自己的姆妈去死,不帮就不对?"

我没有回答他,回答不了。我在电话里简单和他说过姆妈是怎么想的,话有点语无伦次,但还是说了。姆妈在镇上拨通了我的电话,她告诉我,她觉得活得很难,没有什么意思,不想活了,她想了断自己,去找父亲。她把这件事情告诉了我,然后她就解释,越解释越乱,最后连解释都解释不下去了。我猜她觉得这么做有点对不起我和哥哥,她得先和我俩打个招呼,要不然她连这个都不会说,对谁都不会说。而且她不知道该怎么了断,用什么方法了断,她希望我,希望我这个做儿子的替她想个办法,最好能直接帮助她了断,这样她就不会因为想不出办法而茫然了。就算那样,她还是放心不下我们。

"你们现在过得不错,很多事情姆妈帮不上了,要能帮姆妈一定会帮,但帮不上了。"姆妈说那句话时非常难过,她主要是为帮不上我和哥哥难过,而不是我拒绝帮助她去死,拒绝替她想个死的办法难过。我把电话举在耳边,听着大山里的风通过电话线嗖嗖地传过来,不知道能够说什么。姆妈感觉到了,她叮嘱我千万别把这件事告诉哥哥,别告诉他她打算一了百了,"他会恨我,恨你父亲,他从小就这样。"

姆妈说得对。她了解她的老大。哥哥从小就聪明,知道这是怎么回事,这些事不是一了百了能够解决的,这些事谁也帮不了谁,爹妈和儿女也帮不了。

但她是我们的姆妈呀!她要死了,不是病,是自己了断!在我拒绝帮助她了断之后,她不再央求我,说她会自己解决。她提到喝农药,但嫌那样脏,会带一身药气,因此连累父亲,让两年没见的父亲不安。上吊她也不愿意,担心样子不好看,吓着父亲。她最后选择了跳崖,她希望等她了结之后,我能去山崖下找到她,为她收尸,把她摔碎的身子缝合起来,葬在父亲身边。寿衣她早已为自己准备好了,用我给她寄回去的钱,她在捐给报恩寺的时候留下了一小部分。她只需要我做一件事,去山崖下找到她,别的不用麻烦我。

但我什么也做不了,既阻止不了她自我了断,又不能回到大山里为她收尸。还有哥哥,我们只是在谈论这件事,而且连谈都谈不下去了。

这个时候来了一个年轻保安,是哥哥手下的,可能是刚复员的军人,穿一身黑色高仿特种兵制服,领带打得十分整齐。他小声向哥哥汇报着什么。哥哥要他去通知人,带上家伙。年轻保安匆匆离开,是按队列姿势转身走掉的。然后哥哥说他要去处理一件棘手的事。

我在哥哥站起来的时候拦住了他。我告诉他,我还有一个小时,一个小时以后天才亮,我能等到那个时候。我的意思是,这些年我存了一些钱,不多,也可以说很少,包下养蚝场肯定不够,但我愿意把钱拿出来,借给他,只是他得回到山里去替姆妈收尸。我就是这么跟他说的。他看着我,我觉得他看我的时间比我俩做兄弟的时间还要长,然后他什么也没说,一瘸一拐地朝海堤走去,站在那里朝大海里撒尿。

破晓时分,海面上浮着厚厚一层雾气,海湾里有几艘船,船上亮着忽上忽下的灯火,凭这个就知道大海一夜都没有入睡。我看见了姆妈。我看见海光一晃,姆妈出现在海堤上,她犹豫了一下,朝哥哥走去,看上去她想对他说点什么,对她的老大说点什么。她走近她的老大,冲他张了张嘴,但她的老大没有理她,系上裤子拉链,穿过她的身子径直走掉了。

我觉得心口狠狠地被戳了一下。我觉得我的身子被什么洞穿了。我在想,接下来我怎么办?有一点可以肯定,我会把存折里的钱全都取出来交给哥哥,他不能光是一次次往外抽自己的血,抽一次挣几个积分,然后脸色苍白地回家揍嫂子;他需要安顿好她,需要与生活和解。不管怎么样,我还是希望在我去土耳其之后,他能够改变决定,回去为我们的姆妈善后。至于我自己,我和哥哥不一样,我一直没有在是否还愿意回到山里去这件事情上动过脑子。我以为我会回去,至少逢年过节的时候,我会回去。可是,父亲死了,姆妈也要死了,那栋早已破旧的木头房子很快就会被野草和爬虫类动物占领,很快就没有人会再找到它,要是这样,我就真的回不去了,回去也没有意思了,那个和我有千丝万缕联系的地方,那个我们叫作家乡的地方,就彻底从我的生活中消失了。

但这个念头并没有要我的命。至少现在来说,我的生活刚刚开始,那个念头还没有那么强烈。

脑门发亮的中年摊主过来。我们要了四个菜,喝了九瓶啤酒,酒菜钱不贵。我接过找零,撑一下膝盖从小桌边站起来。这个时候,一个女人不声不响地贴到我身边。准确地说,是个女孩,最多十四五岁。她问我玩不玩一下?我说你是鄂西人吗?她笑了,说原来是老乡,那就便宜你,给你打折。我说我没有钱,之前有,现在没有了。我俩站在那里说了几句,是我们共同的家乡的事情,然后女孩冲我扬了扬手,离开了。

天快亮了,码头上人多了起来,各种嘈杂的声音在那里响起;一个光着上身的汉子在大声叫喊着什么;几辆拉鱼鲜的小货车晃着脏兮兮的大灯从远处驶来；一只睡意惺忪的狗从巷子里走出，在海堤边停下，漫不经心地朝海上看了一眼，转身离开。我向海堤上望去。姆妈还在海堤上。她支离破碎，隔着整个家乡默默地看着我，我看不清她的脸，不知道我还能做什么。我换了一只脚支撑自己。我会等待哥哥处理完他的事，把我的决定告诉他，然后我就离开。

万象城不知道钱的命运

腊月二十八早上起来,德林打了三个电话。他其实不想打那三个电话,但不打不行,不打说不过去,就打了。

打第一个电话的时候,德林很紧张。打第二个电话的时候,他就不那么紧张了。到第三个电话,德林觉得没有什么。有什么呢,不就是打个电话吗?

"票没了。"接线员不高兴地说,"八百万外来人口抢票,你早干什么去了?"

德林三天前就打了,子夜时分开始打,但电话打不通,打通了票就没有了。从腊月二十五开始,德林每天都打政府指定的春运订票热线,每天都没订上票,这就是他的运气。

二十八,打糍粑。今天家里打糍粑了。德林没有买到回家的车票,糍粑只能由家里人打。其他恩施的老乡已经走了,或者决定不走,就留在深圳过年,只有德林没有着落。德林两年没有回家过年,他应该回去看看老母亲,还有老婆细叶和两个女儿。她们都老了吧?或者长大了吧?但他买不到车票。

同村的丁绍根是腊月二十五走的,就是德林开始打订票电话那一天。年后用工荒,找工不难,丁绍根在华强北送外卖,不怕辞工。他叫过德林,是搭一辆恩施老乡刚买的车,路上不住店,带几个面包,一瓶水——盒面的味道重,那样一车六个人非憋死不可——一个人只出六百元油钱,加上面包和水,不到六百二十元,很合算。

二十五,磨豆腐。但德林所在的公司不磨豆腐,员工要走算辞职。德林的公司在万象城,工作是按《劳动法》的条文签合同,用工方代交社保医保,每月薪水能到手一千九百块,挣钱多,找这样的工作不容易。德林觉得不辞为好,他想坚持到大年三十,到那天他再请年休假。

德林的母亲七十三岁。七十三,八十四,但母亲还没到咽气的时候。德林的哥哥在监狱里服刑。他老是把自己弄到监狱这种地方。上一次是工业电缆,这一次是群体事件。嫂子在哥哥第三次服刑后离家出走,跑来深圳投奔德林,让德林给她找份工作。

"宿舍里有电视、周六日双休、能积分入户那种工作就行。"嫂子指示德林说。那以后她就改嫁了,彻底摆脱了贺家,不再需要德林救济。

德林不光有哥哥,还有个姐姐。姐姐不断犯癫痫症。她的丈夫去山西背煤,以后就失踪了,再也没有出现,不知是借故逃婚,还是人被埋进小煤窑里,没法出现。

幸亏哥哥和姐姐没有生孩子,他们生孩子真是犯罪。但母亲不那么想,母亲等着贺家的孙子,她不会咽气。

母亲跟德林过。不是跟德林,是跟德林家。老婆细叶一直在埋怨,但也没有提出离婚。德林在深圳工作。他不像大多数外来农民工,在关外的流水拉上吃工业废气。德林能挣钱,每月薪水近两千,这和监狱哥哥癫痫姐姐有本质的不同。德林和细叶还有两个孩子。大的争气,考上了咸宁医学院,念护理大专班。小的上初中,成绩平平,迷恋电视选秀节目,迷到每天夜里在梦中泣不成声。

"今天又没买到票。"德林在电话里对细叶说。

"大女问,今年的学费能不能一次交齐,问了好几遍。"细叶说,一边背过身去大声喊着什么,电话拨通的时候她正在骂谁。

"期末考试成绩出来了?考得怎么样?"德林问。

"她没说。她带了一个孩子。"细叶说,"别乱想,不是她的。也不是保姆。给人家辅导中考课。她说三十才回家。她问回家能不能拿到学费。她说的是全部的学费。"

"她应该回家帮忙打糍粑。"德林不满意。

"二女问你给她买了'爱疯'没有。"细叶没有接德林的茬,"'爱疯'是什么?她够疯的了,你不要再宠她,疯上房我够不着,够着了也拉不下来。她说,要是排不上队,山寨也可以,先凑合着用,明年再换。山寨在哪儿?你不是在万象城吗?"

"不是'爱疯',是iphone。她要那个干什么?她当她是谁?"德林说。

细叶没有理会德林的话,急着说别的。基本上是管委会追账和家用的事情。

村里搞新农村建设,毁田盖了一色新房,德林这种外出务工人员家庭,属于强行入住户。家里第一批就搬了,钱交了一部分,剩下的催得厉害。家搬了,过去的那些旧家具没法搬,用了几十年,一搬就垮。家里人睡地上,包括七十三岁的母亲。德林的母亲非要做白内障手术,家里根本没有钱,她就闹着要去女儿家。

"一个羊角风,加一个睁眼瞎,你妈想干什么?你妈还嫌你们贺家丢丑没丢够?"细叶一直说"你妈",嫁到德林家十九年,没改过口。

两个人说了很长时间,说得德林心慌。德林挂了电话,喝了一杯茶,去上班。德林到万象城工作以后学会了喝茶,虽说茶叶都是捡公司高管们丢掉不喝的,这个习惯还是不好。

母亲问他们是不是决定不再生了——生儿子了。细叶为账单和家用烦心。大女儿担心今年的学费能不能一次交齐。小女儿只关心新年礼物。总之,家里四个女人,没有人问他什么时候回去过年。

上午公司管理部开会,讲过年期间"五防"的安全问题,万象城管委会方面的惩罚标准很严厉,公司也一样。下午下班前,管理部统计过年期间坚持岗位的人头。部长宣布,回家过年的员工,年后重新聘用,能不能聘上,看职数情况。就是说,过年离开的人,年后回来有可能聘上,有可能聘不上。

德林是杂工组组长,组里六个员工归他管。原来组里不止六个员工。经济萧条那一年,公司裁员三分之一,组里跟着裁,他就是这一年当上组长的。他的工资那一年涨了两成,而且,两个杂物间归他管,他可以在随便哪一个杂物间里打盹,或者干点别的什么。为这个,他打心眼儿里感谢经济萧条。

部长问德林走不走,德林支支吾吾,没说走,也没说不走。他不想给部长留下坏印象。德林眼里有活,手脚停不下来,工作负责任,对谁都像对亲爷爷,也许他的运气没有那么差,能重新聘上。不过是不是会继续让他当组长,或者让他轮岗,分到别的什么部门,这就难说了。他还是想保住杂工组长的位置。

趁中午吃饭的工夫,德林给两个老乡和一个熟人打电话,问他们的情况。主要是问能不能帮忙到售票窗口买票。万象城不像关外的代工厂,那些代工厂几万人,十几万人,几十万人,铁路运输部门有专门的售票服务。

打完电话,德林决定放弃找人帮忙这种想法。没走又没拿到票的,大多情况和他一样,没时间去售票窗口排队买票。

饭已经凉了。今年冷冬,北方基本上是地狱,深圳也没逃过,老是变脸。商品部配送组的周明明过来了,笑嘻嘻的,把饭盒里剩下的一块排骨倒在德林饭盒里,手在屁股上揩了两下。

德林的目光落在周明明的屁股上,很快离开那里,看她薄薄的耳垂。周明明长着一对肉乎乎的耳朵,奇怪的是,耳垂薄得透明,老是扰乱人的视线,这和她的身份很不相符。

"还没买到?"周明明问德林。

"唔。"德林咬着凝了一层冷油的排骨,就一口饭。他知道她问什么,安慰她:"别急,会买到的。我买不到也会替你买到。"

"我已经买到了。"周明明妩媚地向德林飞了一下眼,"初一早上的。特快,当天就能到家。我那口子带着孩子在家里等我,他今天就回去。广州到长沙的票比我们这儿好买。"

"你拿到票了?"德林说。

"我已经说了。"周明明说。

"一张?"德林说。

"实名制,又倒不成票。他和孩子从广州走,要买三张,那两张谁掏钱?"周明明说。

德林有些不高兴。周明明叫他替她买票,去年也是这样。包在你身上了啊,她说。他不在乎她给不给票钱,也不在乎广州的票好不好买,她总得事先跟他说一声吧?

"怎么没告诉我?"德林说。他其实想说,怎么脚踩两只船?

"不是告诉你了吗?求老乡带的,还搭了份人情,迟早要还。"周明明说,"你的身份证又没给我,我又不是你什么人。你不会小心眼,吃醋了吧?"

德林心里剜着疼了一下,不舒服。她当然不是他什么人。能是什么人呢?

德林决定晚上继续打电话,电池准备好,不行插着直流电打,非把票买到不可。他不像她,到处欠人情。当然,她不白欠,欠了一定还,在这方面她是守信用的。可他没处欠,欠了还不起,也不想还,所以不欠。他决定靠自己,打热线电话,非把票拿到手。

德林觉得自己的情绪不对,在赌气,这样不好。但这个气非赌不可。谁不该回家过年?谁没有家?有家就该回家,过不过年在其次。

德林恶狠狠地把排骨啃光,连骨髓都吸得干干净净。饭剩下多半没吃。饭凉了,吃下去胃病又得犯,要过年了,他不打算给自己买药。

细叶老说德林吃相不好,八辈子没吃过肉,见荤眼就发绿。德林并不认为自己的吃相有这么难看。他还是有选择的。比如,海鲜他就不怎么吃。

上次回家过年,德林带了海鲜,那次他就一口也没动。那次他的摩托车还没卖掉,是骑摩托车回湖北的,路上时间长,回到家海鲜已经有了异味。德林想告诉四个女人,真正的海鲜味不是这样的,真正的海鲜没有异味,所以叫海鲜。他看四个女人一脸的幸福,四双筷子在钵子里乱翻,没忍心说。事情过后,他想把海鲜的真实情况告诉细叶。他听见细叶大声向邻居炫耀,我家德林带了好多海鲜,吃不动,没办法。他就彻底失去了说出海鲜真实味道的勇气。

"总有一天,她们会知道我在骗她们。至少大女和二女,她俩会知道。"德林心里难过地想。

万象城晚上十点打烊,公司稍早一点,九点四十五下班。德林忙完自己的活,检查完组里的工作,回到宿舍,开始打订票电话。

杂工组六个员工同一个宿舍,两个员工回家过年了,一个员工年前换了工,去了别的公司,一个员工冬月前出了事故,人头没补齐,要等年后再补,剩下小吴是孤儿,宿舍里三尺床铺就是他的家,不考虑回什么地方过年的事,收工以后就蒙头睡了。

上午收到哥哥的信,从鄂西监狱寄来的。同案中有人翻案,律师认为,哥哥最好也加入,这样人多势众。哥哥虽然在事发现场,但烧警车的火不是他点的。他冲上去打了镇长一耳光,也许两耳光,说不定还加上过一脚,但那是在镇长倒在地上之前发生的事情。镇长的脑震荡与哥哥无关,他有翻案的基本条件。

"赵律师要我们家出三万,这个官司他有把握。"哥哥在信中写道,"我觉得三万太多,你在外面打工不容易,哥哥于心不忍。你觉得出五千怎么样?要不行三千也行。先三千,再两千,分两期付,这样比较有把握。律师对我们家印象不错,但也不能太相信他,谁说得清呢?还有,牢饭没有油水,你过年回来带些广味腊肠。"

哥哥的案子用了不少钱,一半是德林掏的,为这个细叶没少给他脸色。德林不喜欢哥哥的口气。"我们家""我们家",说话的口气像家长。德林和哥哥早就分家了,老婆没搭伙,是自己的,锅碗瓢勺也是。哥哥吃香喝辣的时候从来没说过"我们家",倒是嘲笑过弟弟生不出儿子。

"有什么用?"哥哥说,"还不如像我,一个人干净。"

德林不和哥哥一般见识。他从小就躲着哥哥。哥哥说什么,他要么听着,要么装作看槐树上的知了。他只是没法面对母亲。有时他挺恨母亲的。她倒是生了两个儿子,有什么用?她不该给他太多的压力,她更不该给细叶压力。

"你什么时候回来生儿子?"细叶故意在电话里大声说,是说给耳背的母亲听,"我都等不及了。我准备一胎生两个。别空手回来,把养儿子的钱带回来。大女野了,卖不掉了,谁知道在学校里跟没跟人睡过。二女是花钱的种,卖不出价。家里没什么值钱的。记住,是两个儿子。"

不管怎么说,哥哥是贺家的长子,有没有孩子他都是长子,德林不能不管。但三千块钱他拿不出来。公司薪水一年两万出头,加上偷偷收罗一些包装箱和包装纸卖,不到两万四,刨去吃喝,剩不下多少。就算他拿了,下一次呢?就算哥哥不聚众赌博了、不诱奸未成年少女了、不偷工业电缆了、不什么事都没弄明白就懵里懵懂冲在最前面去参加群体事件了,他能浪子回头,从此回家好好务农,或者找个正经事干?

不是德林拿不出三千块,是德林拿不出无休无止的三千块。

还有姐姐。姐姐的信比哥哥的信早寄来两周,是找人代写的。

"亲爱的弟弟,你在深圳还好吗?你和数以千万计的农民工兄弟为建设人类的美好生活做出了巨大的贡献,人们不会忘记你们,人们也不应该忘记你们。年节很快就要到了,每逢佳节倍思亲,我最亲最亲的弟弟,值此佳节之际,姐姐在遥远的家乡思念你……"

捉笔者基本属于初中水平,看过大量"感动中国"之类的节目。但姐姐在托人写信的时候没有犯癫痫,这一点让德林感到欣慰。

坚持了三个多小时,大年二十九凌晨,德林打通了售票专线。没有票。接线员说。三天前年三十的票就卖光了。

"那么,"德林绝望地问,"什么票都没了吗?"

"初一有三趟。Z24票没了。T96,17点44分始发,只剩两张软卧。K556,14点08分始发,有票,要报身份证号。"接线员疲惫不堪地说。

软卧肯定不行。软卧等于抢人。只剩下K556,初一下午走,初二上午九点多到武昌,再赶到付家坡去抢武汉转恩施的长途,如运气好,夜里能上车,就是说最快也要初三凌晨才能到家。

"要不要?"接线员不耐烦,"你占着线,别人怎么打进来?"

"谢谢。"他说,挂断电话,心里想,为什么谢?谢谁?谢什么?突然就有了一种松弛下来的感觉。

腊月二十九上午,德林带着小吴为一家主力店送货,楼上楼下走了一圈。不少店今天没有开门。只有四家主力店还开着,人气不旺,没有什么顾客。偌大的一站式消费中心里,数百家国际品牌代理商来自各地,江西、安徽、福建、湖南、四川,哪儿的都有。代理商要回家过年,商家有车,一般不惦记买票的事。只要不遇到前几年那样的暴风雪,腊月二十八夜里走,年三十前一般都能赶回家。

没有顾客,万象城像是突然一下子被抽空了。

德林处理完手头的事,又带着小吴和一个其他组借来的员工去部长家出外勤,送了一趟年货。部长家的年货不少,装了满满一车,所以需要三个人。

"轻搬轻放,东西归顺好。注意卫生,穿鞋套进门。还有,东西我编了号,回头我会一一清查。"部长交代。

部长同时透露,不回家过年的员工,三十晚上公司请吃年夜饭,有酒有水果有红包,年后还要发开工利市。

德林心里咯噔一下。他想,大女年后开学是没有利市的。谁给她发利市?细叶说气话,但也不一定,大女说不定真跟人睡了。现在很多学生跟人睡,睡完拿一笔钱,想干什么干什么。大女不干什么,她要交学费。她说过,要是家里支持,念完大专她还想续本科。

"你不是涨工资了吗?你都当组长了。"大女忧愤地对德林说,"妈妈是农村妇女,目光短浅,可你在深圳工作。"她说,"我一定要把命运掌握在自己手上。"

大女不像二女,大女有志气。这样说,大女更有理由跟人睡。她给人带孩子,她也可以带孩子的爸爸。要是儿子和爸爸都带,是不是能拿双份?

二女就不一样了。二女光知道看真人秀节目。她还跑到武汉去参加过一次电视选秀活动。细叶不给她钱,她偷了奶奶的金耳环卖掉做盘缠。她连初选都没入围,一张嘴就被评委轰下台了。

二女长得是比大女漂亮,但也漂亮不到哪里去。武汉是什么地方?二女那种学木叶鸟叫的原生态,根本上不了台面。那次惨遭淘汰,二女的人生跌入低谷,失踪了几天,人找回来哭得天昏地暗,哭完以后咬牙切齿地发誓,要练习潜规则,还要练习如何准确无误地在舞台上找到电门。

"下次他们再敢封杀我,我就血溅舞台!"二女发狠地说。她不是发狠,真做得出来。

德林带两个员工送完年货,回到万象城。剩下的大半天基本没有什么事。公司规定,上班的时候员工不能坐,不能抄手,不能聊天,当然也不能嗑瓜子。这个难不住德林,他会找事情做。事情总是有的,万象城这么大,公司的活堆积如山,一千个德林也闲不下来。

今天下班比往常早,不到九点半。女店员一个个笑着闹着,花蝴蝶似鱼贯而出,消失在夜幕中。德林不大习惯万象城早打烊,这不像万象城,但去售票窗口排队买票肯定是不行了。他抱着最后一丝希望给订票热线打电话,一丝希望很快变成毫无希望。

德林心里很难过。他不能连续两年不回家过年,这不通情理,说不过去。但不能怪谁。世界不是家,大家都抢票回家,他抢到了,就会有另一个德林失去回家的机会。事情就是这样,你要当组长,你就不能在大年三十之前离开岗位。你要回家过年,你就别想比组里其他员工多拿两成薪水。还有什么办法?德林觉得应该有办法,否则就不是万象城,不像万千世界了。

德林回到宿舍。小吴坐在床头清钱,一大把脏兮兮的零钱。他准备把零钱清出来,凑齐五百,过年找人打麻将。小吴是个克制的青年,输赢五百,决不再添,这一点比很多人强。

"如果大年夜就输完了,剩下几天怎么办?"德林担心。

"看电视呗。春节晚会滚动放,还可以投票。"小吴坦然。

德林很羡慕小吴,没家更好,人在哪儿年就在哪儿。德林也想清钱。当然不能当着小吴的面清。他是组里的高薪阶层,当着员工的面清钱影响不好,这个领导艺术他有。

德林找出一张纸,一支笔,心里默默计算,在纸上涂画了几遍,得出一个数字,再核实一遍,看数目相差不大,叹了口气。小吴也凑齐了五百块,也叹了口气。小吴叹完气就告诉德林,部里明天要派人去宜昌,到朱师傅家慰问。德林停下来,抬头看小吴。小吴也看德林。德林说是吗?他一下子就觉得又有希望了。

晚上德林睡得很安稳,一个梦都没做。他决定按计划执行,明天向部长请假。慰问朱师傅家的车年三十中午走,初一赶到宜昌,慰问完朱家就往回赶。公司派车,面包车,两个司机,一名工会干部,等于是给他派的专车。他搭车到汉宜高速公路枝城路口下,换乘去恩施的"捷龙"快巴,初一夜里他就能到家了。

德林想着自己在如水的月光中走进院子,邻居的狗惊醒了,吠叫不停。他敲门。先轻轻敲,再理直气壮地敲。屋里灯亮了,细叶惊慌失措地问是谁,然后二女抄起菜刀往外冲。他想着这样的场面,开心地呵呵笑。当然,他也没有忘记叮嘱自己,一定要备一包好烟,路上给司机们抽,在枝城下车的时候谢谢干部,多谢几声。

一大早周明明就来找德林。她给德林发短信。"来个虎年告别如何?"她俏皮地问他。

德林在杂物间等周明明。他打算见过周明明后就去找部长,把假请下来。周明明行动快速,进了杂物间,反身掩上门,靠在门上笑眯眯脱裤子。我没迟到,赶上过年了吧?她压低声音哧哧笑着,邪气地说。她没穿底裤,这样方便。

两个人很快完了事。天冷,也没再温存。周明明平时很缠人,每一次都是德林败下阵来,她老说和德林在一起控制不住,事后想起,自己都脸红。有几次德林告诫自己,适可而止,但就是止不住。他就是迷恋周明明缠人这一点。他从来没有问过,但他能猜到,周明明不光和他好。她是一个讲情义的女人,从不欠人的。她是他什么人?他无权干涉她。

周明明从带来的包里翻出底裤,让德林扶着她穿整齐。德林问她要不要去吃碗米粉。他俩好上以后,每次事毕都要去吃米粉。她要牛腩加卤蛋的,添很多勺油辣子。他不加臊子,净米粉。

"回来再说吧。车要开了。回来我给你带湘味血肠。"周明明用手机屏幕当镜子,捋整齐弄乱的头发,收好手机。"给我两千块钱。"她说,"你要手头宽裕,三千也行。你是守财奴,五千做不到,我不欺负你,三千吧。其实再多也用得完,不信你试试。"

"明明。"德林说,有点儿结巴。

"别小心眼好不好,不是你理解的意思。"周明明说。她能感觉到他搀扶她的手往回抽动了一下,"我得给孩子买礼物。我今年的工资炒股都炒进去了,一分钱没落下。我是该听你的,不是没听吗?"

德林不说话。他能说什么?一年三百六十五天,周明明三百天是激情洋溢的理想主义者,六十天伤痕累累,剩下五天见不到人,像是死在无人知晓的地方。她完全疯了,根本拦不住。她每次割肉的时候都会给他打电话,哭着打。他就发抖,接完电话半天喘息未定。

"我总不能空着手回去见孩子吧，"周明明不高兴了，"孩子叫我妈，我怎么抱他？不给算了，我借。借你两千，行了吧？"

"明明。"他说。

"德林，贺德林，做人总要讲情义，"她急了，说了一句粗俗不堪的话，透明的耳垂像是被谁踢了一脚，有些渗血，"就算我卖，一年时间，你也买够两千了，至于吗？"

"那，"德林也急了，"怎么不说我卖你买？哪一次不是我堵你的嘴，不堵全万象城的人都能叫来。"

周明明看了德林一眼，目光离开他的脸，捋一下头发，低头收拾东西。

德林后悔了。他们不是夫妻，当然不是。他们只是黑暗中抱团取暖的伙伴，但她还是给了他很多慰藉。一开始他很紧张，没有留意，以后很多事都想起来了。有一次完事后，她脸凑脸地看他，看完以后眼眶湿润。还有一次她给他发短信，说她想他了。那一次台风过深圳，满大街雨水横溢，但她没有到杂物间来。她有时间，他也有，她就是没来。

德林觉得自己非常糟糕，简直不是人。他拦在门口，不让周明明离开。

"我赶车。你这种人，不会再给我买张票。"周明明平静地看着德林，"事情就是这样，你让我们的关系变得龌龊不堪。"

"我不是故意的。"德林说。

"你不是故意的,所以你才是个彻头彻尾的王八蛋。"周明明哽咽了一下,"我以为你和他们不同,看来是这样,你不过是个老实巴交的嫖客。你在伤害我,你在伤害我们之间单纯的关系。我还能指望什么?"

"明明,对不起。"德林觉得他吃不住劲了。

"我干吗要对你说这些?我又不是你老婆,我没有这个权利。"周明明厌恶地打开德林伸向她的手,一脚踢开地上的毯子,去抓门把手,"别碰我,我要离开这里,回去用肥皂洗一百遍。"

"是回常德再洗,"德林突然觉得他变得聪明了,舌头一下子变得好用起来,"还是把票废掉,洗完一百遍,再走路回常德?"

周明明扑哧一声乐了,发狠地打了德林一下,自己抹掉眼泪。

他给了她两千。她说什么也不肯要。他说什么也要给。她运气好,他身上带着。朱师傅被货车挤断盆骨的时候,他给了两百。部长儿子结婚,他给了一百。二十五十的,这一年他还给过好几次。给她两千的确让他心疼,但他应该给,不是吗?

"说好了,算借,我会还你。"周明明不好意思地笑了一下。经过那一闹,她的两只耳垂薄得越发透明。"乖乖,别记我仇,你就当刚才一条不要脸的母狗骂了你。"

周明明心满意足地走了,去赶长沙的火车。德林站了一会儿,在杂物间坐下来。他觉得累。他后悔没有把茶杯带下来,收集那些高层管理干部们丢掉的茶。杂物间是他的,是他的庇护所,他想在杂物间怎么坐就怎么坐,想坐到什么时候就坐到什么时候。有几次,他把自己关在杂物间里,不开灯,在黑暗中默默流泪,流够了把泪擦干,擤一把鼻涕,出去继续工作。这些事情他没有告诉别人。

德林坐了一会儿,把凌乱的毛毯折叠起来,用一块塑料布包好,装进一只衣物袋里。那是他从商场丢出来的垃圾中捡到的,用清洗剂洗了好几遍,偷偷带到杂物间,周明明来的时候用。他准备带走,不再用它,或者不和周明明一起在杂物间里用它。他们之间应该结束了。他不能继续下去。他当然需要周明明,或者别的明明,至少偶尔的,他有需要的冲动。但他付不起。他怎么说得清楚,她年后会买什么股票?她太疯狂了,她要是继续疯狂下去呢?

有人从安全通道下到地下室。隔墙车库里有车驶走,车轮尖锐地摩擦着水泥地。他还是有点想念周明明。他并不想念别的什么明明。一想到她那透明的耳垂,他心里就发涩。他想,他这是干什么?他为什么要折磨自己?既然做不到,那就做不到好了。他可以去做能够做到的,没有副作用的。杂工组有人去关外找发廊,有人依靠画册自己解决,还有人用捡来的充气娃娃。副作用并不随处都在,这些他都知道。

他这么想,就想到哥哥。他不知道哥哥在监狱里怎么解决问题。监狱里肯定有问题,哥哥肯定有问题。他希望哥哥能找到办法,把问题解决掉。他希望哥哥能配合律师,打赢官司。他一想到哥哥,就觉得自己很幸运。他不挨打,不坐牢,想吃广味腊肠可以去买,他还想怎么样,还想上天不成?他发过誓,不管哥哥的事,不再管。一个人管不了天下,管不完。他能力有限,但他毕竟是自己的哥哥呀。有一次,哥哥替他挨了打。那个时候他和哥哥还小,几个大孩子在放学的路上堵住他,问他吃过屎没有。哥哥慌里慌张从河对岸踢着水花扑过来,头发乱蓬蓬的。哥哥被大孩子们打得满地爬,打出了鼻血,牙也打掉一颗,以后说话老漏风。你妈的二蛋,他说,你欠我一辈子。

他这么一想,就决定了,这一次他得管,给律师三千块。广味腊肠就算了,三千块钱一定要给,就当三千块钱买一颗牙。给哥哥三千,姐姐五百就行,谁让她是泼出去的水,谁让她犯癫痫?但她是他的姐姐,对不对?她给他洗过衣裳,给他往乡里完小送过粮食。还有一次,他读初一那年,偷看冯家老三尿尿,被冯家的狗撵得屁滚尿流,要不是姐姐威胁冯家老三,他就完了,至少判流氓罪。这么说,姐姐也该管,不管说不过去。再加三百,给姐姐八百,他管。

想到读初一的事,就想到二女。他说不清他怎么就欠这个魔头的,她以为她是富二代?她怎么不生到李嘉诚家里去?但是,她为什么要生到别人家里?她凭什么就不能生在他家?他家怎么啦?他饿着她冻着她了,还是没供她读书?而且,二女并不是没有志气,十四岁的女子,敢一个人跑到武汉去,站在舞台上放声大哭,那些评委还不是被她哭得干瞪眼?二女说得对,我还偏不相信,农民的孩子不能当明星,那城市的孩子也别吃绿色食品。她还说,爸爸,我不怨你,我只怨没钱。

他这么一想,心里就发疼,觉得口渴,想要喝茶。他会给二女钱——不是单独给,给家里钱的时候特别说明,那些钱当中有二女的一份。iphone不买,那玩意儿没什么意思,就是糟蹋钱,很多孩子没有那个也秀了。二女最好小心,她要秀出个名堂,她不秀出个样子给他看,他非剥了她的皮不可。

他那么想过后不由笑了。她肯定会一蹦三尺高,冲过来搂住他的脖子。你是世界上最了不起的爸爸!我好怕呀!这两句话她都会说。

接下来是谁?大女还是细叶?大女的全年学费一次交清,这个没什么好商量的,就这么办。但大女应该明白,她是大学生,以后是护理师,是职业高尚的医务工作者,她应该把精力放在学习上,而不是别的什么上面。带孩子可以,带孩子的父亲,这种事情没必要。他就是做父亲的,他这个做父亲的绝对不允许。他能供她读书。不行他吃素、一天改两顿、夜里不睡觉、争取多加班。不行他再打一份工。别说本科,读研究生都行,读博士生都行。她还想怎么样?

细叶对这样的安排肯定不干。她会气坏的,会一把鼻涕一把泪地骂人。但是别急着骂,还有母亲。他在想,母亲需要什么?她的金耳环被二女偷了,她要治白内障,她想住到姐姐那里去,但她没有说过她要什么。对了,她说过,她问他们什么时候生,她说过这个。那么好,他给她治白内障,他给她买耳环,金价涨了也买,涨成深圳的楼价也买。他不能自己从母亲的子宫里钻出来,随手剥下胎盘丢掉,他生出个女儿,女儿再从奶奶耳朵上剥下金耳环,那他算什么儿子?他连猪都不如。

现在轮到生孩子——生儿子了。老实说,这很难。不是他不愿意,他有一口气都愿意。问题在于,他只有一口气,那口气他要吹给那么多人。他们都是他的家人,还有姐姐——可怜的姐姐,还有哥哥——混账哥哥。他们都是他的亲人,打断骨头连着筋的亲人,他们每个人他都得吹,气吹不到谁头上都不对,都说不过去,他都不干。他当然要生儿子。要是按愿望,他有多少儿子应该生下来?现在,可怜的他们都进了肮脏阴暗的下水道。

这件事情,关于生儿子的事情,他以后会和细叶商量,慢慢商量。细叶是能够商量的,只要她能够拿到足够养活老小的家用。

"德林,你想要多少孩子?一百个够不够?"

这是结婚那晚细叶对他说的话。他记得。她搂着他的腰,面如桃花,百般迎合。他也是。那天晚上,她像一个无所不能的女侠。她有什么做不到?他应该体恤她，不让她受家用之苦，不让她一把鼻涕一把泪地骂人。他不就是干这个的吗？除了这个，一个男人还能做什么？

现在，他必须决定一件事，是不是要向部长请假，搭公司去宜昌的车回家。他想，明摆着，当然不能请。他要请了，过年回来他还能当杂工组长吗？也许连杂工的岗位都没有了。他要当不上组长，拿什么给母亲治白内障、买金耳环？拿什么体恤细叶、交大女的学费、二女的选秀费、哥哥的律师费、姐姐的治病费？再说，周明明拿走了两千，靠什么补？再说，搭公司的车到枝城不花钱，从枝城到恩施呢？过完年的返程呢？从恩施到武汉一百多，从武汉回深圳两百多，加上路上吃喝，怎么也要近五百，要是买不到硬座，卧铺得再加一倍，谁掏？再说，他要回到村里，家族长辈他得去拜年吧？族里的后辈来他得接待吧？长辈封五十的红包，后辈封十块的红包，孩子封五块的红包，按人头算下来，怎么也得封出两千去吧？再说，他要不回去，坚持过年上班，那他就可以拿到加班费，还可以拿到开工利市，一分钱不花，反而落下好几百，细叶一定会支持他这么做。

现在他明白了，为什么打电话订票的时候，他有些紧张。他根本不是紧张，是害怕——害怕回家过年。年好听，不好过。年处处是刀口，处处要割肉。他回家过年了，谁替他保住这份工作？他还能做什么？

他决定了，不回去过年。他这么想过之后出了半背的汗,浑身舒坦。他还想,反正不回去了,明天大年初一,公司放假,银行也肯定不像往日那样,人多到你会以为全世界都是富翁。他有一整天时间,充裕得像个吃饱了青草到处找地方晒日头的公羊,银行里没有人头攒动的场面,所有的柜台员都会起身迎接他。先生,请问您要办什么业务?他微微扬起下颌,看他们一眼。他办什么业务?他汇款。他先汇家里的,母亲、大女、二女,剩下的都归细叶,让细叶美美地过一个肥年。然后他汇姐姐,再汇哥哥。哥哥这笔钱多,放在最后汇。这次三千,下次两千,以后他还汇,一直汇到哥哥出来为止,一直汇到哥哥他妈的不再惹事为止。小姐,给我汇款单,多拿一些,我要汇款。汇款明白吗?

肚子里肠响辘辘,德林这才醒悟,他已经在杂物间里坐了很长时间了。公司今天不忙,但公司今天请吃年夜饭,有酒,有水果,还有红包。他当然要去拿红包。他把酒喝得足足的,水果敞着怀吃,回到宿舍再数红包。他是一个有抱负的男人,他需要更多的红包。

德林站起来,充满希望地离开杂物间。锁上门之后,他想起来,毛毯没拿,他忘了拿。不过不忙,年一天过不完,他有的是时间,他会把事情一样一样处理好。

德林走出地下室,走到大街上。深圳在大年三十这一天突然空城,街上没精打采,看不到什么行人。这就对了,德林想,怎么说,深圳是一座移民城。

德林回头看万象城,看他挣生活的地方。万象城顾客寥寥,好像人们的钱全都花光了,人们对万象城没有兴趣了。但是，对这个，万象城一点儿也不在乎。它是中国最好的购物中心，代表中国最具国际消费理念的示范样式，拥有从 Fendi、Gucci、LV、Dior 到 Anubis、CK underwear 的数百家国际品牌商品，不管顾客少到什么样子，它依然灯火辉煌，年节的气氛浓烈。

德林想，谁知道钱去哪儿了？也许没人回答得出来。可这个难不住他。他是万象城某公司名下的杂工组长，任何时候，他对万象城的细节都历历在目。

就像它的名字一样，万象城是深圳最值得炫耀的地方，或者说，它是最值得炫耀的地方之一，这里有琳琅满目的商品，有你能够想到的、满足你所有物质欲望的美丽商品，以及令人舒适的交易过程。如果你有足够的钱，它们还属于你，你可以随意选择你的所需所欲。你用"银联"或者 VISA 卡结账，那些商品会经过细心的礼仪包装，婴儿似珍贵地放进精致的包装袋里。然后，先生、女士，您是它们的主人了，您是这个世界的主人，请您带着它们，去您想去的任何地方。

德林那么想过，心里一下子敞亮了。他觉得这个年，他会过得不错。

离市民中心二百米

"找到啦,找到啦,南北中轴线!"他惊喜地跳到花坛的基座上,回头朝如瀑灯火的另一头喊。

"这儿才是!"她不在灯光下,离他十几尺,在广场中央,低头看一块完美的花岗岩铺地石,小心翼翼探出小牛皮靴子,光滑的靴尖轻轻黏住那块花岗岩的某个虚拟点,确定无误,压住,站稳,抬头兴奋地宣布。

"在这儿!"他跺脚。阿迪达今年的新款板鞋发出三记强调音。

"在我脚下! 我踩住了它,它跑不掉啦!"她兴奋极了,鹤立般尽力站稳,不让脚尖移动。

"你总捣乱,什么都争!"他急了。

"我赢了!"她咯咯地笑,身子晃一下,立刻稳住,快乐地叫,"不许耍赖,王八才耍赖!"

"你才是。"他说"你才是",后面两个字囫囵吞回去,没说出口,像嘀咕。

"你!"她笑得喘不过气。

他站在花坛的基座上,无奈地换了一下重心,不知道再该怎么办。

广场采用了集中扩声模式,使用美国EV和PAS音响,至少九十台EVXL全音音箱、EVTL880D超低音音箱、PASBH-2长冲程中低频音箱,加上用于扩声的PAST1540全频音箱、用于返还的PAST1522全频音箱和用于补声的PASEVID C8.2全频音箱,此时正播放着《花好月圆》的曲子。

圆月隐匿。花坛中的硬骨凌霄刚刚淋过自动喷头,无数细碎的小水珠在灯光下闪耀,簕杜鹃流光溢彩,羞煞了背景上的凤凰木和皇后葵,是真好。

他站在那儿,德国产JB-VARYSCAN71200摇头电脑图案灯奇异的光效装扮着他,让他有一种君临舞台的炫目感。他不好意思,从花坛上跳下来,向她跑去。

她踮起脚尖旋转了一下,张开双臂做了一个飞翔的姿势,被跑近的他恶狠狠拦腰抱住,笑得更厉害,歪进他怀里。他趁机在她胸口摸了一把。她打开他的手。

"亲我。"她命令说,脸仰起来,嘴努成野蛮的花瓣儿,"就在这儿。"

他亲了。她没够。他再亲,人就不老实。她咻咻地笑着挣脱开,撩一下被广场风吹乱的头发。

"还说。捣乱的是你。这下没话了吧?"她说,撩开疯着的纱巾,把凉凉的手递给他。

他握着她的手。他们庄严地看站着的地方,那个被她找到的这座城市的南北中轴线,看一会儿,再看四周。

四周是高贵的大理石、气派的金属、流线型玻璃和湿润的昂贵木料,完美无憾的聚光灯、扫描灯、天幕灯、地幕灯、图案灯和冷光灯光效。广场巨大,他们是环绕里的中心,恍若一对仙子。

"是真的吗,我们住到市民中心里来了?"她问他。那样还不够,转向他,人拉近,脸儿贴脸儿。

她不是不相信。她知道这是真的,但偏要问,让他说给她听。"说一百遍。"她不讲道理地要求。

"不是市民中心,是二百米外。"他指出她的错误,"市民中心不让住。我们离它二百米。"

"音乐厅住了。"她说。

"我们不是音乐厅。"他说。

"鸽子住了。"她说。

"我们不是鸽子。"他说。

"那要分怎么看。就是市民中心。"她说。

"怎么看都是二百米。"他说。

"按91万平方米算。"她指导他。

"那样算,莲花山也算进来了,中央商务区也算进来了,半个深圳都进来了。"他嘲笑。

"进来就进来。南中国都进来。中国都进来。"她宣布。

他是电脑博士,她只是音乐教育专业的硕士。但她伶牙俐齿,能把他绕糊涂。他当然不会真糊涂,这样他就输给她了。他不输,她非让他输,谁也不让谁,他们争起来。就是在这个时候,他们看见了保洁工。

一个中年保洁工。也许是老年。广场的灯光效果制造幻觉,说不准。他在一座花坛边,把几片飘落到花坛外的花瓣捡起来,放入便携垃圾处理袋里,嘴里嘀咕着什么,像是招呼自己的孙子孙女回家。然后他朝他们走过来。

他们的脚下也有花瓣。保洁工在他们身边蹲下,从中轴线上拾起两片花瓣,再从阿迪达今年新款板鞋上小心地剥下一片,放入便携式垃圾处理袋。

年轻的博士脸臊,翻天覆地地看鞋底,再看保洁工。保洁工穿着呆板的制服,戴着后备役军人般刻板的瓦楞帽。他是个四肢粗壮的男人,个头儿不高,脸上皱褶分明,制帽遮住了,后脑勺上看得出秃顶的痕迹。

硕士冲博士扮了个鬼脸。她的样子娇憨而不讲理。博士想咬硕士。硕士躲开了。

"但是,我们还是在市民中心,对不对?"她把目光从走开的保洁工那边收回来,扭过脸问他。

他看她。她目光迷乱。那样的目光,那样的问法,其实是暗中恃美胁迫。他只能点头。只要不是原则性问题,每一次他都点头。

"我们的梦想,"她按捺不住地搂住他,"我们做到了!"

他也按捺不住,再次亲她。他俩就在铺向远方的花坛边,情绪激动地黏合成一个影子。

昨晚谁先开始争吵,他俩都不记得了,为什么争吵也忘记了。

"有本事你别要我。"她开始不讲理。

"有什么,恩格斯就没老婆。"他不妥协。

"又怎么样?"她问。

"苏格拉底也没老婆。"他气她。

"算什么本事?"她朝他喊。

"还有柏拉图,笛卡尔。"他止不住,恶毒地说,"薄伽丘,哥白尼,康德,尼采,休谟,叔本华,斯宾诺莎,伏尔泰,萨特,牛顿,安徒生,福楼拜,卡夫卡,卢梭,福柯,贝多芬,舒伯特,勃拉姆斯,拉斐尔,梵·高……"

"不要脸,你不要脸,以为只有男人才配!"她气坏了,差不多快要气晕过去。现在她已经无法原谅他了。"波伏娃也没有老公! 邓肯也没有! 香奈尔也没有! 嘉宝也没有! 南丁格尔更没有!"

"你还忘了伊丽莎白一世。"他气她的确有一套。而且他击中了她的要害,没有那么生气了,"你还忘了克里斯蒂娜。"

事情在临界点上结束。他先认输,把自己关进盥洗室,不到一分钟就冲出来,扑上床睡了。

其实不是床,只是一副床垫,前房客留下的,丢在主卧的墙脚。他们下午才拿到钥匙,去广场疯过以后不肯回关外。新家具要一周后才能到齐,但他们不想等,他们决定就在那张旧床垫上过一夜。也许七夜。她说。

他从美国回来之前,是靠她生活和读书的。她读完硕士以后就弃学了。两个人的家都在农村,供不起,他们决定牺牲一个人。她是那个牺牲者,打拼了几年,做到A8音乐技术部门的中层干部,薪水不菲,但要资助他在国外攻博,骆驼一分为三,他占两份,她占一份。在深圳,住在关内的属骆驼,属羊和毛驴的只能住在关外。他回国之前,他们在关外有个小窝。更多的时候,差不多所有的时候,那是她清冷的羊圈。

"我想住在市民中心。"夜静更深时,她红着眼圈给他发电邮,"关内才是高贵的深圳。"

他回来了。当然是读完博回来的,带回两个专利。联想国际信息和中兴通讯向他递出橄榄枝,他嗅了嗅丢掉了,决定自己创业。她通过几年建立的业务关系,帮他从政府拿到创业资助。政府有钱,还有文化产权交易所,他用专利融到一笔创业基金,现在是新公司的股东。他和同伴雄心勃勃,要让公司三年后在纳斯达克挂牌。

他带她到市民中心广场旁,问她喜不喜欢那栋褐红色的商住楼。她当然喜欢。他递给她一个装着钥匙的信封。她先吃惊,很快眼圈红了,哽咽着说不出话。那是她的市民中心,她梦寐以求的居住地。她才不在乎房租有多贵。他哄她,要她别流泪。他没有好意思告诉她,如果允许,他会让那二百米消失掉。

他扑上床垫,很快睡着了。也许是假装睡,他没动弹。

她赌气在窗台上坐了一会儿,看他趴在那儿的样子,气得要命,起身把房间里的灯全打开,乒乒乓乓开冰箱拿冰激凌。冰箱也是前房客留下的,不锈钢整体厨房也是。她用冰激凌刀敲盒子。他不醒,也许醒着,就是不理她。她冲出厨房,冲到床垫边,用脚踹他,然后就哭了。

她又坐回窗台上,蜷缩在那里,一把一把抹眼泪。天亮时,她回到床上,尽可能离开他,缩在角落里睡,梦里还在抽搭。

她起来的时候,他站在落地窗前,怔忡着不动,一脸的后悔。

她倒没意思了,起身走到他身后。他没回身呼应她。她站了一会儿。她想他昨晚那么说并不是没有道理。

他是在西方读完硕和博的,西方人说思想者没有家。他是被她逼急了,伤了自尊才那么说的。他不是她的思想者,她有思想。她要他当行动者,但不能是没有思想的行动者。她要他行动,而且是有思想的行动,别站在那儿发呆。

她那么想过,有些委屈,脚尖内敛,肩膀收束,睡衣从肩头滑落到脚面上,一丝不挂地从后面搂住他的腰。

"别生气。"她说,"别生气了。"

他没有动,执拗地看着窗外。一只鸟掠过窗外,然后是一群。

"我赔你。"她咬牙切齿,"上床,我侍候你,让你舒服。舒服死你。"

他仍然没回身,眼里有干净的潮湿。她探头绕过他的肩膀看他的脸,不解,再顺着他的目光看出窗外。

市民中心。落地窗外是整个被称作市民中心的建筑和广场,他在看它。

这是城市的政治文化中心,广场是这座城市最大的市政建筑群,西区是政府办公区,东区是人民代表大会和博物馆,中区是著名的红黄双色塔。她明白他的意思。他是说,现在它们全归他俩了,是他们窗下的风景。

她一下子被感动了,踮着脚尖快乐地跳了一下。也不知道为什么,就是想跳。她围着他旋转一圈,再一圈。他被她的捣乱迷糊了。现在他的目光离开了广场,回到她涂满白日亚光的身体上。

"我们拥有世界最大的屋顶!"她大声宣布。

他不说话,呆呆地看她。他在想,她怎么才能做到?这座城市怎么才能做到?他在想,应该把他疼爱的她放在什么地方,放在什么地方才好?

"中国最大的会场!"她继续宣布。

"还有中国最大的停车场!"他也兴奋了,大声宣布。停车场,城市需要更多的驶入和驶出。

"我想结婚。"她说,像鸽子似的张开双臂飞了一下,跳到床垫上,再从那上面飞下来。

"和谁?"他下意识地收束起发根,紧张地问。

"还有谁?"她顽皮地问,"你给我找一个,找不出来不依你,我去大街上随便拉一个。"

"看你拉谁。"他释然,"已经结过了。"他白了一眼一丝不挂的她,开始往前清算,"床在哪儿?怎么侍候?只有这张破床垫。"

这是不允许的。他白她一眼是不允许的。他要清算是不允许的。她向他扑过去。他们就倒到床上——床垫上了。

中午的时候她醒过来。他还睡着,孩子一样,打着轻微的小鼾。她想不起来,冰箱里还有多少冰激凌。昨晚他俩只顾疯,没吃饭。她饿了。她把他摇醒。

"你还没有回答我。"她说。

"什么?"他睁一下眼又闭上。

"我的问题。"她说。

"什么问题?"他迷迷糊糊,翻过身去想继续睡。

"你耍赖。"她不干了,揪他的耳朵。

"别闹。"他搂过她,习惯地把手伸进她光着的两腿间。

她生气。他说已经结过了。那算什么结?她给他发了一个邮件,他给她回了一个邮件,他俩都不想等了,那就不等。他从美国飞回来。一瓶红酒,一轮明月,他们俩,没有第三个人。

"结婚,我要结婚!我要人们都来参加我的婚礼!"她揪住他乱蓬蓬的头发,冲着他的耳朵大喊大叫。

这一次他睁开了眼睛,紧张地看她。

他们决定结婚。再结一次。还是他俩。明月留下，一瓶红酒换成一车，合抱的玫瑰做伴。

去市民中心行政服务大厅咨询，果然不虚妄，公众礼仪大厅提供对普通市民的婚庆服务。

"是的，您没有说错。"负责咨询服务的年轻公务员笑容可掬地说，"和政府的新闻发布会在同一地点。"

"就是说，我们，可以，在政府的礼仪大厅，举行婚礼？"她惊喜地追问，有点儿喘不过气。

"您可以像政府新闻发言人一样当新娘，您的亲友可以在1700平方米的大厅中随意打滚，如果您是深圳公民，您的亲友也愿意的话，这是你们的权利。"衣着整洁的公务员说。

"您有女友了？真麻烦。下辈子别急着追姑娘。"她对那个年轻的公务员印象太好了，埋怨说，"如果他不要我，我就追你。"

她证实了自己的判断，不免得意。他们决定好好庆祝一下。

他们去了福华三路的民间瓦罐煨汤坊。他请客，为她点了甜控南瓜百合莲藕和辣椒苦槠豆腐，自己点了咸排鳝鱼鸭血汤和萝卜菜糊。她又要了糯米子糕和西葫芦鸡蛋饼，面前一大堆，一样一口往嘴里塞，剩下的塞进他嘴里。她觉得既然是庆祝，一定要隆重，比如往死里糟蹋点什么。

他对制作精致的传统小点心没有什么意见，只是为客人们的住处忧心忡忡。他们只有一间卧室，一间客厅,亲戚来了住在哪儿?而且他不喜欢太多的人介入他的生活。他们没有帮过他什么。他能成为现在的他,全靠他自己,还有她。他自己的生活,就算亲人他也不习惯。

"五星级的,出门有星河丽思卡尔顿,喜来登在福华路大中华国际广场,不远是景轩,香格里拉在益田路,福华一路上有马哥孛罗好日子。"她如数家珍,揶揄他,"咱俩有多少亲戚?你二姑不会来,你三叔也不会,他们才舍不得丢下绿色食物跑到这儿来吃二次加工的食品。"

"就算这样,你家亲戚不少,得花多少房费路费。"他皱眉头。

"没见过这么抠门的。你要不掏我自己掏。"她恶狠狠把一只糖面芋头塞进嘴里。

"好吧。"他缩了缩脖子说。

"什么好?你掏还是我掏?"她盯住他问。

"先算在我的账上。"他妥协。

"先是怎么回事?以后呢,利滚利还你?"她追问。

"算我的,行了吧?"他彻底投降。

"酒店吃不惯,出门有围龙屋客家食府,不行就元绿回转寿司。谁叫咱们住在市民中心。"她大方地说,上唇沾着几颗晶亮的糖粒。

"离市民中心二百米。"他心不在焉地更正,看一眼她的嘴唇。

"亲嘴你还隔一层皮呢。两层。"她不高兴他的纠结。他怎么当上董事股东的?

吃完饭,埋单。他觉得菜有点儿贵,不过很快就没那么心疼了。他想到将要到来的浩浩荡荡的亲友组团,有点儿闷闷不乐。

他们沿福华路往回走,和一对对衣着款式争相剽窃的情侣擦肩而过。她亲昵地挽着他的胳膊,故意吊着身子,拽得他歪着身子。风吹起她的纱巾,抚得他腮帮子痒痒的。一个烟火味十足的男青年挎着电脑包埋头快速跳下彩色人行道,漂染成金红色的头发像一缕刚刚点燃的火炬。一个长发飘然的精致少女站在一间锃亮的4S店前,目光迷惑,不知在想什么。他们从少女身边走过。少女像是刚从西柚香精里捞出来,身后的落地玻璃窗中停放着三辆劳斯莱斯幻影Phantom。

他们走过风筝广场,走过中心书城,走过音乐厅,远远地看见自家的那两扇窗子。他们站下了。一架夜航直升机从城市上空飞过。她仰头看一阵,一时热泪盈眶。

"我们住在城市的大客厅里。"她骄傲地说。

"我们刚喝过鸽子汤,正走在从厨房回卧室的路上。"他庄严地说。

他们穿过广场朝自己的家走去。他们又看见那个保洁工。

那个四肢粗壮,脸上皱褶分明,后脑勺上有秃顶痕迹的中年或老年男人。他躬着身子从细雨似的喷头下跑过,默默抚去脸上的水珠,去彩色铺地砖上拾一只断了线的风筝。黄昏时分,广场上的灯开始亮了,莲花山顶的大多数风筝仍然不肯回家。

她觉得对不起他,那个保洁工。昨晚他们光顾着找城市中心的南北中轴线,把花瓣带得到处都是。她松开他的胳膊,朝风筝跑去。

"我能帮你吗?"她跑近了,问保洁工。

"那边还有一只风筝。"年轻的博士也过来了,小心翼翼地,不让自己滑倒在镜子似的花岗岩铺地石上,"准确地说,是风筝翅膀。"

但很快地,年轻的博士就把注意力转移到另一边。他看那个大鸟一样的家伙——那个世界上最大的著名屋顶,它近在咫尺,就在他的头顶上。

"它像什么?"他悄悄拉过她问。

"展翅的大鹏呗,一千八百万深圳人都知道。"她从指尖上抹下一块风筝油彩。

"像你。"他冲她痞笑。

她不干了,举起花团锦簇的手追上去打他。他躲闪着。

"本来就是嘛,你夜里睡觉的时候。"他笑着辩解,"你自己不知道,一模一样。"

她站下了,回头看著名的大屋顶。它弧度有力,起伏如波浪,是黄金分割的比例。她够过身子看自己的腰身,脸红了。

保洁工欠起身子迷惑不解地朝这边看。喷头又过来了,簕杜鹃该浇水了。

他早上醒来的时候她不在。皱巴巴的粉红睡裙失落地抛在盥洗室里。坐便器使用过,没有收拾。瓶瓶罐罐整齐划一,没有人动过。

他在厨房里找到早餐。麦片泡溶了,水煎蛋冷出了脂肪色,像过于刻意的塑料品,两只都在,她没动过。

他在广场上找到她的时候,她和保洁工在一起,那个满脸皱褶的老头。看上去,他俩已经很熟悉了。他教她怎么把枯叶和残落的花瓣从花坛中收集起来,放进便携式收集袋里,怎么辨认软枝黄蝉和双荚决明是否该打尖、如何使用花剪。她笑嘻嘻地,干得津津有味,脸蛋红扑扑的,下颌上有一星泥点儿。

"他是达县的。"她告诉博士,"你老乡喂。"

"真的?"博士惊喜,改用家乡话问保洁工,"达县啥子地方的嘛?不是管村的吧?园艺师嗦?"

"不是你们管村的。"她抢着说,"他来深圳七年了。他把阿姨也带出来了。他孙女读护理专科,还有半年毕业,也打算来深圳找工作。"

"哦。"他说,不知道是不是该帮着做点儿什么,"太阳还没出来,人力资源你都弄清楚了。"

"也不想想你霸占了谁。"她得意地对他说,学着保洁工的样子,把收集起来的花瓣仔细抖进收集袋里。

"政府就叫市民中心?"博士问保洁工。

"邮件里不是告诉过你吗,前年,你忘了?"她说。

"就是说,市民中心就是政府?"他拿不准。习惯中不这么叫,一律叫政府大院。

"不可以吗?"她反问,好像她是这座城市的市长,事情由她决定。

他点头。只要不是原则性问题,每一次他都点头。

然后他们手牵着手回家。

他们又争吵了。

开始没有争吵。

他们吃着热过的煎鸡蛋,商量参加婚礼的嘉宾名单。她的亲属比他的亲属多,同事也是。这很正常。他只有一个鳏居的爹,其他人不算直系亲属。他不爱热闹,不会请七大姨八大姑。他刚到这座城市创业,没有太多新识旧故,也不打算在合作伙伴中张扬幸福。她不同,亲戚老表一大堆,她都想请,一个也不想漏过。她硕士读完就来到这座城市,京沪广的同学她可以不请,身边的朋友和同事总要请,这样一算,人数不少。

他不反对她请那么多人。一车红酒,总得人喝。他一点也不在乎落单。他愿意做一个太空人,从地球人手中娶走他们最美丽的新娘。

花销大致也有了预算。近两个月他预算能力进步很大,这归功于公司的筹办。她不想让他一个人承担费用,他出八成,另两成她出。她可以出三成,但他不干,一定要出到八成。

为什么事情争吵,事情过后他们谁也说不清。不是原则问题。有什么原则？她根本就是把自己倒贴给他了,搭上供他五年的求学费用,还搭上一次不慎先孕的流产术。她就是不能容忍他对她的指点。她不是新移民。

"为什么你就不能简约一点?"他问她,"我们就不能简约一点?"

"你干脆说我不够成熟,不够内敛好了。"她冲他大喊。

"还有稳重和温暖。"他气她,"还有通情达理。"

"我们住在城市的中心区,在城市的大客厅,凭什么我不能这样?"她气咻咻说。

"你还不如说中央公园。"他嘲笑她。

她气坏了。他气人的确有一套。她怎么就这么没心,割心刮肺,供出条中山狼?她冲他扑过去。他身手敏捷,跳过床垫。她冲进厨房,再从厨房里冲出来,隔着床垫,准确无误把半盒冰激凌扣在他脸上,然后呜呜地哭了。

九点整他出门去公司,脸上的奶油荡然无存。她打电话请了假,决定一个人清净一天。公司福利不错,她正在收拾新家,部门经理关心地问需不需要多延两天的假,开玩笑说,同事们正商量送他们点什么。

"提个醒,他们会捉弄你。"部门经理在电话那头诡异地说,"我听说有人在打听奶瓶和成人玩具的事。"

她乐了,很快开始犯愣。

她在两间空房子里来回走动,气消下去,镜子里的她看不出哭泣过。她穿上大衣,下楼穿过花坛,去了广场对面的行政服务大厅。

她喜欢宽敞、亮堂、洁净和有条不紊的地方。怎么说呢,她孕育的地方是窄小、阴暗和混乱无章的,学习、成长和工作的地方同样如此。人们总说,一个人最终只需要三尺没身之地,但那是灵魂出窍之后的事。难道她只能在三寸子宫、五尺教室和七尺工作间里度过她的全部生命?

她应该走进更宽阔的地方。她迷恋成为宽阔之地主人的自由感觉。

行政大厅实行一站式服务,一墙之隔的32个政府职能部门的办公系统直接接入大厅,由具有现场管理功能的计算机管理系统做技术后台支持,通过145个服务窗口受理390多种审批项目,各种政府和个人数据实时交换。

她在整洁的大厅里随意出入,漫不经心地使用电脑引导系统、公用电话、大型等离子彩电和舒适的休息椅。她感觉心情好多了。她想起部门经理的话。也许她不会把同事的捉弄当成玩笑。不是指成人玩具,而是指奶嘴。她已经过了最佳生育期,干吗不及时忏悔呢?她为自己的这个念头偷偷地笑了。

半小时后,她在广场上找到他,那个满脸皱褶的保洁工。她顺路给他带去一瓶120毫升的"冰露"。他谢过她。他带了茶水,每天如此。几个孩子追逐着跑过。更多的老人像萎缩的蘑菇般一动不动在广场上晒太阳。茶水装在一只矿泉水瓶子里,像稀释过的可乐。

"您去过行政服务大厅吗?"她问保洁工。

"没有。没什么事。"保洁工说,"那不是我去的地方。"

"您是公民。"她回头看了一眼那栋漂亮的现代化建筑,"您可以随便去任何地方。"

"你说得对。"保洁工同意说。

她帮保洁工把垃圾车推到路口。保洁工几次要她把车还给他。

"好了,玩一会儿行了,脏了你的手。"保洁工不好意思。

她没觉得脏。她觉得自己是一道广场风景,在正午之后呈现得恰到好处。她希望这个时候正好有一位摄影师走过,挎一只单反相机,那样她就能得到一幅与广场和谐相处的照片了。

一枝玫瑰探进门缝,讨好地摇晃着。她乐了,再忍住乐,板着脸拉开门,夺下躲在门后的糖炒栗子,顺带那枝玫瑰,反手把门关上。

他用钥匙开了门,放下鼓鼓囊囊的公文包,什么事也没发生过似的在屋里走来走去,觍着脸嚷嚷着要喝水。很快他俩就蜷到床垫上,她吃栗子,玫瑰支在下巴上,他给她讲研发部门今天取得的新成果。

"怎么抽上烟了?"她瞥他一眼,夺下他手中的香烟盒,起身去厨房,从抽屉里找出一把修理剪,拎着浑纸篓回到卧室。

"朱建设。"她板着面孔叫他的名字。

"是我。"他说。

"护照号AC0356?"她说。

"是的。"他说。

"这包'好日子'是您的吗?"她问他。

"没错,是我的,20块钱买的。"他说。

"19支,看看数量对吗?"她问。

"和同事聊事的时候抽了一支。"他老实坦白。

"没问你和谁一起抽的。各家有各家的海关法。"她从烟盒里取出香烟,分两次举到他眼前,用修理剪拦腰截断,残烟落入浑纸篓里。

他啧啧着嘴,说可惜。她处理完案子,去盥洗室洗过手,跳上床垫,重新窝回他怀里,玫瑰支回下巴上,搂回食品袋,剥一粒栗子塞进他嘴里,接下来的归她。

"继续说。"她命令。

"说什么,都审过了,没情绪。"他抱怨。

"你自己不说的啊,别怪我。不说我说。"她说。

她就说了下午她和保洁工的事。她帮保洁工推垃圾车,从一个又一个秋后蘑菇似的晒太阳的老人身边走过。那个保洁工从没去过行政服务大厅。迈腿就到,他从没去过。

"怎么可能,不会一次也没去过吧?"他不相信。

"一次也没有。三年零七个月,一次也没有。"她肯定。

"43个月,1300天,他扫走的垃圾能再筑出个大屋顶了吧?"他取笑道,"倒是够绝的。"

"你说,他是为什么?"她有些困惑。"我不相信没时间,肯定也不是没兴趣。没有人会害怕走进一座宽阔明亮的建筑,有这样的人?"她发现他有些注意力转移,拿话把他往回勾引,"你没看见大厅的稳重和内敛,你能想到的现代性那里面都有。"

"简约和温暖呢?"他呵呵笑,"还有通情达理。"

她狠狠在他的大腿上拧了一把。两个人滚到墙角里。他脑袋被墙撞了一下,"哎呀"一声。她胡乱抚了两把乱发,跪在床垫上一粒粒拾栗子。

"人家把你当成玩。义工不是义工,哪有穿着高跟鞋推垃圾车的。"他抢白她,"再说,要让他的上司看见就麻烦了。我的员工让别人帮着做事,我就炒他。你给人家惹事。"

"以为我连这个都不懂?"她说,"我就是不明白,他为什么没进过大厅?"

"这件事情重要吗?"他说。

"嗯。"她认真地点头,"我想邀请他参加我们的婚礼。"

他吓了一跳,很快明白过来,伸手把玫瑰从她下颌上拿开,严肃地看了她一会儿,再把玫瑰放回去,用力嗅了嗅手。

"怎么了嘛。"她说,"可不可以,你表态。"

"我肚子饿了。今晚吃什么?"他作势离开床垫。

她把他拉回床垫上,骑到他身上,恨恨地盯着他,往嘴里塞了一粒栗子,是粒有虫的,吐出来,再换一粒。

"我知道,你不会在马哥孛罗好日子多预订一间房。酒席倒没什么。"他说,"当然可以。"

"就是说,我也可以生孩子,对不对?"她追问道。

"你说什么?"他又紧张了。

"别胡乱想,和广场没关系。我自己有爹,没打算让谁把我送到你手上。"她嘻嘻笑,"我下午做了一个悲壮的决定。"

"不是撤销婚礼吧?"他期待是,反正他们已经结了。

"美得你。我已经交了订金,你就是想撤也撤不回来了。"她扬扬得意。

"那还有什么能让我惊心动魄的?"他说。

"放弃。"她宣布,"我决定放弃。我是说,回家,做一个无所事事的全职太太。"她收起栗子袋,从他身上起来,下了床垫。

"说吧,老爷,想吃什么,小女子这就去给您做。"她扭着屁股向厨房走去,骄傲地说。

厨房里传出乒乒乓乓的声音,夸张得要命。他歪在床垫上,玫瑰支在下巴上,想一会儿,探身朝淬纸篓里看了一眼。他不明白,零食在客厅里,冰箱里只有半打有机蛋,连调味组合都还没来得及添置,她能为他变出什么美味来?

他没忍住,朝栗子袋看去。

子夜过后,他们同时从床垫上翻身起来,去穿衣服。他有条不紊,她动静很大,那种消防队员做表演时的架势,带着声响。孤独的玫瑰躺在床垫和墙脚的夹缝中,已经枯萎了。

本来在被窝里搂着。她喜欢他从后面搂住她,这样有安全感。已经快睡着了,她眼睛都睁不开,忘了争吵之前他们说了什么。不是一件重要的事,他们几乎已经没有了重要的事情。重要的事情在两个人钻进同一床被窝里时就无影无踪了。

怎么会吵到睡意全无?她不明白,他也糊涂。

各自在盥洗室里待了一段时间,又分别在卧室和客厅里缄默了一会儿,她先穿上大衣,出了门。

他坐了一会儿。窗外的广场上传来吉他声,有一阵没一阵。他穿上风衣,一粒粒扣上扣子,开门走了出去。

他在广场上找到她。

夜深人静,广场收去奇幻的光效,只留下基础光源,黯然失色。一位流浪歌手目光炯炯,歪支着表皮斑驳的麦,对着空旷的广场深情地轻唱。一只公猫蜷缩在音箱的后面,毛皮黝黑,像城市的幽灵。

她站在流浪歌手面前,看着歌手,眼里噙着泪水。

"一座城市的中心广场,能容纳多少流浪者?"她没有回头看走近的他,梦呓般地问。不是问他,是问她自己。

他没有接她的话,恍惚回忆,这种经历是他熟悉的。他在美国读书的时候,在时代广场,在麦克逊广场,在芝加哥城市广场,都与流浪的野猫共同度过难熬的长夜。他知道人们的日常经历不同,心灵路程却非常容易找到孪生的兄弟姐妹,不知在什么时候什么地点,它们就偶然相遇。

他们在歌手的浅吟轻唱中站了一会儿。她先伸出手,在黑暗中寻找他的手。她的手很凉,他想把它揣进自己怀里,但没有。用力握了一会儿,他牵着她往回走。

她再度甩开他的手,向一块彩色的花岗铺地石跑去。那是城市中心的南北中轴线,她的中心,她的中轴线。

保洁工用清水冲刷着石面,水花溅起,四周花坛里葳蕤的簕杜鹃如火怒放。看见她和他过来,保洁工关上皮管,看他俩。

"您真没去过,从来没有去过?"她不甘地问保洁工。

"安洁。"博士阻止她。

"什么?"保洁工困惑地看着她。

"市民大厅。"她无法让自己停下来。她做不到。

"亲爱的,我们回去,回家去。"博士拉住她。她甩开他的手。

"我去那里干什么?"保洁工一脸茫然地看她,不明白她在说什么。

"您就没有什么事,没有任何事可办吗?"她固执地问。

"安洁你听我说,我们离开这里。"博士感到他的妻子在崩溃。他开始担心。

"什么?"保洁工问。

"难道什么事也没有吗?哪怕是,一点点?您总得走进市民大厅吧,哪怕是一次!"她觉得自己在害怕,她内心有什么东西在坍塌。她期待这个时候广场突然亮光一片,不远处的大厅人头攒动,一大群鸽子呼啦啦飞起来,从世界上最大的屋顶上空一掠而过。

"没有。"保洁工呆呆地看着她说。"我不知道我有什么事。"他说。"没有人告诉过我。"他说。"我只知道,我不是深圳人,从来不是,一直不是。"

第二辑 梦 境

点染城市的是幻觉还是真实

深圳在北纬22°27′—22°52′

夜里他又做了梦,梦见自己在草原上,一大片绿薄荷从脚下铺到天边。

他很兴奋,从粉红色花丛上一跃而过,冷冽的风把耳朵吹得生疼。

然后他就醒了。

他看了看床头柜上的闹钟,下夜两点。她睡得正熟,习惯性地蜷缩着身子,一只胳膊无助地举过头顶,一绺头发耷拉在脸上,嘴嘟噜着,婴儿般贴在他的小腹上。

他从梦中醒来的时候,她吧嗒了两下嘴,扭过脸去,再扭回来,吮吸住他的小腹。她喜欢用她的嘴。她的头发很柔软,搔得他痒痒的,忍不住想尿尿。

窗外的北环立交桥上有载重货车驶过,听声音像是碾过一段长长的雨水。

他决定不起来喝水,就那么躺着,说不定可以接着睡,假使他不去想什么的话。

最近他老是在半夜里醒来。有时候是凌晨。如果不想什么,大多时候他可以接着睡,到早上再醒。但他还是忍不住要想。

最近他经常想一些事情,那些事情让他心里不安。

比如这个时候,他就想,他怎么会在草原上?他在那里干什么?

好像他是一个人,没有别人。也许一只巨大的黑色褶菌上徘徊着几只橘翅舞蚝,一大丛暗黄色大茴香下藏着一匹小眼睛旱獭,梦中,他没有注意到这个。

他明明看见一大片绿薄荷,叶端上生着金色的斑点,它们从他脚下一直铺到天边,他怎么就能一跃而过?

还有,绿薄荷的花是淡紫色的,他在梦里看到的绿薄荷却分明开着粉红色的花。

他这么想着,脑子越来越清醒。他不认为这是值得提倡的事。

这段时间公司很忙,是梅林方向出关道路狭窄的事,市民意见很大,政府扛不住压力,拓宽改造工程正在节骨眼上。他是监理工程师,有些疲于奔命。负责业务的公司刘总工吼过来,胡副总工程师再接着骂,他觉得精力越来越不够用,睡眠再不保证,情况会变得很糟糕。

他还是起来了,去盥洗室,处理掉膀胱里的存液,再去客厅接了一杯纯净水,靠在鞋柜边,一口一口慢慢喝水。

窗外星辰亮得耀眼,载重货车依次驶过。他知道它们并没有碾过雨水。北环立交桥刷黑工程刚结束,也是他来监理。减噪板没来得及装上,问题出在这里。

杯子里的水喝光了,他转动着空杯子,困惑地想是不是应该再续半杯。

纯净水很清凉,尤其在万籁俱寂的时候。

他靠在鞋柜上想,他不是第一次梦到草原,最近好几次做梦,他都在草原上。深圳在北纬22°27′—22°52′的南海边,南海没有草原,这一类梦与他的生活似乎找不到必然联系。

但为什么他老是出现在草原上?他弄不懂。

他去厨房洗了杯子,把杯子收好,关了灯,回到卧室。

他发现她已经起来了,盘腿坐在床上,人发着呆,锁骨下有一条浅红色压痕。

她的锁骨很漂亮,胸脯也是,这弥补了她肩宽的缺陷。

有一段时间,她怀疑他是因为她漂亮的锁骨才和她上床的。"你这个卑鄙的引诱犯。"她对他说。

但那么说过以后,她仍然保持裸睡习惯,而且喜欢打开屋里所有的灯。她宣称这符合肉体和精神完美结合的梵我一如境界。

"等着吧,我的乳房总有一天会耷拉下来,你总有一天会暴露无遗。"她快速冲到他面前,大声冲着他叫嚷。

她伶牙俐齿,作为一名优秀的瑜伽教练,她有一张了不起的嘴。

"你怎么啦?"他说。

她没理他,腰身笔直地端坐在床上,目光涣散,不看他。一绺柔软的散发滑落到她的脸颊旁,不注意会以为是阴影。她的两条腿几乎收到了胳膊上。她在神游中也保持着曼妙的姿势。

"睡吧,"他说,"不到三点。"

他上床睡,拉过被单盖住自己。她还呆呆地坐着。

他再一次问她怎么了,稍后打开床头灯。他发现她在流泪,无声无息,脸上湿漉地印着浅浅一行。

他坐起来,还没来得及问下一句,她向他挪来,窝进他怀里。他感到肩膀上热乎乎湿了一片,心里轻轻颤了一下。

"又做梦了?"他说。

"雨把我冲到泥水里了。"她委屈地抽搭一声,"雨大极了。我的脑袋撞在一片叶子上。叶子上全是湿透的虫子。"

"没事。"他轻轻拍她的背。那里有一层细细的粉质,凉沁沁令他留恋,"没事了。"他说。

他安顿她重新睡下。为她盖好被单,关上床头灯。

她很快睡着了,身子蜷缩起来,蛾蛹似的钻进他腹下,嘴唇贴在他小腹上,吮吸着。

他没睡着,完全清醒了,睡不着了。

整个白天他都在工地上没头没脑地奔波。

刘总工两天前入院了,累得吐血,抢救了一次,输了好几百 CC 别人的血液。胡副总一上午来了三个电话,下午索性杀到工地,下车就开骂,什么话脏骂什么。

没有人偷懒。在深圳你根本别想见到懒人。深圳连劳模都不评了,评起来至少八百万人披红挂绿站到台上。但没有人管这个,也没有人管你死活。深圳过去提倡速度,现在提倡质量,可在快速道上跑了三十年,改不改惯性都在那儿,刹不住。

他累,却只能忍着,无处可说。

他对自己越来越不满意。工作压力倒没什么,谁都有压力,问题是他不应该再给自己施压。而且,他不能把自己的压力带给她。

他发现她最近也开始多梦了,还都是那种情绪焦虑的梦。

他们已经决定结婚。两个人不是头一次进入婚姻,但他们认为有必要格式化对待对方。

"反正都要下地狱。那就结个伴下好了。"她开玩笑说。

她还开玩笑地问他,为什么他不去储存精子,也许他的精子里隐藏着一个或者一群天才,那样她就赚大了。

他当然不会选择让科技来掺和他的事。孩子可以过几年生,但他得自己解决这件事。

他三十八,她二十七,他对自己和她信心十足。可他最近老出神,这就不对了。

晚上回到家,他们说到她昨晚的梦。

晚上本来加班,带班的是理工大的校友孟工。他问清楚,布吉那边出了事故,胡副总今天肯定赶不来查岗,他就向孟工请了假。

公司严格按照《劳动法》支付加班费,工时成本和管理费这一块公司向来大方,这也是为什么很多人宁可累得不再有性爱,也坚持保住这份工作的原因。

"国家早解放了,个人的解放早着呢,就算咱们为自己打一次抗战吧。"孟工苦笑着对他说。

平时他从不赖掉加班。倒不是为了加班费。他的薪水不低,如果结婚,他能应付楼价高居不下的压力。他只是想在老板面前挣个好印象,以后有机会做项目经理,这样就不用替那些愚蠢的官僚们顶缸受罪了。

她告诉他昨晚的梦。她在梦里又变成了一只蝴蝶。这一次,她在热带雨林里快乐地飞翔,没想到遭遇上劈头盖脸的雨。前两次她在奇怪的地方,一次是气候干燥的北非沙漠,一次是冰雪覆盖的南极。在北非的时候她能开口说话。在南极的时候她不能说,用的是哑语,因为不习惯用触角或足打手势,差点儿被一只帝企鹅误会了。

"你一个人?没有别人?"他问。

"是蝴蝶。一只蝴蝶。"她纠正他。

"我是说,就没有别的蝴蝶陪伴你?不会吧?"他改口。

"你不会是小心眼吧?我要说有,而且是男蝴蝶,你又要去露台上抽烟,对不对?"她嘲笑他。

他们在厨房里。她忙着清洗紫包菜和甜椒。他替她打下手,去冰箱里取千岛酱。她还打算做一个汤,回家时她带回了刚出荚的青豆。

然后他们吃饭。

她在节食。从八岁开始,一直坚持到现在。

她是个素食主义者。认识他以后,她也不让他吃红肉。在充分考虑过戒烟导致的副作用,并且咨询过专家之后,她同意他每天吸烟不超过五支,烟的牌子必须是"五叶神"。

"我不想离开一个大粗腿,又落到一个大肚腩手里。"

她说的是她的前夫,一个过了气的拳击教练。对一名拥有傲人身材的瑜伽教练,这个要求并不过分。

"那么,雨是怎么回事?"他配合地问,把一勺清水煮燕麦喂进嘴里。

食物简单而精致。一大钵蔬菜沙拉,"吉之岛"能提供的新鲜品种几乎一样不少,然后一人一碗燕麦粥。

他在餐桌前正襟危坐,一个人。她不在饭桌边。

她从不坐着吃,端着盘子满屋走动,一眨眼在这儿,一眨眼在那儿,饭桌只是她取食的地方。

她从来没有耽搁过取食,也没有胃病,这一点让人生气。

"一直阳光明媚。微风。我在一大片金合欢林子里飞着,雨就来了。"

她盘腿坐在沙发上,用一把干净的勺子喂自己西红柿青豆汤,停下来想着梦境里的事。

"你怎么就肯定是金合欢？梦,你能看清？"

他填了一大勺清爽的洋葱什么的在嘴里,嘟囔着说。

"怎么不能肯定？"她把盘子放在腿上,空出手来比画,"这么长的荚果,粉红色的花序。谁能长出这么长的荚果,你长长看？"

他心里咯噔了一下,想到昨晚他的梦。

他梦到绿薄荷,也是一大片,比她说的金合欢更大,大到天边,也开着粉红色的花。只是,金合欢开粉红色的花没错,绿薄荷应该开淡紫色的花,为什么也是粉红色？

"喂,想什么？怎么不问我雨的事？"

一眨眼她出现在餐桌边,两手不空,噘着嘴吹了一下落到额前的散发,从"尤利格"蓝色玻璃菜钵里快速取了两勺生菜。

她噘着嘴吹气的样子显得顽皮,像是在嘲笑谁。

"雨怎么了？"他愣一下,想起来,接上她的话,"你刚才在说雨。雨很大,对不对？"

"大极了,一眨眼工夫我就被雨水淋湿了,怎么都抻不开翅膀。风也大起来。"她说,"我被吹到地上,撞上一片叶子。不是合欢叶子,又厚又硬,是浆果鹃,要不就是冬青。"

一眨眼她又去了露台的门边,身子弓形倚在那儿,赤着的脚踝上蓝色血管隐约可见。

她将一大片甜椒费力地填进嘴里,想了想。"你说怪不怪,明明我在金合欢林子里,"她困惑地说,"它们去哪儿了?"

吃过饭,她去冲凉。他洗完碗碟,熟悉了一遍明天的工程进度。

他本来想去露台上偷偷抽一支烟,想到她让雨伤了心,别再另添伤了。再说,一会儿还得刷两遍牙。得不偿失,就免了。

生活上她是精细主义者,做的菜一点儿没剩下——他不让它们剩下。洗碗的时候,他看见碗里还留着半只没做的甜椒,顺手拿它当了水果,在温习工程进度的时候吃掉了。

他是在认识她之后改变食谱的。她偏喜蔬菜,他当然要配合她,向绿色植物致敬。

单身时,没有大肉他会烦躁,食无肉,毋宁死。为这个,他们吵过几架,差点儿闹到分手,以后他改变了。

她变脸比他厉害。她站在那里,微笑着看他,嘴角露出揶揄的神色,身体融化似的往下落,四肢及地,匍匐着爬向他。他坐在那里,抓紧椅子扶手,咽一口唾沫,紧张地盯着她。她爬近他,浪头涌动似的涨起来,赖进他怀里,耸动鼻子,猫一样上上下下在他身上嗅。

"你储藏了多少吨肥油啊?"

她绝望地说,然后挣脱他的胳膊,冲进盥洗室里呕吐。

是真呕吐,不是秀。

她皮肤细腻,瘦削的脊背上凉津津的,抚摸时,手指上会留下令人陶醉的粉质感。他说不清楚是不是因为这个,油腻食物渐渐对他失去了诱惑。他开始接受素食,并且越来越喜欢清爽的新鲜蔬菜。

不过,他不大愿意承认这是因为粉质感的原因。

她是可爱的瑜伽教练,严格遵守职业操守,从不威胁他。要是细究,充其量她只是动用了色相,算作利诱吧。

但骨子里,他不希望她在生活中对他过于严谨,严紧更不行。

有时候,他仍然有些伤感,为渐行渐远的牛羊肉。那是多么美好的日子,现在那是别人的日子了。

梅林关拓宽改造工程进入关键期,他再一次梦到草原。这一次梦境很逼真,梦的内容也很清晰。

他在焉耆草原,和一群老成的褐牛、呆头呆脑的大尾羊在一起。有两只翅膀巨阔的草原金雕从他头顶掠过,阴影半天没有消失。

他兴奋地奔跑着,快速超过几头慌里慌张的灰毛猞猁,一群目中无人的野骆驼和一队傲慢的丹顶鹤。

他是一匹马,一匹黑色皮毛四蹄雪白的马。

他不知道为什么梦中他会出现在焉耆草原,而不是别的什么地方,但他能肯定梦中发生的事情。

在梦中,他就是一匹马,撒着欢,无拘无束。从梦中醒来后,他还在大口呼吸,胸脯剧烈地起伏,小腿肚子发紧,膀胱也发紧。而且,他的后颈上有一层细细的汗。

他去了盥洗室,处理掉膀胱里的存液,觉得心跳不那么快了,被风吹疼的耳朵也恢复了温度。

他对着镜子看了一会儿,去客厅接了一杯水,靠在鞋柜边,一口一口慢腾腾喝着水,回想刚才的梦境。

"他"从波光浩瀚的博斯腾湖跳上岸,快乐地打了一串响鼻,晃动身体,油黑的皮毛上的水珠四溅而开,几只在湖边打洞的麝鼠吓得飞快地躲藏进红花丛中。

这是梦开始时发生的事情。

"他"从一片细碎的雪花中穿过,在一处高地上逗留了一会儿,眯缝起眼睛看远处的群山。

有一阵"他"似乎看见了人。是一个头戴翻耳皮帽的小男孩。这一点"他"拿不准。

"他"能肯定"他"穿过了一片森林,因为"他"认出了森林边上顶着积雪的茂密的贝母草,还有一只带着小紫貂的母紫貂。母貂不满地朝"他"看了一眼,赶着两个孩子很快消失在森林中。

接下来的所有时间"他"都在草原上,和一群兴奋的大屁股野驴追逐不休。"他"四蹄凌空,脖颈有力地伸向前方,长长的披鬃飞扬起来,快速越过一片胡杨林,越过零乱生长着焉支草的砾石地带,把气恼的傻驴们甩得看不见影儿。

这一切结束的时候,梦境中只剩下"他"。雪原无垠,一轮巨大的金红色太阳在地平线上静静地看着"他"。

然后他就醒了。

可是,他有点纳闷儿,为什么在梦里"他"是一匹马?而且,他回忆起来,在前几次梦里,"他"也在奔跑。梦境不清晰,正是因为"他"在疾速奔跑。"他"跑得太快。他不可能像真正的马那样习惯捕捉快速掠过的影像,所以梦的内容才会模糊不清。

有一点可以证明,每一次醒来之后,他都在急促地呼吸,臀部紧绷得厉害,身上有一层细细的热汗。

现在他明白了,为什么每次醒来时耳轮上都会有被强劲的风吹过的灼痛感。

他在黑暗中喝完了杯子里的水,又去接了半杯。他消耗了不少能量,需要补充大量水分。

他喝着水,觉得这种情况真是好笑。他最近一段时间连续做梦,这些梦奇异得很。他在梦中变成了"他",变成了一匹马。"他"是黑色的马,皮毛发亮,四只雪花蹄,他记得一本书里管这样的马叫"夜照白"。

但如果他真的是呢?他是说,如果他真的是一匹马,他会是什么品种的马?

他想了一会儿,觉得如果可以选择,他最好是有着精良辨识率的伊犁马,或者有着神秘身份的焉耆马。

他在鞋柜上靠了很长时间,有点累,就去沙发上坐下。

他想他失去自由的确很长时间了。自从懂事以后,他就不再有自由的感觉。马是著名的自由者,荣格先生会支持这个意象。

问题是,他不是马——马还是情绪奔放者,还是单纯的孩子,这完全不像他的性格。

他有轻微的自闭倾向,情感偏向含蓄,对进入生命的女人,即使到了可以亲昵的阶段,也从不失去克制。他甚至没有对前妻和现在的女友说过他爱她们。

他心思不单纯,有时候爱闹点小心眼儿,干什么都瞻前顾后,就算让他放风筝,他也会把平衡尾翼和牵引线检查好几遍,才开始心事重重地起跑。

最能说明问题的是,他做不到辞去眼下这份工作,再加两成累和三成委屈他也做不到。

谁不想自由自在地生活?谁不希望拥有辽阔的生存环境?谁不想在一览无余之地四蹄无羁地撒野?可那些都是书本里的东西。

人们怎么说?理想。理想永远是属于未来的安慰剂。他被自己的这个念头逗笑了。

他确定自己不是马——成不了马,做不到马那样,没有马的福气。

他在黑暗中无声地笑了一会儿,起身收好水杯,回到卧室。他被站在那里的她吓了一跳。

她在卧室门口,太空人似的飘逸地站着,迷迷瞪瞪地看着他。他过来的时候,她一点感觉也没有,目光单纯,像在冥想课里。

他在黑暗中站了一会儿,向她走去,伸出手去心疼地握住她的手。

他把她牵回到床边的时候,下意识地朝闹钟看了一眼,心里说,她又做梦了。

第二天,他没有躲过加班。

政府的问责制度在市政部门和下属企业像一条鞭子,抽得所有官员叫苦不迭。干活的人没有谁同情上司,鞭子抡得越狠越好,见血更好,可副作用是,公司的官员挨一鞭子,接下来干活的会挨上一串。

没有休息时间,午饭和晚饭都在工地上吃。快餐公司配送,热气腾腾的酱肉包子和两面黄的香煎海鱼。

午饭他没吃,晚上饿得心里发慌,喝了四碗紫菜蛋花汤。

"说你,还没怎么的,先吃上斋念上佛了。色也是荤,你怎么不戒掉?"孟工大口咬着包子,嘴角淌着一汪油说。

他眯缝着眼微笑,很受用孟工的话。

他朝车来人往的工地上看了一眼,对曾经存在过的那片荔枝林充满怀想。

子非马,焉知草之美。他心里想。

不过,他没有对孟工说出自己的心里是怎么想的。

大自然真是奇妙得很,它就是不让麻鸭和灰鲸坐到一张餐桌上去。人们从来没有想过这个问题——有一天,他们走出家门,发现自己的食物链上端被棘指角蟾和朝鲜蓟占据了。它们趾高气扬,不可一世地冲他们大喊,叫他们滚开。他们发慌地想,怎么办,那就交换吧,我们去吃孑孓和活性水。可他们发现棘指角蟾和朝鲜蓟的食物链上端已经被白腹鹞和马达加斯加彩虹鱼占据了,那些秃头的家伙和瞪眼的家伙冲着他们吹口哨,嘲笑他们。

这可怎么办?这样的世界还有丁点儿可爱吗?

他那么想着,心无旁骛地扣上安全帽,离开腥腻味十足的监理点,高高地跃过一道警示牌,再跃过一道路障,跳跃着朝工地上跑去。

回到家已经是子夜零点,他累得精疲力竭,想要呕吐。

她还没睡。是睡过一觉,又醒了,新月式盘腿坐在床上,呆呆的。她在等他,想和他说她昨晚的那个梦。

他心想,饶了我吧,我宁愿让你啄一百次——如果能在我躺上床你再啄。

昨晚不是雨,是一大群向南方迁徙时途经的蓝尾歌鸲。擅长在翱翔中捕食的杀手们从低空扑向蝶群,那简直是一场灭绝"蝶"性的大屠杀。

她当然还是一只蝴蝶,和一大群蝴蝶兄弟姐妹们一起,拼命逃向一片紫花苜蓿中。

她说不清楚自己是不是逃脱了那场灾难。她惊慌失措地抓住他的手,脸都变了形,一遍遍向他形容蓝尾歌鸲们在天空中发出的欢喜叫声,还有它们群体俯冲过来时的呼啸声。

哄她入睡后,他去了客厅,为自己倒了一杯水,一口一口慢慢喝着。他还没有进入自己的梦,还没开始在梦中奔跑,却有一种强烈的脱水感觉。

她不该有什么焦虑。她是身心修持的 Yogini(女性瑜伽者),集自然和心灵宠爱于一身的婴儿,怎么会和他一样,在梦中与自己产生分裂?

他困惑了一会儿,感到有些饿。他去了厨房,打开橱柜和冰箱。那里什么也没有。

他们从不吃隔夜的食物。他们甚至不吃隔夜的蔬菜。这也是为什么他们选择"吉之岛"的原因。

他知道蝴蝶的食谱朴素而单纯。它们只吃植物,栎、槿、槭、竹或草本,这和他的食谱近似——如果他是"他",是那匹黑色皮毛的雪蹄马的话。

这么说,他不再吃东坡肘子和白烩羊肉是对的。

他和她是同一类生命,他对这个结果满意。

他在厨房里洗了杯子,去盥洗室刷牙冲凉。

他喜欢水,饮,或者戏耍。这和她不一样。她每次冲凉都是一次悲壮的仪式。她在沐浴前焦虑不安,每次都需要下很大的决心。如果他在,她会乞求他的鼓励。如果他不在,她会一遍遍鼓励自己,然后闭上眼,憋足一口长气,打开热水阀门,再从喷头下逃出来,冲进客厅,把自己紧紧裹在毛巾被里,瞪大眼睛发抖。

为这个他笑过她。他甚至把它当作整治她的手段——如果她惹他生气,他会把她剥光,扛起来,走进盥洗室,耐心地调试水温,在她发出求饶的呼喊声之前决不放下她。

从喷头中流出的活水让他变得清醒过来,浑身的疲乏消失掉,这使他畅快无比。

如果不是太晚,他会来上几声,咏叹调或是民谣,随便什么都行。

他心里想,为什么不可以呢?我没有请人观摩的欲望,又不放声高歌,只是个人化地抒一下情,法律没有规定夜静更深的时候不可以轻声哼上两句。

他那么想过,真的就把阀门开足,叉着腰,仰起脑袋,对着清亮的水花张开了嘴。

只唱了一声他就停下了。

他被吓住了,被他自己。

有好一阵,他呆呆地站在喷头下,清水从他的脑袋上流淌下来,在他脚上无声地滑走。

盥洗室的门关着,听不见窗外北环立交桥上载重货车驶过的声音,但他能够回想起他刚才发出的声音。

是的,他的确听见了自己的声音——不是咏叹调,也不是民谣,而是一声轻轻的马嘶。

他醒过来,定了定神,关上水阀,从整体卫浴中出来,站到镜子前,仔细观察镜子中的自己。

只看了一会儿,他就开始冒汗。

他光着身子去了客厅,为自己点着一支香烟。

他紧张不安地吸掉那支烟,把烟头处理好,打开窗户,让屋子里的空气尽可能变得通畅,然后他再度回到盥洗室的镜子前。

雾气已经散去,镜子里的他清晰可辨。

这一次,没有什么可以让他侥幸的了。

他身体纤瘦,皮肤细致,颈部细长而挺拔,属于体形修长的那一类马,不,那一类男人。他腿部强健有力,有一个结实的臀部,尾根靠上,从那里直到后颈上,一条暗色的鳗条穿过肩隆,不细看分辨不出来。

他盯着镜子,镜子里的他一点一点变化着。他分明看出了他自己。

"他"不是他,而是一匹前肢收束起站立着的马。

别这样。他对自己说,别这样。

他把目光从镜子上移开,转过身,虚弱地靠在洗面台上。他紧张地想,她会怎么看,如果他是一匹马?

她欣赏他强健的长颈,迷恋他浑圆的臀部。"我要做一名出色的骑师。"好几次她扬扬得意地宣布。

有一次他真的让她做了骑师。他驮着她,一口气登上南山,让所有情侣中的女性眼里充斥着对自己配偶的愤怒。还有一次,她生气了,不依不饶地要报复他。他答应,如果她追上他,他就让她啄三十下,用力啄。她当然没有成功。眼看着她就要追上他了,他总是在最后一刻敏捷地躲开,跳跃过任何身边的障碍,一眨眼跑出老远。

现在这些事情他全想起来了。她早就一语成谶——她要做一名骑师——她在一年以前就知道"他"是谁!

他靠在洗面台上发了一会儿呆,然后离开那里,轻手轻脚去了卧室。

他这边的床头灯还亮着。她蜷缩着身子,一只胳膊无助地搭在枕头,脑袋埋在他的半边床上,脸在光晕之外,睡得正安详。

他轻轻退出来,带上卧室的门,回到盥洗室,把门关上。现在,他是一个人了。

他看着镜子里的自己,慢慢提气,张嘴,收缩丹田,启动声带。

有一刻他怔忡着,然后他把脸埋进手掌中,绝望地蹲在下水口前。

一点也没错,他听见了自己的声音,听得清清楚楚。那是压抑着的马嘶声。

至少一个星期,他是在恐慌中度过的。

他时常犯愣,一个人坐在那里,或站在那里想着什么。

梅林关道路拓宽改造工程进入收尾阶段,工地完全变成了战场。胡副总把简易办公系统和行军床搬到了工地,整天黑着眼圈到处骂人。刘总工挣扎着从医院里跑出来,让助手替他举着点滴瓶,摇摇晃晃在工地上转悠,或者随便扶着随便谁的肩头悲壮地喘息。

他这种失魂落魄的情况,不挨剋才怪。

他很快瘦了下去,络腮胡子也出来了,两天不刮就扎手。

他开始厌恶所有的新鲜蔬菜,一闻到清新的泥土味就心乱,连紫菜类脱水植物也受到牵连。

他不再小跑着去工地,不再从警示牌上一跃而过。他随时克制着,不让自己快速启动,与任何喜欢奔跑的生命严格划清界限。

因为这些,因为他的神经过敏和随之而来的迟钝和拖沓,胡副总已经忍受不了他,至少两次对他提出严重警告了。

他没有办法控制自己,控制不住。谁能告诉他到底发生了什么?他不敢去想他是谁。他甚至不敢想她是谁。

他想到她做过的那些梦。她在梦里总是变成一只蝴蝶。想一想,她可能不是变,而真的是一只蝴蝶。

如果他是马,她为什么不能是蝴蝶?蝴蝶凡事用喙,她喜欢用嘴;蝴蝶有长长的触须,她头发软得撩人;蝴蝶收束起翅膀栖息,她蜷缩着身子睡觉。她不是蝴蝶还能是什么?

他是马,她是蝴蝶,他被这个念头逗笑了。但他只笑了一会儿就不再笑,笑不出来。

他不在乎马和蝴蝶用什么语言交流、如何交配,谱系上,他这匹马总不能和她这只蝴蝶结婚吧?

工程剪彩通车那天,他没有参加庆功典礼,而是早早回了家。

回到家,关上门,进了书房,打开电脑。

他浑身脏兮兮的,满是汗臭,沥青没洗净的手掌上有好几个血泡。

他在谷歌搜索中查到了昆虫类,再查到鳞翅目,找到那些四翅被覆着难以计数瓦状重叠鳞片的小家伙们。

他一幅幅翻动蝶谱,一幅幅看下去。他被一幅蝶图吸引住。

图上是一只漂亮的蝴蝶,有一对半透明的前翅,一对拖曳着的长长的尾翅。

他想,她领着弟子们做瑜伽操的时候,如果环起双臂,会有一层光环在她的身后弥漫开,她的整个人就像是透明的。而她的确有一双修长到不讲道理的腿。

蝶图介绍说,这种蝶飞行的时候双翅拍击得极快。甚至在栖息时翅膀也不停止振动,这和她平时的样子极像。除了瑜伽状态中,任何时候她都在快速运动。和他说着话,前半句话还在床上,后半句她就出现在厨房。

还有,这种蝶进食的方式和大多数蝴蝶不同,它们在花卉上盘旋着取食,不停栖下来,这完全是她的做派!

他感到自己的心脏在扑通扑通地狂跳。他把目光投向这只蝶的名字。Green Dragontail——透翅长尾凤蝶。他想起来,每一次他抚摸她的时候,手指上留下的那种奇异的令人陶醉的粉质感。

他感到背上热烘烘的,有什么正从那儿流下来,仿佛"他"在没有边际的草原上奔跑了一大段路,刚从梦中醒来。

他决定向维平做一次咨询。

维平是他大学时的球友,以后发展到换妻之外能够任意的铁杆朋友。他学土木工程,大学毕业后分到深圳工作。维平学生物,在成为知名的生命科学研究者后被深圳大学作为人才调来这座城市。维平在新世纪后一直研究神秘生命现象,他的每一篇论文都能引起学界的骚动。

他选择了一个周末来做这件事。

她九点钟离开家,去为一位高端客户上心灵呼吸课。他任她快乐地挽着他的胳膊,送她下楼,看她骑着跑车出了小区。他独自在庭园里散了一会儿步,回到家,换了一套宽松的休闲装,坐到客厅里,拨通了维平的电话。

听完他的陈述,维平在电话那头沉默了很长时间。

他等着。他能听见北环立交桥上载重货车轰隆隆驶过的声音。一个婴儿在过道里咯咯地笑,然后消失掉。

大约七十七部载重货车驶过之后,他的耐心突破了临界点。

"你在吗?"他问话筒那头。

"在,当然。"维平像是从梦中惊醒,"你想知道什么?"

"也许我在幻想症状态里。我是说,某种我不知道的状态。你清楚,生活节奏太快,什么事情都有可能发生。"他说。

"你能来我这儿一趟吗？"维平避开他的问题,"博士生答辩安排在下午,我想我能抽出两小时时间,我们当面谈谈。也许需要麻烦DV。这个我自己就行。我以老同学和最好的朋友的名义起誓,任何时候,你的隐私权都会得到充分的保证。"

"出了什么事？"过了一会儿,他说。他想他真不该问这句话,还需要问吗？

"怎么说呢,牵涉到专业学科,一两句话说不清楚。"维平在电话那头说。听得出来,他在尽量保持冷静。也许这个时候他坐正了身子,"你听说过物种异换这个词吗？洛克菲勒基金会支持的一项跨国界研究,我恰好是这个项目的成员。"

"你不是在说灵异现象吧？"他生硬地说,口气里有一种揶揄。

"还记得大学毕业时我们和财大的那场球赛吗？我放弃了,把球传给你。我觉得做不到。你在我们自己的端线附近投出了那个球,它进了,我们以一分取胜,那是在终场前最后三秒时发生的事情。"维平显然试图说服他,"我一直在想那个球,这说不过去。可这没什么。生命的神秘现象不是科学,但所有的科学都有过前科学时期。问题在于,我们是否有足够的耐心和敬畏去认知它们。也许需要相当漫长的时间,连我们的孙子都等不及要看到这个结果,但我以一名负责任的生命科学研究者的名义向你保证……"

他没有等到维平说完,挂断了电话。

他的确做得过分,不该扣朋友的电话,何况是他有求于朋友。但如果他不是人类,而是一匹有着黑色皮毛四蹄雪白的焉耆马,他就用不着那么做,做不到了。

他静静地坐在沙发上,没有离开客厅。

阳光从窗外照进屋里,一些肉眼看不见的微小生命在阳光中飞舞。在他的视力范围外,还有更多看不见的生命在更广阔的什么地方活跃着。

现在,他能确定他是谁了,也大致能够确定她是谁。但这不是他要面对的全部。他需要面对的比这个多得多。

如果真像他所知道的情况,他是"他",是一匹焉耆马,"他"曾经像风一样的自由,遵循细雨和雪花的引导,在博斯腾盆地美妙的沼泽地中快乐地奔驰,生活艰辛却从不烦恼,那么,他是否应该回到"他"的生活里去?如果是,他能否回到"他"的生活里去?怎么回去?

还有,她呢?她为不约而至的雨,或者突如其来的蓝尾歌鸲伤心,她肯定不知道自己是谁。他该不该告诉她,她不是她,不是她以为的她,不是有着修长双腿绕腹双臂的瑜伽教练;她是"她",是一只透翅长尾凤蝶,在正常的情况下,"她"应该回到阳光充足的林间空地上,在雨点落下来的时候,在遇到蓝尾歌鸲集群袭击的时候躲藏到温暖的榉木树林中去?

至少在三个小时的时间里,他阻止自己继续想下去。

他无法想明白这些困扰他的问题,无法解决这些他承担不了的问题。他害怕想下去。

他离开客厅,走进卧室,把被单和床单从床上一件件收起来,把窗帘下掉,翻出她丢在衣柜外的所有衣裳,还有他自己的,把它们统统塞进洗衣机里。他脑子里嗡嗡作响。他说不清楚,如果他继续想下去,会出现什么情况?他会不会发疯?

整个上午他都在忙碌,不停地放水、搅干、取出和晾晒。到中午的时候,家里差不多被他里里外外洗刷了一遍。

他看了一眼钟。她该回来了。他脱下湿了袖子和前摆的家居装,穿上衣裳,给她留了一张纸条,锁上门,去了车库。

直到他遇到第一个红灯的时候,事情才有了转机。

他把车停在彩云支路的三岔路口,等待红灯过去。一辆漂亮的奥斯莫比尔停在他后侧,同样漂亮的年轻女驾手好奇地朝他看了一眼。

他没有看年轻女驾手。他在那个时候看见了一个男孩。

那个男孩生着一头蓬松的头发,背着一个巨大的有着卡通图案的书包,样子奇怪地往路口两边张望了一下,灵巧地蹦下人行道,快乐地跳跃着,飞速穿过马路。

没有人注意到头发蓬松的男孩,只有他坐在驾驶室里,也许正因为这样,他才能隔着前窗玻璃看清楚眼前发生的一幕。

他看到的不是头发蓬松的男孩,而是一只展开双翅掠地而过的稻田苇莺。

目送男孩消失在通往莲花山的林荫道中,他热泪盈眶。后侧的那辆奥斯莫比尔鸣了一声笛,向他示意,或者催他走。

现在他明白了,不止他和她,还有那个头发蓬松的男孩,也许还有更多——维平、老孟、胡副总和刘总工,他们焦虑或镇定,不安或顽忍,掩饰或坦然,却同样孤独地找不到同类。

也许事情远不止这些,还有更多隐身的生命在这座城市里默默地生活着。"他们"不是他们,不是他们以为的他们,就像这座城市不是焉耆草原、三江源、青藏高原、鄱阳湖、伶仃洋和头顶上的那片天空一样,谁能说得清呢?

他就那么脑子里转着这些奇怪的念头,脸上漾着从容的微笑,松开刹车,踩下油门,把车驶出警戒线。

深圳河里有没有鱼

那条河由东北向西南,在深港之间行走了37公里,经过繁华的深圳市区,从香港米埔进入海湾,入海前突然散开,像一条微风吹乱的流苏,让人想到"泄气"这个词。那条河在入海前丢下一段历史的废墟——一架废弃不用的老式铁路桥,一些水泥桩子,几座锈蚀的船坞——河口的滩涂就像一张中年妇人的脸,金色涟漪鱼尾纹似的细碎一片,难以遮掩。我刚来深圳的时候去看过它,准确地说,是隔着铁丝网站在很远的地方看,我是想看传说中的河网地带和红树林,还有一段我个人难以言说的前史。黄昏时分,阳光如洒,"深航"倦怠的鹏尾330从制造业重镇宝安升空,摇摇晃晃打河口上方掠过,困难地绕一个圈,徐徐滑向前海方向,然后消失在海光折射的云层中。

关于那条河里的鱼,是林若讲给我听的。林若是我来深圳以后认识的第一个女人。她是客家人。梅县客家。我不能确定我们是在什么时候、在哪里、怎么认识的。有时候我觉得我俩认识的时间更早,不仅限于我来深圳以后。关于这个我说不清楚。

林若,她有一袭长长的黑发,一双明亮的眼睛,摄人魂魄的笑容,但也很难说。我是说,我并不怎么确定林若的长相,她的相貌总是在变化。我甚至无法向你准确地描述出她五官长得什么样。我只能告诉你,很多时候她是任性的,想做什么就做什么,而且她总是心血来潮,突然变得让我认不出来。有一次,我俩约着在大剧院外见面,我在人群中没有认出她,站在一旁看广西小贩一杯杯卖鲜蔗汁,她跑上来用手袋打我脑袋,告诉我她早到了,就看我能不能找到她。我想,我们每个人都有过这样的经历,这也没什么好说的。

林若发誓说她看见了那条鱼。不是鲮,也不是鳜和鲢,它从清冽冽的河水中探出浑圆的脑袋,孩子般冲着月亮笑。

林若说那条鱼冲着月亮笑的时候,我也笑了。我知道因为我的笑林若会生气,很可能她会好几天不理我,让我因此抓狂,这对我俩的关系不利。但我就是忍不住笑。我不在乎冷血动物的脸上能不能呈现出人类可辨的笑容,就算你告诉我冰晶石和合欢树会笑我也不会吃惊。我笑,是因为林若一本正经地坐在床上梳头,她穿了一件白色棉布衬衫,一条短裙和黑色的丝袜,衬衫的领口低到可以看见乳沟。她盘腿坐在那里的样子既让我迷恋,又让我困惑。我觉得她可以嘲笑我的薪水不如她的薪水高,但她不该给我讲一个蹩脚的故事,而且发誓说那条鱼真的存在,这让我觉得受到了某种伤害。

你知道,城市的河流里是没有鱼的。可能几十年前有，现在没有了，所以教育部门才有那么多的课本需要修改，人们把这个叫作掌握时代发展脉络，关系到我们对时代的严肃看法。但是，我不得不说这个时代真假难辨，如果你只是一个超市的收银员、电子元件厂的作业工、农批市场卖暖棚反季蔬菜的菜贩子，你怎么知道时代的脉络是什么？怎么做到严肃？有一次，我在采田公园里看到一块木牌，上面写着"未经许可禁止捕捞野生鱼类"，我用一张纸巾小心翼翼地贴在"野生"两个字上，结果被公园的管理人抓住教训了一通。我不想和谁发生争执，那没有什么用，可我并不同意那些好心的人们的观点。不错，公园里用水泥砌出的养鱼池中的确有肥硕到慵懒的锦鲤在游动，但那是人工饲养的家伙，如果不算上蚊蝇和耗子，公园里的确没有什么可以被称作野生的。

很多东西不在了，消失了，比如鸽哨、铁环、胡琴和竹笛声、齐额的刘海、明亮的眸子和干净的微笑，它们过去存在过，如今消失了，有关它们存在时的内容已经变成了传说。老话说，带孩子认姥姥，别带到熊瞎子家里去了，我就是这个观点。

我不是中小学课本的编撰者，我是一名押钞员，负责押运金融物品。工作的时候，我按照条例穿厚底靴、防火布缝制的制服和防弹背心，87式防暴枪横挎在胸前，护送物品来往于金库和营业点之间。不管视野能够延展多少度，我的后脑勺上必须长出一只眼睛，360度无死角观察来往路人。你可以说我这样做刻板、控制、抑郁或者高度自恋,反正我就是这种样子。

　　工作之余我有个癖好,我对中小学课本着迷,喜欢阅读收集来的课本。正如林若所说,我的薪水不高,但凑合着能养活自己。我会省下薪水的大部分,一半寄回家里,另一半用来在孔夫子网淘各种旧课本,连地方教育部门编写的教材都不放过。这件事我已经做了很多年,从我开始挣钱的那一个月就开始了。我喜欢对照课本里的内容,核实哪些事物已经成为历史,为它们建立资料档案,认真填上表格,通过官方网站发给教育部基础教育一司和二司,敦促他们进行修改。我关心那些已经不在了的事物,至于世界上增添了什么过去没有的,那不是我的兴趣,完全可以由其他感兴趣的人来完成。这件事情我干了七八年,差不多发出了两百多封邮件。你们肯定猜到了,教育部的人从来没有给我回复过任何文字,但这并不会让我停下来,业余时间我仍然大量的阅读、核实、填上表格并且把新的邮件发出去,只要不加班,没有生病,我都会坚持那么做。

　　以下是关于那条鱼,我和林若的对话。

　　"你说你看到了那条鱼,你说的是什么鱼？是鲮鱼吗？"

　　"唔咩。"

　　"鳜鱼？"

　　"也唔咩。"

　　"鲮鱼也不是,鳜鱼也不是,那就是鲑鱼啰？"

"偓也讲唔醒。偓唔知其系咩介鱼。偓嘅确看见其了,就在入海口。"

林若有些急,涨红着脸,用一种不满意的眼神瞥我。

说上面那番话的时候,我俩像往常一样,各据出租屋一角,我在门口的小凳子上坐着,身边堆满课本,林若靠在床头梳她的头发。

出租屋是我租下来的,用去了薪水的四分之一,它有12平方米(也许比12平方米多一点,12.2或者12.3,这个我不能肯定),还有3.6平方米的厨房和1.5平方米的卫生间,是个完全独立的空间,这样我——有时候还有林若——就能把自己和外界分隔开,有属于自己的独立空间了。我很喜欢这套房子。我在房间的布置上花费了一番心思:床头的墙上钉着我服役时最后穿过的那套海军陆战队作训服,厨房的墙上钉着我死去的那条斑点狗的项圈,卫生间的小镜子上吊着我遇劫那次被人打掉的前臼齿。如果可能,我会把林若的客家话钉在什么地方,我想我会选择天花板。所有这些图腾在我生命的岁月中都有着特殊的意义,它们是证明我在这个世界上生活过的实体标志,是我记忆中的琥珀,将在我的——如果我确定自己能够结婚并且生子的话——家族中得到传承。

和林若交往以后,我考虑过换一套大一些的房子,林若一直没有表态。我不知道客家人是怎么看待房子问题的,那些太极图般神秘的围龙屋对他们究竟有着什么意义,就像我不知道客家人怎么看待他们的语言,一千多年过去了,他们仍然乡音未改,说着古老的唐宋汉语,难道他们是要人们大老远地穿过漫长的岁月去寻找另一个他们?我不明白这些事情,我担心换房子的事情会引起林若的不当联想,因此节外生枝。和林若在一起,我总是担心她生气,然后突然变出一副我不认识的样子,或者干脆丢下我走掉。要知道这是她的出生地,她能去很多我不知道的地方,她甚至能把自己变成能在陡峭的阳坡上跳跃的黑麂,或者喜欢在夜里潜行的豹猫,让我再也找不到她。

但显然这一次我的担心是多余的,看上去她没有那种想法,只是坐在床头梳她长长的黑头发,我就不好再说什么了。她总是坐在那里梳她的头发,永远也梳不完,生活好像在什么地方停滞下来,这就是我当时的感觉。

有时候我觉得我并不了解林若,有时候我觉得我有点刻薄,但我还是被林若"那条河里有鱼"的说法迷住了。

怎么可能?途经城市的河流中怎么会出现鱼,而且是在入海口?就是说,那条鱼,它游过了整条河流,一直游到了河流的尽头,这算怎么回事?这是我被林若的故事迷住的原因。

我决定去寻找它——那条有着湿漉漉浑圆脑袋的孩子气的鱼——并且找到它。整车整车装满钞票和黄金的箱子,它们已经有主人了,不属于我,但那些尚未被人们驯化的东西,比如说,一条游经整座城市的野生鱼,它对我很重要。

关于那条河,我还想多说几句。有一次,林若小心翼翼和我商量,她想去做下颌磨削术,我没同意,我觉得她可以考虑拔去几根眉毛或者挤掉几颗痘痘这样的无创手术,别的就算了。作为客家人,林若失去的东西已经很多了——我不能告诉你们她究竟失去了什么,这属于个人隐私,何况你们每个人都有类似的经历,我希望你们能够好好地想一想——我不愿意林若再失去什么了,这样我就更没法辨认出她。那条河也一样,它附庸在极尽奢华的港深两地间,经过多年的拉弯取直工程,河岸砌起石块,糊上水泥,用铁丝网严谨地遮拦着,拒绝路人和游客靠近,早已失去昔日的野性,不像河,倒像一条没有脾气的人工水渠。一般来说,有过易容术经历的女人都忌讳别人问起刀口的事,那是一段让人不愉快的经历,你最好只看见她光彩照人的模样,别的就装作什么也不知道。河也一样。我不愿意在一条河的刀口上行走,即使是为了找到一条可能存在的鱼。

这样,我就远远地躲开那条河的刀口,去了它的源头。

河的源头在梧桐山牛尾岭的南坡,我在那里没有见到河,却见到了一个养蜂的客家老人。我是沿着河边的小路爬上山的,河在赤红色花岗岩土质的峡谷里蜿蜒前行,在一大片金叶假连翘灌木丛中突然消失掉,不见了踪影。那个养蜂老人在干涸的河岸旁忙碌着，沿着一排木质养蜂器走来走去，把糖浆和食盐融化在一只铜质水盆里，沁湿毛巾，把毛巾罩在养蜂器的纱盖上。我不大能够确定老人的年龄，他可能有七十岁，但也许超过八十岁，这个我不能肯定。

"水源在汝头顶。今日看唔见。"老人对我说，同时指了指天上。

老人和林若一样，说的也是客家话，就是说，我遇到了另一个土著。老人说水源在我头顶上，今天看不见，他的意思我明白。那条河不出自地下，北纬22°也没有永冻性冰川，河来自降雨，先是一滴，然后两滴，三滴，接下来会更多，南方不缺雨水，它们在梧桐山上形成一股股激流，汇集到低洼地带，就成了河的源头。换句话说，这条河完全来自天上，天上不落雨，河就不在了。这件事情让我有点吃惊，要知道它不是一条普通的河，它是一条布满支流的水系，在深圳一方有沙湾河、布吉河、福田河和皇岗河，在香港那边有新田河、梧桐河和平原河，如果连河的源头都没有了水，那些支流怎么办？

"冇鱼。"养蜂老人接着说，"河里冇鱼。一条也冇。"为了说话方便，他取下头上的防护罩，露出一张红扑扑健康的脸，"偓在涐里生活了70年，从冇见过。"

"一次也没有吗？"我问，从旅行包里取出一瓶矿泉水，恭恭敬敬地举在头顶，示意要给老人送过去。我俩隔着一大丛簕杜鹃，我猜我把矿泉水举在头顶上，不是为了让老人看清楚它,而是担心他那些嗡嗡叫的小家伙以为我要抢它们的蜂蜜,群起而攻之,我是举给它们看。

"唔用了,偓带了水。偓同其兜人食一只桶里嘅水。"老人摆摆手,拒绝了我的好意,笑着指了指那些飞来飞去的蜜蜂和身边的水桶,表示他和它们喝同一只桶里的水,然后接着说,"原来有,今下冇了。偓屋喀刚从汕尾搬来时,阿哥带偓到天池里捉金尾人鱼,嚯,恁大一条,三岁嘅细崽哩差唔多。"他张开双臂比画了一下。

我听说过天池的事,它在梧桐山山顶,偏东那一头,那里能看到碎镜似的海湾,远处的港岛和伶仃洋。我也听说过天池人鱼的事。我还见过它们,在课本上,这就是为什么我迷恋课本的原因。我知道人鱼的学名叫大鲵,也叫娃娃鱼、孩儿鱼、狗鱼,它是现存最大的两栖动物,叫声像婴儿啼哭,人们把它当成孩子,到处捕捉它们,然后把它们杀死,以至于它们在很多地方集体消失。我已经填写过大鲵在深圳集体消失的报告,并且把报告发送到教育部的官方网站,但没有得到任何答复。我不知道别的地方的情况怎么样,那些大鲵,它们是不是还像婴儿一样的啼哭?

"这么大吗?"我怀疑老人把人鱼当成了孩子,不然怎么会有这么大的人鱼?"您是说这么大吧?"我比画了一下,校正老人的尺寸。

"唔对,比介个大。"老人放下手里的毛巾,迈过一丛伏地䔲杜鹃,绕过几棵红花羊蹄甲树,窸窣地蹚过草地朝我走来。他拨开我的臂环,把它们往大里撑,"还爱大。偓阿哥骂偓,其唔让偓摸鱼嘅目珠。"

老人说最后那句话时显得有点不满,看得出,因为没有摸到鱼的眼睛,他生他哥哥的气,事情过去了几十年还记着仇。人站近了,我能闻到他的呼吸中有一股蜂蜜酸甜的味道。

我在想林若说的故事。我想,林若看到的那条鱼也许就是它。但我怀疑那条鱼能不能活过半个世纪,活到让林若看见,而且,那么大的鱼,大到人抱不住,它有一双明亮的眼睛,会像孩子般的哭泣,它怎么游过龙岗、罗湖和福田,游过繁华的市区,安然无恙地到达米埔,然后从那里进入大海?

我站在那里发呆,觉得有什么东西在暗中观察我。我扭过头去看四周的山野,再扭回头来看老人。

"就是说,这条河里没有鱼,很多年就没有了?"

"冇。"老人肯定地说,好心地用手中的防护帽往我的腿上扑了扑,赶走那里的蚊蚋,"有人。有过。鱼冇。"

"有人是什么意思?"我没有听明白,"您是说,有人在河里游泳?"这让我更加纳闷儿,"这条河不是禁游吗?铁丝网拦成这样,怎么下去?"

我说的是三岔河以下的那一段,河两岸的边境网竖了快一百年,如今换成了高科技围网,能看见河,摸不着。

"禁唔禁嘅,其能拦住咩介?咩介也拦唔住。"

老人朝一边看了看,快速离开我,去河岸边爬下,从土沟里揪出一棵水蕨,扑腾两下掖进后腰,拍着手上的泥土回到我身边。

"偓细时候常在河里游水,游到香港介边去,再游转来。介兜年人们都爱游水,游过去就唔转来哩,总有好几十万吧,介个时候嘅河水真清亮啊。"

我的心脏狂跳了几下。我知道老人说的是什么,他说的是二十世纪六十年代到八十年代,上百万人涌到深圳,跳进河里,奋力游向对岸的落马洲;他们中间有人被河水冲进海湾,埋进泥沙里,或者被海潮卷得更远。

"现在呢?现在还让游吗?"

本来我想问另外的话,比如说,他是不是近距离地看见过那些跳进河里拼命游向对岸的人,或者说,他认识他们当中的一个,那个人的左眼睑有一块扁豆大的伤疤。但我没那么问。我知道他只是一个养蜂人,课本上的内容与他无关,历史也一样,他和我,和我们一样,不会记住他们,不会记住他们当中的任何一个"他",问了也没用。

"让,样般唔让,河嘛,唔游水做咩介。"

就是说,一切都没有改变,所有的历史都像一条河流,只有发生和结果,中间部分被河水带走,在大海中消失掉了。

但我不怎么相信老人的话。河已经不是当年的河,适合生命逃亡的水网地带早已不复存在,我想象不出,河从两座拼命生长的城市中穿过,车辆在河岸边招摇的驶过,隔着绵延数十里的边境围网,无数的彩色泳衣在河里竞渡或漂流,那是一幅什么样的画面?我还想,河从高楼大厦中穿过,要是有人看着眼热,人在28层,或者32层,受不了河水怂恿,从楼上一跃而下,像雨季到来前追逐昆虫的燕子,那会是一幅什么样的景象?

"奔汝开个料笑,"老人狡黠地咧开嘴笑,露出一排雪白的牙齿,"麻人冇事老来河里游水,爱游也去大梅沙。游泳池也行。深圳有十分多游泳池,每座楼盘都有一个,也有嘅两个,够游嘅。来诶儿嘅都唔会游水,会游嘅下去前也得寻根索哩将自家扎住,唔然下去还得浮起来,白下去。"

我愣了一下,看老人,就像看一棵回忆着的树,掩藏了故事的岩石,或者他当年举家南下的那些习惯了沉默寡言的祖先。但我确定他说那些人下水之前会找根绳子把自己捆住,不是在开玩笑。我有点困惑。

"您的意思,他们不是来游泳,是来寻死?"

"反正冇打算浮在水面上。"老人说,有点感慨,"偓见过好几个,都系后生人,人捞上来发涨了,样子怪难看,爱让其兜人阿爸阿妈看哩唔知会样般。也有偓冇看见嘅,偓兜人村有人看见。也有冲到下游去嘅,但唔会冲太远,汝想啊,诶条河有几多人管,几多人看,能让汝老浮在水面上,四仰八叉浮出海去?唔能吧?"

太阳有点大,看上去有点晃眼。我觉得脚下有什么在涌动,不怎么踏实。我觉得那条河它不是不见了,不是干涸着在等待天上落雨,而是藏在什么地方,故意让我找不到它。

"照您说,往河里跳的都是年轻人,就没有不年轻的?"

我的思绪有点乱,不知道为什么要问这个,问这个有什么意义。但我就是那么问的,而且有点负气。

"有。"老人肯定地说,"深圳又唔全系后生人。深圳唔老,有麻人规定上哩年纪嘅就唔能来,对吧?再话,后生人主爱在关外,宝安奈,龙岗奈,光明啊,坪山啊,工厂都开在那儿,廉租房也在那儿。后生人其兜人都十分唔得闲。后生人有得系办法。"老人由衷地说,"后生真好。"

那以后我们又说了一会儿话,主要是老人说,我听。太阳越来越大,四周一片嗡鸣声,那些金色翅膀的蜜蜂排着队在空中画出一个又一个漂亮的"8"字图案,像是在举行某种仪式。然后老人骂了一声,朝那片伏地簕杜鹃跑去。那里出现了几只栗灰色尾翼长长的蜂虎,它们落在养蜂器上,朝养蜂器里探头探脑。我站在那儿,看老人"哦哦"地跑过来跑过去的驱赶蜂虎,用一些我听不懂的话咒骂它们,然后我离开空空的河岸向山下走去,走的时候有没有向老人和他的蜜蜂挥手告别,这个我不大记得了。

我沿着小路往山下走,一直走到河水出现的地方。太阳晒得后背滚烫,我在河边的一块岩石上坐了一会儿,把最后一瓶矿泉水喝掉,继续往山下走。

在被山风吹得涌过来涌过去的阳光下,我大步走着,不知怎么就想到了林若。

我越来越想念林若,想得心里隐隐作痛。我想和她说说我心里的疼痛,指间的寂寞,说说她不在的时候我是如何躲在课本中喃喃私语的,她在的时候我还是躲在课本中不肯出来,因为我不知道那样做疼痛会不会减轻。我不知道林若现在是不是还在梳着她长长的黑头发,从唐宋时代一直梳到如今,要是梳完了,她会不会再花同样多的时间去寻找一顶美丽的凉帽,在找到它之后戴上它,骑上一匹南方的矮脚马,欲撩还羞地返回中原,结束长达千年的背井离乡。我不知道此刻林若她在哪儿,在做些什么,而且永远也不可能知道。

是的,事情就是这样,其实没有林若这个人,她也没有给我讲过那条鱼的故事。我是说,我的生活中从来没有出现过林若这么一个人,她是我想象出来的,这帮了我很大的忙。她是我生活的一部分。或者说,她出现在我的生活中,和我说话,陪我犯愣,有时候她会给我出一些难题,突然变得让我认不出来,或者生气跑掉,我就得去处理这些事情,由此弥补我现实生活中空缺的那部分,你可以把她叫作我的孪生移情或者阿尼玛。那条鱼也如此,它是因为林若的出现才出现的,如果没有林若,我不知道该由谁来给我讲述它的故事。

现在你们知道了,这就是我要讲的故事,它并没有一个精彩的结局,也许你们会觉得失望,但我试着把故事中间被我省略掉的那一部分补充进来。

事情过去三十年之后,我确信了一件事,那个生下我而我却从来没有见过的人,那个证明我的生命的确有过出处的人,那个我应该叫她妈妈的人,她的确来过这里,而且,她就是在这条河里消失的。三十年前的某一天,在生下我两个小时后,我家门前的那座小石桥坍塌掉了,我应该叫作妈妈的那个人,她的一只晾晒在桥上的绣花鞋也掉进了河里,为了这件事她疯了,沿着河流奔跑,去打捞她的鞋子,从此再也没有回家。等我长大以后,我也离开了家,开始在各地流浪。我把挣到的钱分出一部分寄回家,以便我的父亲有一天能够重新在家门口修建起一座新的桥,这样他也许就能再娶回一个女人,并且不会把她的绣花鞋弄丢了。

这就是我要讲的故事的全部。但是且慢,接下来一件事情发生了。

我刚才说,我离开养蜂老人以后朝山下走,已经走到有河水的地方,我和那条河一起继续往山下走,这个时候,就在我向你们坦白我的分裂人格的时候,在我告诉你们我的妈妈走失掉的故事的时候,在我的身边,有什么东西从河里跃出来,高高地跳到空中,再落回到河里,发出"泼剌"一声。河水溅起来,落在河边几棵沉香木上,更多的河水泛起瓦亮的银光流走了。我站下来,怀疑自己的眼睛。

"不可能。"我嘀咕,"我眼花了。"我对自己说,也许那几株沉香木它们听见了我的话,"河里没有鱼,几十年都没有了,绝迹了。我真是见到鬼了。"

但是很快的,那个家伙又从河里钻出来,高高地跃向空中。这一次我看清楚了,真的是鱼,一条两尺来长的火鲑,它顽皮地扭动着身子,身上的鳞片在阳光下晃疼了我的眼睛。

我咧开嘴笑了一下,笑容僵滞在脸上。我转着圈朝四周看,希望有人告诉我发生了什么事情。

河流涌上河岸,水母触手一般弥漫开,山坳里快速形成河网地带,几头威风凛凛的野牛出现在那里,警惕地盯着两头黄色皮毛的南豹。更远处的地方,海风涌上海湾,把一团团白色的云母沙推向蜿蜒的入海口,那里有无数的鱼儿欢快地跳上浪花。

我在原地转了个圈,揉了揉眼睛。我确信太阳在天上,我和河都在,可谁在撒谎呢?是我,还是"我"?

我站在那里,站在无人顾及的疯长的南方植物丛中,我想把自己扳过来,不再看那条正在快速弥漫开的河流,可就是做不到。

但是,别的事情已经不重要了,那条鱼它就在那里,它真的出现了,现在它已经落回到河水里,不见了踪迹,就跟曾经消失掉的河流,还有我的妈妈一样。我不知道我还能做什么,鬼迷心窍地朝那条鱼落下去的地方看了一眼,再看了一眼,然后朝它奔过去,纵身一跃,跳进了河里。

现在,你们能够为我作证,我是那条鱼了。

台风停在关外

一只胖乎乎的蜥蜴回头看了我一眼,带着它的红色条纹快速弹射进灌木丛中。

我躺在草地上,枕着胳膊,鼻梁上架着超黑眼镜,镜片上有无数油渍的指纹,能闻到类似香煎虹鳟鱼的味道。密码箱就在我脏兮兮的软底鞋旁,它看上去不起眼,但很沉,上面停着一只被覆白色斑点的一字蝶;它大概把密码箱当成了忍冬,屏气凝神钉在滑溜溜的锁扣上。

那可不是一般的密码箱,我要说它价值连城,整个南山分局的刑事警察都在寻找它,你最好信。

在决定下一步行动前,我需要一点时间好好想一想。

远处有一些黄昏之人,在运动场上玩着地滚球,或者站在一棵相当年轻的植物前发呆。那些老人,他们像草地上的原住民,一个个悠闲自在。

本来一切很安静,直到他们朝这边走来。

那个姑娘穿着白色T恤、红色帆船鞋、短到让人担心的迷你牛仔裤。相比较,小伙儿很正规,衣着庄重到有点矫情。他俩都很年轻,就像十年前的我。我不记得我有多大,三十还是三十二。

那对年轻人很挑剔,选了好几个地方,草坪中央、一片突起的花坛旁、椰棕树的树冠下,最后坐下来,离我不到十尺。

他们坐在一千棵朝气蓬勃的青草上,和阳光在一起。

他们看到躺在紫荆树丛后面的我了,但他们不在乎。

小伙儿在草地上铺了一块事先准备的再生纸布,很快,那上面就出现了一家遭到抢劫的惠多店。蝶形花丛遮挡住,看不见宴席的具体细节,可以想象,围着椰子饮料的一大堆零食中,一定有牛肉味的兰花豆、奶油味的开口榛子、马来西亚鲜蔬饼、泰国辣味鱿鱼丝、鸡汁豆干和焦糖爆米花。要是再来一瓶红酒,大概没人会反对。

一般情况下,我不吃零食。要是泥菩萨不是因为贪吃盐脆花生让警察从一旁猛冲上来扑倒在惠多店门前,至少我现在还有一个朋友,我们可以在阳光下说话,不至于落得孤家寡人。

"干吗穿成这样?"那姑娘说。她不断地摆弄着短发,好像随时在担心人们会不喜欢它。

"半个月没见,就当我献殷勤。"小伙儿说。他有一张厚嘴唇,看上去他有很多话要说,需要那样的嘴唇。

"我说鞋。"

"你不喜欢?"

"不是说好了,省点吗?这么隆重,以后怎么办?"

"不是要见你吗,所以买了新的。你是不是觉得,我这样很蠢?"

我觉得,他们应该去荷花湖那边,湖里的水很干净,适合洗脸,这样,他们接下来就可以接吻了。

我有三天没换衣裳了,衣领上有一股退潮后滩涂的味道。也许再过几天,我可以试试去光明新区租一间房子,结束角马似的逃亡生活。如果在房租问题上顺从一点,老板娘大约不会复印我的身份证。但也许用不着了。

透过紫荆树丛,我看见那姑娘不知道该怎么办,站起来又坐下,换了个姿势,蜷曲一阵,再把结实的双腿伸展开。她的两条腿在阳光下镀了一层柔和的釉彩。小伙儿盯着那里看了一阵,把目光挪开,神经质地扯他的裤腿,一副烦恼的样子。我敢打赌,他的底裤款式和质量都不怎么样,要不根本就没穿,不然他早把假模假式的西装裤脱下来丢在一边,不至于皱住了。

"怎么啦,你受伤了?"姑娘拉开一截小伙儿的裤腿,凑近了脸看。

"没有,就磕了一下。"小伙儿收回脚不让她看。

"怎么不小心一点?说过多少次,你要吓我到什么时候?"

"但是,刘转运就惨了。那个杂种,他把爹妈给他的胳膊整个地喂了截材机。"小伙儿笑,"谁都知道,他再也没有多余的胳膊可喂了。"

"你能不能不讲这个?"姑娘不高兴地瞥了小伙儿一眼,"一点也不好笑。"

"好吧,我不讲。"小伙儿不笑了,抻了抻裤腿。

他给她喂零食。我从没见过这种喂法,像喂一只刚出生的袋鼠。但我也没见过别的喂法。

"别这么看我。"姑娘有些不自在,或者说,害羞,像怕被人胳肢,躲开他凑近的手。这让他不高兴。

"我要你去我那里,不然就开房,你不干。"

"还想不想过日子了?再说,你那儿那么远,我可起不了那么早。你不至于昨晚看了一夜情色片吧?"

小伙儿哧哧地笑。

笔架山头堆积着浓厚的积雨云,但太阳还在头顶。天气有点闷热,台风"泰利"大概登陆早了。

两年前"凡亚比"到来的时候,我还会笑,腮帮子活动自如。再早一年的"莫拉克"登陆是值得纪念的日子,我在台风到来的时候正式成为蒙面"佐罗"。八年前的"龙王",我的情况还没有那么糟糕。而九年前的"伊布都",事情都是那时候惹出的,我怎么知道外面的世界并不如意,在家乡之外,有人会不欢迎我,他们恨不能我立刻去死。

我那么躺着有点不舒服。腋下也有稠密的海葵味道。好像昨天没换纸内裤,裆里有点磨得疼。我知道我的头发中藏着一些潮热带来的丘疹,如果目前的情况再持续一段时间,头发再掉上一些,这些可怜的小东西就会露出马脚。但还能有别的可能吗?就算雨季不来,回南天也会来,还有台风。

"我猜你想要。"姑娘咯咯笑。

"猜对了。"小伙儿说着,挪动一下,够过身子,隔着两寸宽的阳光看姑娘,这个姿势并不容易。

"你什么时候才能改掉粗鲁?"

"那样你会答应提前一年把事情办了吗?"

"什么一年?我们没谈过这件事。我们什么也没谈过,提什么前?"

"好吧。但我们可以谈,对吧?"

"现在,不。"

空气像透明的绸缎,飘动得厉害。一只后翅上缀满繁星的螳螂从头顶上的那片天空飞过,然后是一片无动力伞似的白蜡叶。

我知道我自己,此刻我的脸上浮着困惑的笑容,那种被外界猛踢了一下,但内心并没有感觉到,或者感觉到了,已经激不起反应了的笑容,就像你把一块小于一千克的陨石投进贝加尔湖,你明白这个意思吧?

"我希望时间过得快一点。"这回是小伙儿先开口。

"什么意思?"

"刚才说的那件事。我们现在可以谈。"

"可惜,什么都来得及。"

"你答应提前了?"

"到底是怎么回事?你想干什么?"

她朝他尖声叫。他干涩而短促地笑着,尽管她的抢白没有什么好笑的。

我凝视着草地尽头,那里有一些我叫不出来的植物,它们的树冠被人尽可能地修理出顺从的样子,好让人们能从它们的身上找到点乐子,或者相反,向它们学习,做一株顺从的植物。但我无法把私密与公共空间的区别弄清楚,大概最终也无法逃脱被警察抓住的命运,这让我郁郁寡欢。

我觉得我完全可以站起来,拎着沉甸甸的密码箱离开这里,微笑着走过草坪,走到草坪边的小路上,再走回来,放下密码箱,重新躺下。

我怎么知道我能回到什么地方?那些地方它们还是老样子吗?

"好啦,我们不要吵。"小伙子妥协。事情总是这样,但有时候也不一定。

"我才不想和你吵呢。我每天三点才睡,累得早饭都戒了,好容易轮上一天假。我就想好好待一待。"

"我也想。到这儿来。"

小伙儿拍自己的腿。姑娘快速放弃拘谨,挪过两寸宽的阳光,在他怀里躺下。他够出身子摆弄她的脚踝,好让她躺得更舒服一点,这个他做到了。在此之前她想摆出一个好看的姿势,但现在她比好看舒服多了。

他看她,居高临下,看上去显得有点困惑;因为她在他怀里,他要从上往下看,那个角度有点失真,他无法肯定她的哪一个部位最迷人。她把脸扭到一边,毫无必要地摆弄着再生布上乱糟糟的食物。害羞让人融化,根本用不上阳光帮忙。

爱情真是个不死的小东西,它总是让人无法长久地害怕它。

"你该看出来了,现在你口气完全变了,对我越来越不耐烦。"小伙子照顾好女友,开始翻账。

"又来了。上一次你已经说过了。"

"难道我说得不对?"小伙儿口气戒备,像闻到了黄鼠狼的味道,"最近又来新人了?还是那两个修脚的又给你传输了一些新的知识?四楼看鞋的也往楼上跑吧?难道你们从来没丢过鞋?"

"我真的不想我俩一见面就这样。"

"但是他们就可以。"

"你不要以为所有见到我的男人都会欺负我好不好?"

"但他们会憋着劲骚扰你。"

"你真无聊。"

"是,但你一次又一次让我感到耻辱,在这方面,我可以说高潮不断。"

"你愿意。"

"我能怎么样?你说,我能怎么样?"

好像云层突然有了重量,姑娘遭到袭击,被来自空中的那些东西压痛了,她试图跳起来。他用身子按住她,不让她动弹。她挣扎了一会儿,放弃了。阳光照在她垂落在脸颊边的发丝上,那里有一片喷怪的阴影。

"好吧,你说,我们是好好坐着说话,还是立刻卷摊子,你回宝安,我回足疗城,你决定。"

"你想怎样就怎样。"

"我什么也不想。"

"如果你问我,你没觉得,这里太热了?台风快要来了,我们换个地方,去七天连锁。我就是这么计划的。"

"狗屎计划。"

"那好吧。"

有一阵,他俩没说话。她还在他怀里。阳光消失得很快,天气越来越闷热,躺在那里有些不舒服,就像有地热。但深圳没有地热,它根本不需要这个。如果愿意,它能把月亮蒸熟。

"有时候,我真想客人不那么急,我能和他们多待一会儿,任何客人,只要他喜欢,能和我多说会儿话。"她闷闷不乐地盯着他那双新鞋,她所在的那个位置离它们并不远。

他哼了一声,没有接她的话。他没那么笨,听出来她在挑衅。当然这也不能怪她。有时候你觉得一览无余的草地让人坦白,但有时候相反,它让人轻佻。

笔架山头的积雨云在快速变幻,云彩的阴影在树林间洒落下点点诡谲的光斑。光线在植物丛中东躲西藏。其实它用不着那样,人们并不知道它。你觉得你看到的是今天的光线,但它已经走了几百万光年的路了,早就老了,发霉了。我们这些地球的灰尘,全都他妈的中了魔咒,自以为了不起,那个固执的太阳才是王者归来呢。

他俩又开始说了。他想知道她公司里的事,那个剃金正恩头的修脚师是不是又请她看公益电影了;那个离了婚的老家伙,武警部队退役保安,是不是还在关心她的成长;这两周她都做了什么,凌晨就寝前和谁在一起、干什么,还有他们打着哈欠一起去夜档上消夜的时候……他们很快吵了起来。

"再说一遍,我不想和你说这种事了。"

"我知道什么让你中邪,你以为你在关内上班,那些阴险的营销员和色眯眯的小老板都盼着见你,你是你们那儿的头牌,你和他们就成了合适的一对,就能把自己弄成深户。其实你连过马路都害怕,看见一辆挂双牌照的车腿就软,这个他们没发现?"

"你胡说八道!你就会胡说!"

"你干吗激动?我希望你能好好看看自己现在的样子,你看见我的时候,眼神都是涣散的,你把激情留给那些王八蛋了?"

她小脸涨得通红,拍了拍她小得不能再小的短裤:"屁激情!"

"你敢对那些人也说这种话?"

"岳小白,不许你这么说我!"

"杨桃,我说错了吗,你怎么不反驳,说你讨厌身边浑身浴盐臭的男人,说你不想让随便哪个客人带你去罗湖桥那边玩一次。愚蠢、害怕、涨薪,还有他妈的廉租房,以为天下女人都是他们的,一帮内地动物园逃出来的猩猩。老实说,如果你找我要一坨最新鲜的屎,我就把他们推荐给你。"

真是一个令人讨厌的小家伙。我确定自己不是姑娘的爹,不然我会去找一张热乎乎的鸡蛋饼,走过去,直接扣在他的鼻子上,封住他满嘴乱蹦的跳跳糖。

姑娘显然觉得受到了伤害,把头扭到一边,不理小伙儿。小伙儿试图把姑娘的脸扳过来,她就是不给他。他的手僵在那儿不动。你可以看出,他是一个笨拙的年轻人,但他很痛苦,这个你也可以看出来。

姑娘忽然抓住小伙儿的手,她把它抓住了,放在自己的肚子上。小伙儿像被抽了一耳光,往回抽手,但他的手紧紧粘在她露脐衫和短裤之间的那个地方,再也无法挪动。他身子僵硬,笑得像个傻瓜。

我背过脸,嗓子眼不舒服,哽咽了一下。好几瓣紫荆花瓣落到草地上,近在咫尺。

我向远处眺望,能看见深南大道那个方向,灰色的巨大楼群正在飞速变换姿势,我猜它们很快就会变成一阵猛烈的豪雨,被台风卷上天空。

他们终于换了个话题。这回是她问他的事,他的拉长有没有因为他的坏脾气不让他加班,那个干不下去准备返程的老乡是不是又喝醉了,他去社区医院检查过胃痛的原因没有。有一阵,他们谈到了一个叫大王村的地方,一条名字奇怪的河流,一种酸得倒牙但又让人忍不住往嘴里填的野草,一个要强的寡妇和一只叫"哆来咪"的总也长不大的狗。

多美好啊,我眯缝着眼睛,让自己陷入半睡眠状态,困难地去搜索勉强保留住的那一部分儿时记忆。

瞒过总是冲我大喊大叫的妈妈,把一只鞋盒偷偷塞进床底,那里面有十几条贪得无厌不停进食的蚕。为了不穿打补丁的裤子坐在同桌的女同学身旁,我发誓要给自己弄一件完整的衣裳,为此我爬上从未到达过高度的树冠,从上面摔下来,并且折断了趾骨。可是,那些肥硕的蚕还没来得及变成蛹就被老鼠吃掉了。

现在人们早就忘了蚕,只记得丝绸这种东西了。

有时候我真的喜欢台风,那些不按规矩来的家伙,能把一切都颠覆掉,当它到来的时候,你的眼前稀里哗啦。有些东西,它们存在的时间太长了,已经腐烂了,变质了,但它们就是待在那儿不动弹。其实它们可以变成腐殖质泥土,或者煤,或者石油,这些都是好东西。人们怎么说?能量。

但他们又吵起来了,这次非常厉害。

"你知道他们怎么干?我他妈的比你晓得一百倍!有人说深圳一年断十万条胳膊,有人说五万,它们当中没有老家伙的,有的还没来得及抱过姑娘呢!"

我扭头看。姑娘已经不在小伙儿怀里了,瞪大眼睛,撑着一只胳膊坐在小伙儿对面,看上去不是她自己从他身上起来的,是他推开的。她朝他们面前的那张堆满零食的再生纸布看了一眼,好像它是一件可以随时展开的体贴的隐身衣,能够遮掩住她的倦怠和恐惧。

"岳小白,你今天怎么啦?你究竟想怎么样?"

"我不想怎么样,我就想痛痛快快搞一场,不然我大老远来关内干什么？"

她吃惊地看他，眼睛瞪得只剩下眼睛，像是崩溃掉了。有谁吃得住这个？

"你不会告诉我你不明白吧？我就是这么想的，但我不想和某个发廊里的洗发妹搞，虽然我也想过，你没见过她们有多风骚，多会体贴人，要是能像弟兄们那样抓住她们的小乳房来上一次，天塌不下来。但你比谁都知道我做不到，因为我只想搞一个女人，我想每天晚上回到一个叫作家的地方，也许它是租来的，也许它屁都不是，只有一个让我给她做饭洗衣裳跪在她脚下为她揉搓僵硬手腕的女人。现在你明白了？"

我抹了一把黏糊糊的脸。我确定台风已经来了，也许它停在关外，在等着什么。

我呢？我想停下逃亡，在暖洋洋的午后坐在潮汕粥店靠窗的地方，除了端着一盘自酿豆腐和一小碟客家咸菜的胖乎乎的服务生，再没有人打扰。等我安安静静喝完一整罐撒了香菜末的鳝鱼粥，付过账单，仔细收好找回的零头，回到住处，关上门，拿一本新上市的《优悦》杂志，有尊严地端坐在马桶上读上一小段，冲个凉，只穿一条宽大的短裤躺在松软干燥的床上。

"我们能不能不说这个，说点别的？"

"你想听什么？那我就给你说刘转运。"

"岳小白，你想干什么？"

"他站在那儿看我，眼神里满是困惑，好像想问我什么事，但一时没想起来。他妈的，他的半截胳膊掉在地上……"

"呀！"

"他站在那儿继续想，他还在想，就像掉在地上的那玩意儿不是他的，它和他无关，但另半截胳膊就在他身上，他把它血糊糊地托在手上……"

"岳小白，停下来！"

"我不知道一个人怎么会有那么多的血，血就像冲凉水一样哗哗地往下淌，然后他一屁股坐到地上……"

"求你，别说了！"

"我丢下磨具朝他冲过去。我被地上那只脏兮兮的胳膊吓坏了，不敢去捡起来。你知道它像什么？一个在塑形环节出了差错的玩具。你要知道，他拿那条胳膊揍过我，揍得非常疼，那是一只上等胳膊！"

姑娘哭了，但小伙儿在笑，黑着的脸痉挛成一只被踩烂的西红柿，那张脸是那么的年轻，却绝望到已经结束了。我想要去触碰那张脸，但我没有。

"我还忘了说，他没有倒下的时候，站在那儿尿了一裤子，到医院以后才发现。是我给他洗的裤子。我一直在想，我他妈的在想，一个人，怎么才能够做到同时成为两部分？"

我在想，那个携带了巨大能量，以及几十亿吨雨水的家伙，它什么时候到来。在它到来之前，蜘蛛人应该从高空中尽快下到地面，年轻的妈妈应该带着孩子远远离开色彩斑斓的广告牌，要是姑娘受到游艇俱乐部的邀请，下次吧。还有，人们应该停止一切集会活动，尽快回到家中,把门关好,为了安全,最好在门后顶上点什么东西,关掉总闸,然后点上一支蜡烛,坐下来祈祷。

只是,我不知道如果是一个人,应该怎么办,是不是也要离开包括草坪在内的一切户外?两个人呢,坐在台风将至的一千棵不甘的青草之上,他们算不算集会?

但那有什么用?台风一旦到来,一切都不一样了,天空成了舞台,到处飞舞着钢管、城市雕塑、塔吊、半座别墅、一整列火车和一条努力瞪大眼睛的梭子鱼;而且,任何一粒平时温和可亲的碎石子,都能成为一粒噩梦般的子弹,随时等待着你。

一群鸟儿从我们头顶飞过,它们在朝与安全相反的方向飞,朝关外台风涌来的方向飞。

它们怎么祈祷?

第三辑 隐秘

时代漂泊者不为人知的自得

宝安民谣

早些时候,罗娣从紫金县接来一支花朝戏班子,那些扮演觋公觋婆的男女演员打扮夸张,花俏谐趣,滑稽地敲着锣,舞着扇,在人群中东揪一绺姑娘的头发,西摸一把嫂子的脸,唢呐声叽里呱啦,喜庆得很。

凌九发被街上传来的唢呐声闹醒,慢吞吞起床洗漱。女人丑丑不到七点就起来了,煲好咸骨菜粒粥,煮好鱼头粉,切一小盘卤猪脷,搭配自家渍的青菜头,一并端上桌。凌九发把嘴里干嚼的两片茶叶吐在手心里,扭头看丑丑。女人头发梳得整整齐齐,一脸平静,像是万事存心上,那副笃定架势,是明日断然不走,一辈子都不离开他似的。凌九发话到嘴边又犹豫了,到底没有开口,坐到花梨木桌边,粥和粉各食了一碗,推筷起身,清水漱了口,嘴里含一片酸杨桃,对女人说了声"去老屋打水",提着塑料桶出了门。

二十多年过去,凌九发每天都要去凌家老屋打一桶井水,回家煮饭泡茶,顺便到祠堂里坐一坐,风雨无阻。

罗娣在街口指挥两个工作站的临聘工挂横幅,把"亲仁善邻,国之宝也"改成"以家为家,以乡为乡,以国为国,以天下为天下"。看见凌九发,她大声喊,九发佬,九发佬,花朝班从罗家祠堂唱起,下昼去汝家祠堂,喊汝家女人将糖水煲好!

凌九发哼一声,装作没听见,绕过街角走掉了。

罗娣是八婆英,霸巷鸡,整个社区,属她爱在人前争长短,人后讲是非。她男人摆仔和凌九发是发小,当年摆仔仗着年轻力壮做了屈蛇头,用自家渔船装内地客偷渡出境,发行水财,以后做野了,买下两台雅马哈发动机,自己造大飞,和政府的缉查队在海上斗浪花,结果被抓住,判了二十年。人放出来后,摆仔不收敛,改行夹私,从新界私运电脑和洋酒过境,开罪了那边的古惑仔,被人堵在酒楼里,一顿乱枪,浑身打得稀烂。罗娣不是省油灯,男人尸臭熏天也拦住不让下葬,天天在政府门前哭闹,硬是逼得政府使出手段除掉那伙强人,以后不知怎么,她居然搞掂了街道办事处,做了社区工作站管宣传的干部。

凌九发是这条街最大的族姓凌家的嫡长孙。凌家五代字派,按"国运同天久,宗支合日长"取名,凌九发是久字辈,小时候取贱名叫阿九,乡邻叫顺了口,大了改不过来,仍叫他阿九,发仔。

家谱记载,安史之乱后,凌家先祖从中原辗转多地,迁至岭南,多年后,又聚族于宝安,大体上躲过了高宗南渡、满清入主中原和太平天国乱世。乾隆年间,两广地区大旱,凌家二十四世祖凌长乐示好朝廷,仗义疏财,散资赈灾,皇上钦准儒林郎捐职员顶戴,赐"急公好德"牌匾以彰后人。民国初年,是凌家族香最鼎盛期,五房五代同堂,百十几口人,家家都有读书人,不少在国民政府公干。"文革"时期,社会上横风横雨,乱象一片,凌家摊上清民两朝旧事,冲击不小,看出形势不对,凌家人纷纷着草做了走佬,走咸水逃去海外,投奔先期去了那里的宗亲,到二十世纪七十年代,凌家几门已经走得差不多了。受罪的凌家长门,苦于嫡传,要守祖宗牌位,发仔的阿爸凌天社不好脚底抹油,但年年饥荒,到底熬不住,也暗下留心,精心准备,托几个兄弟在海外打点接应。宝安改市那一年,凌天社带着十六岁的发仔,父子俩扛着汽油桶和废车胎在梧桐山上偷偷潜伏了三天,趁边境松懈,凌晨时分冲下山来,从沙头角抢过铁丝网,泅水过海,将发仔的妈妈和凌家二子三子大女送到香港,托香港的亲戚将母子四人辗转送去渥太华,父子俩再去难民署自首,押解回宝安接受批斗,很吃了一些拳脚。一九八七年,传闻政府要从土著人手里收回土地,老天摇晃了几十年,这一回彻底垮了,凌天社当下做主,为长子发仔定下一门亲事,女方是远房亲戚,知道凌家的情况,拿定主意愿意跟着潦倒的凌家吃苦。婚礼办完,凌天社把发仔叫到面前,告诉他,这里待不下去了,他要带余下的四弟五弟和小妹去北美与妈妈会合,可是,凌家绾草岭南一一四〇年,聚族宝安九二〇年,凌家公祠还在,祖宗牌位还在,嫡传这一支,无论如何不能走光,发仔是嫡长子,他得留下来守祖宗。

那一年,凌九发二十四岁。

凌家老屋在社区背街,占了几条巷子,三朝围屋回字相环,栋栋相套,四周城郭高墙坚固,酷似迷宫,外人进入其中,常常晕头转向,走不出来。老屋原来依山而建,恰在龙脉上,二十世纪八十年代推山建城,大兴土木,龙脉被挖掉,留下光秃秃一片房子和残山剩水的几条干街。凌家人离开后,老屋无人居住,渐渐显出颓势,发仔和老婆天天查水防火,赶蝙蝠捉老鼠,几十栋围屋,查一遍就得几天。九十年代以后,旅游风盛,政府和凌九发商量,凌家老屋闲着也是闲着,不如采取产权不动、政府代管、公司经营的方式,凌九发搬出去,凌家老屋改建成民俗博物馆,搞旅游宣传,管理修缮的事情由公司解决,两厢不找。凌九发一时觉得松了口气,当即和政府签了合同,将妇携女搬出了老屋。

穿过遮天蔽日的榕树和麻石铺成的禾坪,凌九发迈入老屋正门,沿横门进入宝斗心,来到牌楼下。当年,每逢年节祭祀,凌家族人都聚集在此,祭拜祖宗,观看白戏舞狮,两个芳名远扬的女祖宗,也是在牌楼下设了擂台,比武招亲。如今,牌楼南角的碉楼上,悬挂着两条脏兮兮的宣传条幅,牌楼前,堆放着两架水磨和一台榨油机,一些无精打采的农家种田养蚝工具,牌楼两旁的房间开辟成展室,陈列着一些客家人的老生活物件,家具、炊具、婚嫁物、油坊环和老织机,供游客参观,牌楼后一溜偏厅,因为用不上,无人打点,成了危房,用绳索圈起来,阻止人走近。凌九发站在那儿,心里有些发堵,愧疚自己照应不上,先人的故事如同老屋精美的砖木雕画,随着岁月的流淌一点点朽蚀,面目模糊,不再有精神了。

穿过跑马廊,凌九发来到公祠,见保洁工狗古狸搭把木梯,踮着脚擦拭洋灰塑的公祠牌匾。凌九发站在下面仰头看,一道阳光顺着青麻石高墙上的望窗洒漏进来,晃在他脸上,两人一上一下打招呼。

"拿水?"

"嗯。"

"汝还保留饮老房井水嘅习惯。"

"唔饮老屋水,心慌。"

"祖上讲,乾隆嘅时候,皇上亲自立下汝家牌匾,用安南嘅上好金丝楠木做嘅,哪像今日洋垃圾,一抹就落金粉。"

"咪喺。"

凌九发那么回应了,有些伤感。凌家人去了海外,十年八年难得回来一次,只有他发仔八仙桌上摆灯,添油不换芯,孤身一人守着老屋,哪里又能管住金粉的事?记得有一次,三房家堂兄弟雷仔带了外国老婆和两个混血儿子回来认祖,兄弟俩在老屋门前遇见,凌九发竟然认不出来,差点拦住没让进门。那次雷仔也问过公祠牌匾的事,他说不清是怎么交代的。

凌九发离开祠堂,往老屋后面走,鹅卵石铺成的巷子,路面干净。路过中楼,拐进北街,他站在房人街天井中,水井就在这里。

老屋的水井不止一口。当年老屋有三口甜水井，煮茶酿酒，都是上好的甜水。八十年代以后，两口井逐渐失去水头，只剩房人街这口井水头未断。那两口井干涸时，凌九发天天去祠堂敬香，乞求祖灵保佑，还花钱请了专家来查看。专家说，老屋周遭大肆盖楼，地层下降，断了水脉，水井死了，救不活了。凌九发那天晚上回家，关上门，狠狠给了自己两巴掌，坐在床头流了半夜泪，事后瞒着，没敢把这件事情说给大洋对岸的老窦。

凌九发从井里汲了水上来，装满塑料桶，再提了一桶水洗了井盖，正打算离去，天上飘过一阵雨水。雨水来得急，很快就有细细的水柱沿着内城楼阁上的茶壶耳柱落下来，雨不像一时就停的样子，眼看一时走不掉，凌九发索性坐进回廊里，等落水过去。

阿爸带四弟五弟和大妹去加拿大后，土地制度改革开始，村里成立了投资管理公司，各家的地押进公司集中生财，倒不像之前土地充公的传言。凌九发跟着村里精明的人，抢在交出地契前盖了几栋房子，租给南下揾工的外省人。几年后，村里摊派股票，干部天天上门来做工作，凌家只剩发仔一个，不再是大户，撑不起强，凌九发只能开了箱柜，拿押地的钱换了股票。开始看不出来，以为地也没有了，股票不过是几张纸头，谁知道，以后城市见天胖一圈，只用了三十几年，一座乡间古镇成了现代化超大都市，人口翻了七十倍，政府公租房来不及盖，房价疯涨，光是收租子，凌九发每年就有几百上千头牛的收入,摊派的股票也成了摇钱树,加上公司土地分红,凌九发和村里人一起,懵里懵懂就成了品着长颈酒叹世界的肥佬。凌九发经常感慨万端,猪笼入水的事情,自己没有看出来,一生谨慎,不缺谋断的阿爸竟然也没有看出来。

雨丝飞飞,在阳光中亮晶晶起舞,丑丑扭动身子,穿过雨丝一串碎步进了天井,给男人送雨伞来。凌九发停下思绪,拎起桶,两人也不说话,女人把伞罩在男人头上,双双离开房人街。老屋的排水系统很好,地上一点积水也没有。

走出老屋大门,凌九发似后脑勺被人吹了一口阴气,毕恭毕敬地站住,回头朝老屋看。

老屋就像堆放在那里的一只只空空的蛇蜕蝉蜕,一点生气也没有。

凌九发没有上过大学,但喜读书,凌家人离开时,带走了细软,唯独各家的书带不走,留下了,凌九发把那些线装的绢本的宝贝收集到一块,腾出两间干燥的屋子来装它们,没事的时候,坐下来一册一册地翻。他记得《敦煌本梦书》中说,蛇蜕主移徙事。崇尚耕读的客家人说,蝉脱壳,人解脱,蛇换皮,有新衣,是讲人进入更高境界的过程。凌九发不接受这种说法,他想起唐人李绅写蛇的诗:"已应蜕骨风雷后,岂效衔珠草莽间。知尔全身护昆阆,不矜挥尾在常山。"又想起李商隐写蝉的诗:"薄宦梗犹泛,故园芜已平。烦君最相警,我亦举家清。"凌九发心想,人过一世,竟然胜不过蝉过一秋,这么一想,不免摇头。

公婆二人沿着雨丝晶亮的街道往回走。丑丑举着伞,一只手挽牢凌九发胳膊,不让他脚下失了滑,自己也添一份撒娇,两个人在雨中的身影被风一吹,向一边斜去,煞是好看。

年轻时,凌九发跟着阿爸做过几天生意,父子俩黑汗水流,往内地倒卖尼龙布、电子表、卡带、雨伞和从新界贩来的二手货车。凌九发不喜欢吃黑皱皮的商贩饭,生意做得有一搭无一搭,为这个没少挨阿爸的骂。他好艺文,和阿爸商量,开了一家南洋歌舞厅,歌厅里放陈百强的《一生何求》、谭咏麟的《爱情陷阱》,赚香港货柜司机的钱,自己也能在歌声中找到一点平衡。等阿爸带着弟弟妹妹离开家乡后,凌九发索性关了店面,卖掉歌舞厅,不再做生意,只管在家里坐着收租子,不像村里几家留下没走的大姓户,生意做到天上,做出了背景,如今个个是上市公司执董、人大代表和政协委员。

也是雷仔回乡那一次,凌九发的老婆受了刺激,闹着要和其他的凌家人一样,去国外享清福叹世界。凌九发不同意,两公婆打得不可开交,最终老婆寻死要挟,凌九发挨不过,只能把老婆和两个女儿送去北美。老婆走后,凌九发心无牵挂,天天和南街开粥店的带福、开家具城的老摔,几个儿时淘兄弟喝洋炮、敲大背。嬲闲着过了几年,他开始对这样的日子神憎鬼厌,于是洗脸收山,在家里写写画画,修家谱,收集祖上故事,打算出一本书。

凌九发双眼皮,蒜头鼻,斯文礼节,长一副官仔骨,年轻时青靓白净,衣着齐整,即使过了中年,仍然有样有神,不像大多发财发福的同龄仔,肥尸大只,肚屎忒忒,穿件黑褚双面香云纱,趿双二趾挑人字拖,蹲在档口挖耳聍。俗话说"无梁不成屋,无妻不成家"。凌九发几十年守着凌家老屋不动,老婆离去后,他便成了屋檐水,到底人还年轻,身边长期没个女人,刀割韭菜心有死,他也想学街上那些花蛇公、麻甩佬,趁钱勾女图快活。可是,每天夜里心里发烧,生出屙唏唏的念头,黑口黑面的想要出邪,早上再拎着塑料桶到老屋汲井水,往公祠面前一站,祖宗牌位如双双眼睛盯住他,那个念头就黄瓜打狗——不见了一截。

先以为自己是箩底薯,卖剩无人要,凌九发就只当余生做定白糖饼子——没馅料了。哪知风送人,雨留客,带福嘴长,把凌九发有意续女人的话放出去,一时间,说媒的自荐的挤破门槛。罗娣听说凌九发有心换床,上门来当大葵扇,要把死了男人的堂妹介绍给他,以后又降了辈分,换成外侄女。凌九发心里明白,八英婆先认罗衣后认人,明摆着要来钓他这条肥水鱼,可凌家即便蛇去蝉绝,他凌九发也不肯剥了裤子做人情,提着老屋的井水,去浇别人家的苦田。罗娣说媒不成,背后发咒,到处放风说凌九发是软脚蟹,搞基佬,还暗中找了鸭头,让鸭头带了两个粉头粉脑的脱衣舞男来找凌九发做生意,被凌九发抄了砚台砸出门。

也是天生眼,煮粥煮成饭,一天,凌九发闲得无事,和带福在南街粥店听雨喝茶聊八股。带福起了兴致,打电话招制鞋厂熟悉的兼职厂妹,那厂妹带了个小姐妹来,两人脸涂得花红柳绿,一步一扭进了粥店。凌九发带眼识人,见怯生生跟在后面的那个厂妹紧抻衣襟,腿胯僵直,大气不敢出,不免心里一动。带福领人上楼,留下僵直女。凌九发好言好语和僵直女扯了几句闲话,然后叫她做一件事,进屋去把脸上的胭脂洗了。女子故作娇媚,扭身扭势不肯。凌九发摸出二百元钱,放在桌面上,称就当她出他的工。女子收了钱,进屋去洗了脸出来,再看时,她是那种一眼货,相貌不出众,丢进蚝仔堆里都扒不出来,一双眼一双手却干干净净,一问,她叫丑丑,梧州人,居然同是客家。

凌九发上了心,从此搭上丑丑的讪,隔三岔五约丑丑出厂,每次付她二百元,算她出工。两个人在茶楼喝茶,去粉店吃粉,东来西去,聊些闲话,凌九发于是知道,丑丑早年死了父母,被守寡的姑母养大,是冇瓦遮头的孤女,两年前进厂找生活,厂里揾食不易,每天在刺鼻的橡胶气中冲来冲去,做十四五个小时,回到宿舍只有冷水打牙,因为相貌平平,工长不给她派加工单,钱挣得少,就想跟着姐妹出来做兼职妹勾佬。

"小姊妹嘅话,过去做咸水妹正有得揾,今下内地嘅发财佬分得比鬼佬多,咸水妹反倒冇人做了。"丑丑故作老练地卖弄刚学到的知识,称自己跟小姐妹学过几天英语,能说几句搭白的鬼佬话。

"净有钱唔掂，"凌九发听不得这种作践的话，有些不高兴，放下茶盅教训对方，"有钱就系大爷，人爱有志气，人冇志气连鬼都嫌弃，有了志气正可以大爷腿下多一点，做到太爷。"

凌九发那么说了，心里咯噔一下，不由得想，他说志气，他的志气是什么，胯下的那一点又是什么？难道是如今这样，守着祖上的牌位和老宅，做凌家留下的最后那一个子孙，这算得上志气吗？

夏去秋来，街头的枫香树和黄连木变了颜色，两人渐渐熟络了，倒是丑丑心生不安，一次没捺住，问凌九发，为什么不和她做那种事，二百块，够价。凌九发慢吞吞说，唔揾鸡婆，怕得花柳。丑丑一听，黑下脸来，绿鼻子绿眼狠狠瞪凌九发一下，起身就走。凌九发扯住丑丑。丑丑说，你放手。凌九发说，咁大嘅脾气。丑丑说，脾气算乜计，惹急，偓还会爆炸。凌九发说，汝收了偓钱，唔可以话走就走。丑丑说，钱出来就回不去了，想拿来，门都冇。凌九发说，汝讲偓听，汝有冇老公？这回倒是丑丑笑了，咯咯地，人往地上弯，说要死呀你，人家还唔到结婚年龄。凌九发暗爽，点点头，心中落下一道闸，接下来就不遮掩了，脸上笑眯眯，话往直率里走：

"好田唔做秧地，好女唔做阿二，可惜偓有原配了，汝若愿意，汝唔嫌我箩疏，偓唔嫌你米碎，偓俩做相好，汝嘅生计偓负责，干点肯？"

"汝讲脏病，汝先赔礼道歉，再讲相好。"

"冇杀错，冇放过，当偓冇讲过。"

"咁汝讲,猪肉大块块,笠麻冇顶戴,以汝嘅数口,几多女人俾汝拣,佢咁丑,量边拣佢?"

"脠脠都系羊肉,唔食猪,唔食鱼,就食你。"

"汝讲相好,指乜计?"

"唔系婚姻,唔系正规夫妻,两厢情愿,就算一口亲,唔搞六礼嘅笼嘢,拜堂也省了,免得乡间讥笑,汝同意唔同意?"

"面碗鸡吃唔吃?"

凌九发没有想到丑丑会提出这个问题,一时怔忡,想一下,竟然乐了。

"咪话面碗鸡,汝想吃百鸡宴也唔系做唔到。"

"男人晓落海,女人晓上山,难道佢怕你?只要顾上生活,相好就相好。"

丑丑眉头都不皱,脖子一扬,一口应承下来。

第二天,凌九发换了件出门衣裳,去了一趟九龙,在周生生店里挑了全套金饰,再从银行里支了十条牛,要求出银生取簇新的钞票,烫金红包封好,把丑丑叫到家里,首饰红包交给她,算是聘金盘嫁都在里面了。丑丑刚收工,工装还没换,一绺汗发贴在红扑扑的脸膛上,一双油手背在身后,不接聘礼,追问凌九发,那天他为什么问她有没有丈夫。凌九发说,路上的靓女别人的妻,采枝荷花牵动藕,你若有老公,我唔掂你。凌九发反过来问丑丑,要是他不答应吃面碗鸡,她会不会跟他。丑丑毫不犹豫地说,唔跟,冇嘅碗面,女人落听唔了,唔识得跌下哪座万丈悬崖下。那一句知根知底的话,竟然把凌九发说愣住了。

听说凌九发要把丑丑接到家里过,带福百般不解,扯劝他,救苦不救赌,养大不养二,相好易,同住难,女人仲系当衣裳,穿喺室外,回屋脱个光光。凌九发偏偏不认这个理,说带福,邻家狗,食咗走,我唔中意生僻嘅皮肉关系,唔进家门嘅女人,我唔爱。

说是省了正式纳亲的规则,凌九发还是择了吉日,两个人在一起的那一天,他剃了头,净了须,箱子里翻出西装穿上,整整齐齐结上领带,把自己收拾一新,然后开车去工厂门口接丑丑。事先吩咐了,行李不用带,送给小姐妹,以后再不回厂子,合当这一天就是报日子接亲了。

那天凌九发没有径直回家,车载着丑丑,绕了几条街,开到镛记烧鹅店门口,他事先在这家老字号订了台位。菜没有多叫,只是择喜庆叫了一钵香气扑鼻的盆菜,看着层层码放、收罗尽世间生活、五彩纷呈的一大盆菜端上桌,丑丑眼睛瞪得差点落在桌面上。凌九发从筷架上取过筷子,筷头背转,萝卜、枝竹、冬菇、花胶、鱿鱼、大虾、发菜、蚝仔、鳝干、鲮鱼球、炆猪肉,一样样为丑丑交代过彩头,拣了一大碗放在她面前,再摆下筷子,笑吟吟端起酒杯,与丑丑喝了交杯酒。酒杯放下,叫声"上饭",服务生这才端上一吊子热气腾腾的面碗鸡。凌九发亲自分面,两只油汪汪的鸡腿拣进丑丑碗里,两只滚圆的鸡蛋一人一只,说声吃吧。丑丑不说话,抄起筷子,咬一口鸡腿,再咬一口鸡蛋,眼泪扑簌扑簌落入碗里。

头一夜,两人生疏,各睡楠木床的两头。三更过后,凌九发没捺住,凑到女人身边,捏住她一只手,人搂进怀里,老鼠拉龟,不知从何入手,搞到一头烟,终究不得要领,匆匆忙忙,天就亮了,倒像两个不谙人事的新人。

第二天,日头过了顶凌九发才起床,丑丑已经煮了朝食等他起来,见他蒙眼蒙口坐在床头,甩着手上的水珠进屋,顽皮地歪着脑袋,叫了声太爷。凌九发知道女人记住了自己的话,不免暗爽,作古作势端了架势,让她替自己套鞋在脚上。丑丑也不扭捏,弯下腰,捉住凌九发的脚为他穿鞋。凌九发将丑丑的手一把攥在掌心,正了脸色说,我只系试试你,唔晓爱你做呢种事情,侄爱汝丢命唔丢人,侄捞汝过日子。

丑丑看他一眼,也正了脸色说,耶,反转猪肚就系屎,你话反面就反面啊,有钱嘅连龟公都高三个辈分,太爷就太爷,我唔计较,你倒面红。一句话,倒把凌九发说笑了。

过了几天,丑丑捺不住,像被人按住机关,灯一关就在床上翻来覆去姣出汁,到底凌九发犁耙荒久,百般渴泥,擒高擒低,一战再战,两人水漉漉一身搏到死,直闹到鸡叫。第二天,两人赖床赖席,到过午才起。丑丑睁开眼后一脸惊喜,说,侄以为自己是被汝买来暖脚的一团肉,原来汝藏着力气,功夫厉害。凌九发不免得意,也拿惊喜说女人,侄以为你白面馒头,冇料,哪知你系卖花姑娘插竹叶,装冇料,其实花枝匿喺篓子里,兜底香。丑丑不经夸,笑得花枝乱颤。凌九发伸手将女人搂进怀里,问自己够唔够老姜,她觉不觉着辣,又说,好鼓一打就响,好灯一拨就亮,你系好鼓好灯,以后就跟手我诈娇吧。

以后辞冬迎春,两个人正经过起日子。俗话说,结舌的勤话事,跛脚的勤行路,丑丑不是招眼女,行在街上贴墙走,从小跟着寡妇姑妈过苦日子,干活却是一把好手,样样拿得起放得下。凌九发多年没人照顾,日子过得不讲究,常常做阿排哥,穿件衣衫上纽搭下纽,自从丑丑进了门,夏有纱,冬有袄,头脸焕然一新,精气神多出一长截。凌九发喜欢吃阉鸡水鸭,档口有的卖,丑丑偏偏不买那些冻库货,自己去背街的河汊里盖了间鸡鸭棚,养一群鸡鸭,间天杀一只,换着菜谱做白切鸡、酱油鸡、盐焗鸡、豉油鸡、三杯鸭、柠檬鸭、烧填鸭,连同以后闹翻粤港的"非典"和禽流感,凌家终日有鲜活鸡鸭食。吃饭时,两个人少不了逗几句趣。凌九发拣一块肉放在丑丑碗里,念两句歌谣:丑丑唔爱吃肉,只爱吃豆,吃饭发愁,越来越瘦。丑丑不干,还嘴道:发仔又爱吃肉,又爱吃豆,唔愁胃口,壮到捞头牛。两个人大笑,碗里的汤水扑乱一嘴。

丑丑把凌九发收拾得像新郎官,自己却从不打扮,一身衣裳进家门,翻年过去,还是那一身,凌九发埋怨了几次,她耳里磨出了茧,揣了卡出门,到南山外贸中心批发了一网袋A货,拖回来塞进衣柜,也不见她穿。

凌九发说她，你人丑，唔打扮唔能睇。丑丑理直气壮，我唔中意戴手表捋衣袖，戴金戒挖鼻屎，镶金牙笑到死，处处摆显，我唔觉得我丑，脸洗干净都好睇嘅。凌九发说，睇你半癫戆。丑丑就扯了嘴角笑。她爱笑，一笑就犯骚，凌九发两颊发热，拿她无计，只好念一首民谣取笑她：人姣笑，猫姣叫，鸡姣咯咯狗姣跳。

丑丑属赖抱鸡，话不多，只喜欢做事，做完事就躲在屋里又哭又笑看韩剧，不肯出门。算是活该一家人，两个人在这方面一担担，不同的是，凌九发不问家务，不理饭食，万事丢给丑丑，他关在家里，花七年时间修谱，七年时间写凌家纪事，这期间和政府有扯不完的皮，隔日跑一趟工作站，要求政府加强老房管理，追加祠堂修缮基金，其他的事情，都得丑丑出面管。

先是凌九发租出去的楼，有几个租客赖账两年，收不回租子。丑丑去了，兄弟大叔一顿叫，请人家吃了餐饭，把人送到楼梯口，回头手往电闸上一搭，笑眯眯说，北佬南下，海归东进，房源吃紧，下月涨租，兄弟大叔再唔交租子，我带警官来封门。第二天，凌家就收到租客汇入的租子。

接着是凌家老屋，只因围屋太大，民俗博物馆用不完那么多，不少房间长年闭紧，免不了生出些怪象。丑丑去看过一次，回家找条纱巾裹了头，拖了扫帚水桶去，檐蛇也敢打，百足也敢踩，地龙也敢捉，几天下来，收拾得干干净净。承包民俗博物馆的那家公司经理自知理亏，跑来讨好丑丑，要聘她到公司做内勤总管。丑丑绿眼绿鼻瞪经理一眼,做乜计内勤?偓系管家婆,下次再看见地头蛇,偓捉条蛇俾汝当皮带,捉条龙俾汝当消夜。吓得经理连忙走开,回头吩咐加两个保洁工,再看见檐蛇地龙,拿保洁工是问。

凌九发提着井水往家走,一路上想着这些往事,心中感慨万端,不断扭头看丑丑。丑丑也扭过脸来看凌九发,目光似清冽的井水。凌九发经不住睇,目光收回。丑丑行路风刮云飘,做事有模有样,其实是禁睇的女人,这些年吃穿不愁,心情舒畅,日子越过越顺,井越掏水越清,年过三十后,人胖起来,红粉花飞,有箩有波,凌九发看习惯了,倒奇怪她先前怎么睇着人丑。

两个人一路无话,回到家中,丑丑接过桶去烧水洗盅泡茶。凌九发招呼说,唔忙,坐下说说话。丑丑说,你先吃两片万寿果,我把鸭子搅掂了再嚟。

前些日子,丑丑托人从陆河买了些青梅回来,泡了坛老酒,剩下的梅子腌制上。青梅护肝养胃,生津止渴,防人老,早上她杀了一只水鸭,冻在冰箱里分泌乳酸,准备冻够了时间做酸梅鸭。

时光转眼刹唔住,一晃就是十几年,凌九发从四十的汉子挨到五十的佬,也到了鬓角见霜,腿弯发僵的年纪。靠着他每年汇出去的钞票,凌家人不但在海外站住了脚,还买地置业,做起了家族生意,日子过得枝繁叶茂。凌家在海外的人心里都清楚,长门家阿九一个人在家乡守老宅,一生祖宗债,半世家族奴,都交由他一个人来承担,实在是辛苦了,凌家人就商量,要接凌九发去北美住上一段时间。

那是头三年的事情,大女儿结婚,凌九发借这个机会去了一趟加拿大。飞机在渥太华机场降落,凌九发推着行李车从入境通道出来,一眼看见,乱糟糟的接港区里,阿爸凌天社领头,身边站着自己的妻子、两个女儿、四个兄弟两个妹妹和他们的配偶孩子,一大群等着几十位凌家宗亲,场面竟然比迎接政府代表团还要隆重,凌九发一时湿润了眼睛。因凌九发的到来,凌家分散在北美各地的亲人纷纷聚拢,光是百十人的聚会就办了四五场,凌九发站在老少亲人中间,凌天社领着他在人群中一个个地认人,人们擎着高脚杯向他说感激的话,问一些家乡的事情。凌九发想到那些陌生的面孔,他们是他的血缘宗亲,他替他们尽心守老宅,照顾祖产,此刻面钵大过箩格,这么想过,身上暖融融的。

凌家人安排凌九发在北美至少住个一年半载,几门宗亲家里都要走一走。凌九发去了温哥华、金伯利、本那比,去了纽约、洛杉矶、丹佛;他打着挺括的领带,微笑着和一个个亲人,以及他们的异国异族配偶说话,聆听自己的两个女儿和亲戚的孩子们用异国异族语言说话;他觉得身处一个陌生的国度,找不到满耳的乡音,这份亲情已经掺杂了一些异样,显得有些勉强了。那一刻,客家人凌九发突然想念起丑丑。他盼望快点回到家乡。

凌九发匆匆结束了北美之行,返回国内。不久以后,凌家人终于知道,凌九发在北美待不住,是因为他身边有了一个女人。凌天社不放心,要长媳回国看看。凌九发的妻子不愿意,申明只要人不娶进家门,每年钱不少汇,她才懒得操心和野女子见面。凌天社打发老二凌久愿回国一趟。凌久愿那次回深圳,住了半个月,叹喟家乡变得认不出了。兄弟喝茶聊天,凌久愿转达了老窦的意思,长子独自守着老宅过日子,不容易,只要不糟蹋祖产,不让外姓人占了便宜,身边有个女人照顾,家里能体谅。又说,丑丑别的都好,就是呆拙了点,难为大哥忍得下来。凌九发一脸淡定地看兄弟,嘴上不接话,心里想,马好唔喺叫,女美唔喺貌,我系老狗嫩猫,自食自知,与你这家乡话都呃晒嘅人,有乜计关系。

二弟回北美后,凌九发自知连同自己在一起,凌家人亏欠了丑丑,心里惶惶不安,每月加倍给丑丑生活费,梧州老家养大她的寡妇姑母,也帮助老人起了三层楼房子,买了养老保险。原本以为身为系命于天的客家人,东南西北,在世去世,由不得自己,他看中的是丑丑的人品,也许命中两人就是一对槟榔,该要嚼在一张嘴里,日子也就这样了,哪知道,吊菜吐蒂,楮果灌浆,丑丑就怀上了。

丑丑是两年前怀上的,那个月,突然就没来红,去医院一验尿,阳性。丑丑急得脸都绿了,立刻挂号,要把孩子做掉。凌九发拦住,让另外换号做全基因筛查,孩子要是健康,就生下来。丑丑死活不肯,说讲好了,俚捞汝只系相好,冇讲生细蚊仔,我生唔落嚟。凌九发说,冇讲生细蚊仔,唔等于唔生仔,隔壁邻舍唔只我生,带福养七个仔,三个仔连阿妈都冇见过,还不是生了?丑丑讲,我俩冇法律关系,生下就系犯法小孩。凌九发浑跺脚,说,犯就犯了,犯了我哋用大王救佢,净系拎上钱去派出所上户口,只要唔系假钱,唔好讲JQKA拦不住,四把呆脸嘅小2也拦不住。

孩子生下来,是个男仔,凌九发高兴坏了,拢在怀里不知道怎么疼才好,这次留了心,笃定要瞒住北美那边,不把孩子的事情说出去。哪知孩子一岁多时,凌家人还是知道了,原来是罗娣做长舌妇,满世界传播阿九老来得仔的事,她家在北美的亲戚告诉了凌家人,凌九发的正室知道了,一蹦三尺高,扬言要带着女儿女婿回来杀人。凌九发十分紧张,怎么说,儿子和要回来拼命的女儿一样,都是自己的骨肉,不该谁来杀,丑丑替自己暖了十几年脚,他也不能由她被人欺负,但是,怎么才能阻止这一切呢?

凌九发担心丑丑母子俩,放高怕猫,放低怕狗,思前想后,一时想不出办法,索性一枪打,准备把母子俩送去澳大利亚藏匿起来,那天晚上上了床,灯一关,他就和丑丑商量,没想到一提这件事,丑丑就跳了:

"天口越冷风越紧,人越有钱心越狠,汝实系又睇中边个打工妹,要撇脱佢?"

"世上冇长工做老爷嘅,只有丫鬟做太太嘅,可惜如今规矩唔同,佢娶不了汝,汝若系死守,成世贱格。"凌九发耐心劝说,"客家人,命喺天下,汝带阿仔走,人汝替偓挨带大,买猫仔,睇猫婆,有汝做妈,偓唔惊住他唔掂人,日后佢若爱想回来,俾佢买张机票,唔爱回来,天下都系佢嘅,唔使勉强佢。"

"汝净系汝阿仔汝阿仔,偓呢,偓汝量边安排?"丑丑眼窝浅,抹着泪讲么个也不肯走。

"汝嘅生活,汝自己决定,爱耐唔闲,重头搵一个男人也做得。"凌九发心里难受,换了吓唬的口吻,"跟久嘅女子唔中留,留来留去留成仇,趁今下还有一份夫妻情,再留下去,乜嘢都唔剩。"

"偓走开,汝量边办,乜人来照顾汝?"丑丑十五十六拿不定主意,背过身,跄起屁股往凌九发怀里钻,让他从后面把她抱紧。

"都说子卖爷田心唔疼,偓系守祖宗,走唔脱了。"凌九发火烧旗杆,好长一声叹,"汝定晒,偓系老蟹壳,寿星公吊颈,嫌命长,汝唔使管偓。"

"担竿也曾做过笋,偓忘唔了汝样般同偓相好嘅,离开汝,偓怕偓做唔掂女人。"

"汝系大眼乞儿,蒙着意口,糊涂!"凌九发急生气,话讲得顶心顶肺,"汝唔想想,再长嘅工夫长唔过命,等偓老了,守唔住老屋了,汝打发阿仔回来替偓,偓也甩身第日自由日子,要系偓老婆对偓唔好,偓走咸水去搵汝。"

"嗰时?满面乌蝇屎,汝怕认唔出偓。"一听男人说要去找她的话,丑丑抹一把泪,反倒笑了。

"乌蝇都系肉,乌蝇都系肉啊!"

凌九发那么叹着气一说，两个人不再说话，丑丑赌气不理凌九发，把他捉住她胸口的手掰开，凌九发再按住，她就不再掰他，任他捉住。那一夜，也就这么过了。

关于丑丑要不要带着儿子走的事情，两个人扯了几天皮。凌九发也舍不得女人，这个时候就知道越爽时越痛，可他是长结实了的地皮菜，命中定了生死，衰到贴地也不肯承认风雨侵骨，一咬牙，打死狗讲价，不再与女人商量，联系了中介，办理母子俩移民澳大利亚的手续。钱一交，事情快脆搞掂，连同入籍需办的产业，不到三个月就办下来了。

眼见日头当午，丑丑炖上了水鸭，进屋来陪凌九发饮茶。两个人也不提明天的事，只说了些带阿仔落地后要办理的事情，无非去银行开户头，购买医疗保险，去语言学校学习，考驾照，因为是投资移民，不必工作，TFN暂时不用办。两人说了一会儿话，茶也饮出了汗，丑丑就去收拾午饭。

当天晚上，凌九发早早上床，丑丑哄睡了孩子，过来陪他，两个人躺在稀疏的月光里，凌九发一句一句叮嘱女人：

"精人出口，阿茂出手，汝唔系精乖人，少讲话，多望事。"

"知道了。"

"亲生仔唔如近身钱，汝把钱管好，莫宠阿仔，让佢多吃滴苦头，冇坏事。"

"知得矣。"

"土帮土成墙,水帮水成浪,人帮人成王,遇到事干唔好急,搵搵客家商会,天下客家一家人。"

女人这回不再回答,搭只胳膊过来,脸埋进凌九发怀里。凌九发伸手一摸,摸得一手湿,知道她哭了。常言道,偷风莫偷雨,凌九发知道,这个时候,两个人不该再亲热,那是伤心伤骨的债,千年也还不清,他偏偏认不下这口心气,翻身骑到丑丑身上。丑丑满脸糊着泪水,扭动几下身子,突然就笑了,说跷屎啊睇汝得意,都几大年纪了,老冇正经嘅猴哥。凌九发不理睬,停下疯狂啣啣气,然后继续疯,继续疯,横了心要把自己疯死。

第二天,丑丑特地起了个大早,朝饭做了咸鱼鸡粒煲吊菜,一碟油淋烧鹅,一碟渍芋荷,凌家平常的饮食,只是,她特地烫了两只九钱杯,倒了两杯仔蒸酒,端到凌九发面前,也无话,陪他默默地喝了一杯。

吃过朝饭,头一天订的双牌照过港车到了门口,夫妻俩抱着儿子上车,车过皇岗口岸,径直噶到新界赤鱲角机场。办好登机牌,托运了行李,按昨夜叮嘱过的事项,凌九发再一一叮嘱过丑丑,抱过儿子亲了几口,把儿子交回到丑丑怀中,再要去抱丑丑,女人嘴唇白哂哂的没有一点血色,人往后面撤了一步,不让他抱。凌九发想,就这样吧,就这样吧,便向女人挹手,示意她过档去。丑丑哭着扭头进了过档的队列。凌九发抓心抓肺一步一挨在旁边跟着队伍往前走,眼睁睁看着母子俩互相抓着手,在蛇一样的人群中蠕动,终于消失在海关通道后面。

都说长兄弟,短爹娘,长夫妻,短儿女,在凌九发的日子里,除了漫长的孤独寂寞,一切都短得不像样,连同祖宗,连同血缘宗亲,没有一样长到让人相信。他看不懂流水的岁月,其实不是看不懂,只是那些叫爹娘兄弟的,叫夫妻儿女的,他们出生时,落在祖宗养熟的土地上,在这片土地上长大,再从这片土地出走,从此再也不曾回来,这片土地上别的老旧生命,即便留下暂时没有走,绿卡呀,国籍呀,也早换掂了,无非在等待时机,终归会在自家祖宗坟头上祈福,进别家宗祠里还愿。

凌九发站在那里,懵懂着双眼,看面前排着长队等待被一条条通道吞噬掉的人群,那些通道通往世界各地,那里面已经没有他的亲人,没有他以为可以是亲人的人了,他就那么呆呆地站着,口中默默念出两句老旧的民谣:

虾冇姆,蛤无公,生鱼冇死日,塘虱冇出涌。①

由不得,凌九发眼泪落了下来。

---

① 虾不论雌雄都叫虾公,青蛙不论公母都叫蛤蟆,黑鱼生命力顽强,只要它活着,塘虱鱼就别想游出池塘。

在龙华跳舞的两个原则

FC下班的时候,三色工衣大军潮水般涌出厂门,气势汹汹向环形过街天桥拥来。他精神为之一振。

这是他一天当中最好的时刻。

他靠在桥上。这样视野很好。环城二路和油松路在他脚下分道扬镳。有时候他有一种幻觉,如果把两只脚分开,分得很开,要是没有留意,同时也没有定力,说不定人会从当中分开,各自跟着环城二路和油松路去很远的地方。他拿不准这个,所以一般情况下他比较注意,采取双脚环绕靠在天桥护栏上的站姿。

轰隆隆的雷鸣声由远而近。他眯缝着眼睛,看潮水般向他漫过来的三色工衣大军。他主要看红色工衣。有时候他会扫一眼蓝色或白色,如果哪个蓝色姑娘的腿比较长,或者白色小伙的个子比较高一点,他会多看几眼,然后快速收回视线。大多数时候,他看红色的POLO衫。

其实他根本看不见她。数万名红色POLO,加上数万名蓝色POLO,再加上数万名白色POLO,他们几乎在同一时刻拥出厂门,一部分沿环城二路两端散去,一部分跨上过街天桥。纷乱的脚步声轰然作响,气温立刻上升了好几度。每一次,他的眼睛都会被色彩夸饰的三色工衣刺激得受不了,人被反复淹没在三色工衣的潮水中,因为窒息,咽喉隐隐作痛。

他像一块不起眼却执拗的礁石,每一次都站在同样的地方。他两只脚环绕着,一只胳膊从扶手上绕下去,抓住冰冷的栅栏,这样就不会被冲离原地。

和往常一样,这一次也是她先看见他。她挤出人群朝他跑来,脸上带着虚荣满足后的潮红。姐妹们哄笑。她转身冲她们扮鬼脸,吐唾沫。有过两次,他要她别吐唾沫,这样不文明。其实他不在乎这个。他看到她,心里的石头就放下了,重新有了呼吸。

"录了没有?"她从胸前的褡袢上摘下工牌,问他。

"日他个先人板板,老子今天被周豁皮整惨了……"前面一个男白色说。

"没有。"他替她抵挡着人流的冲击,把她拉到身前,护着她,"快了。但今天没有。"

"还是计划生育证明的事?"她说。

"我弟弟遭勾了,是板材的一个狐狸精。晚上你们帮我扎场子,把钱要回来……"身后一个女红色说。

"嗯。"他说,挥手赶开飘来的烟。身边有好几支贪婪的香烟。

"烂货,娃儿都几岁了,还想母牛吃嫩草……"身后的女蓝色说。

"王大洪,王大洪,八点半到广场,今天教新舞……"有人在人群中高声喊。

她又问了一句什么,话被淹没掉。他们不再说话。说也听不见。他牵着她的手,不让她被挤开。他们被人群裹挟着,下了天桥,再挤过人群,回家。他的黑色T恤在铺天盖地的三色工衣中显得很孤独。

回到共和新村的家,她先洗澡。他们没有安热水器。谁知道会不会在龙华干下去。他为她提来热水。她冲进阳台改建的卫生间后,他把门掩上,靠在同样用阳台隔出的狭小厨房里,点着香烟,听卫生间里传来的水声。

刚搬来时,他们从楼上她同流水线的工友吴元琴那里提水。后来吴元琴的男朋友朱先勇说,热水器负荷过大,坏了,他们就换了楼下他的同乡老石。每天两桶热水,30厘米的桶,每个月给老石十元钱热水费。给钱的主意是她出的,不然老石的热水器也有可能负荷过大。她还提出两人一起洗,这样能节约水。这个办法行不通。他宁可洗冷水。不是0.88平方米的卫生间里无论如何容不下两个人,是她太瘦。

他不愿意看她的身体。不忍心。每次看到她瘦骨嶙峋的身体,他心里就难过,胃里一阵痉挛。

"别拖了,回去补个计划生育证明。不然一辈子揾不上工。"她在卫生间里说。

"昨天就没有要证明。前天也没要。"他说。他不想离开她,一天也不想,"昨天和前天只招普工。不然我已经打上卡了。"

"听他们说,最近管理工需求量不大。"她从卫生间里露出脑袋,浴帽往下滴着水珠,"其实不一定非在FC。好多电子厂都缺工,你去肯定抢手。"

他不接她的话,脸色阴郁,把烟圈吐出封闭的栅栏外。

"和你商量件事。"水声停了一会儿,她说。

"你说。"他说。

"小珍她们去龙华广场跳舞了。"她说。

"去就去。"他说。

"我也想去。"她说。

"不行。"他说。

"不像你想的那样。"她说。

"我没想。你怎么知道我想了。"他说。

"我不能一天到晚待在家里。大家都跳。"她说。

"你怎么待在家里了?是我。"他说。

"你真的可以到别的厂找工。你这样是给自己为难,给我为难。"她终于说出这句话了。

他不想和她讨论这个问题。他辞职是为她,她要不明白,就是不讲道理了。倒不是名声问题,普工底薪太低,他不能接受。他在原来的厂是管理工,他想考FC的新干,组长不行,最差应该是线长。如果他们要结婚,他就得挣钱,不能靠她挣。全是因为她,他才辞了工,从观澜跑到龙华来。她怎么会这样想?

他没有回答她。卫生间里水声又响起来。很快她洗完了。

他把干净衣裳抱来,隔门递给她。她脱下的红色POLO,他几把给搓了,晾到栅栏前。

她从卫生间里出来,头发湿漉漉的。她的脸蛋红得好看,衣裳也合身——如果不考虑她瘦骨嶙峋的身体的话。

晚饭是炒河粉。他用咸肉炒的。过年从家里带回的咸肉和口蘑,他一般留给她。他想给她好好补一补。

吃过饭,他还是答应带她去龙华广场看跳舞。时间还早,他还是心疼她,不想她不开心。但是,她不能跳,这是原则。

她依然很高兴,换了一件出门才穿的蕾丝套头衫,兴奋地挽着他的胳膊。出门时,她叫了楼上的吴元琴和朱先勇。下了楼,她一个劲拉着他往前快走。

天黑以后,那群人在龙华广场集中。有人拖来功放,调试了一会儿,功放正式响起来。一个高个子男青年拍着手,走到领舞者的位置。几个男女骨干自动站到第一排。他们跳起来。

人越来越多。差不多有上千人。全是附近厂里的青工。他们在音乐中认真地跳,动作整齐划一。不知道附近驻港部队的军人看了会怎么样。也许他们不看,他们要做俯卧撑。也有人不跳,在广场灯光外的黑暗草地上静静地搂抱着。广场很大。广场外更大。

她投入地看广场中央的领舞者,脸上带着羡慕的神色。有一阵她的胳膊在他的胳膊肘中发硬,轻轻颤抖。

他从高个子领舞者身上收回视线,不满意地看她,再看她的脚。她穿着他给她买的紫色镶金边坡跟鞋,脚指头像一簇秀气的蒜头,带花袢的鞋跟着功放的旋律轻轻颠动。他忍了又忍,还是没忍住。

"什么意思?"他说。

"怎么啦?"她说。

"我已经说了。"他说。

"我又没做什么。"她说。

"颠脚干什么?你那算什么?"他说。

"我很累,你能不能让我放松一点?"她说。

"不要找不愉快。"他说。

"是你找。"她说。

"回家。"他说。

他推开人群往外走,离开广场。有两个穿着滚轴鞋的男青年一脸兴奋地谈论着刚从电讯店里买的新手机,从他面前一掠而过。

她在原地站了一会儿,闷闷不乐地挤出人群,跟上他。

他在马路边等着她,把手伸给她。她先没接他的手,后来接了,任他牵着。他们过马路。

"想不想吃点东西?我带你去美食街。"他问她。

她摇头。

"要不,给你买两只烤生蚝?生蚝补人。"他说。

她摇头。

"说话。"他有点生气。

"说什么嘛。"她说。

"不要赌气,没意思。"他说。

"我没赌气。"她说。

"还说。"他说。

她把头埋下,过一会儿靠过来,腮帮子依上他的肩膀,手指在他手心里轻轻挠了一下。他放松了。

回到家,他们看电视。江苏卫视的《非诚勿扰》。她喜欢《非诚勿扰》,《为爱向前冲》她也喜欢。他想和她说说他考工的事,看有没有别的办法。她看得津津有味,他就放弃了。

电视机是他从观澜带过来的。房子也是他租下的。那个时候他的条件多好啊,吃中层干部食堂,中秋节发月饼,甚至还添置了一部助动车。有什么办法,她在观澜找不到工作,总不能让她一个人在龙华冒险吧?

但他不喜欢她为男嘉宾着急的样子。等第三个男嘉宾出局以后,他关掉电视,要她早点睡。明天还要上班,她累不起。

她没犟,上床睡了。他把明天早上为她准备的一个肉包子、一袋豆浆放进锅里,把晾在栅栏前的红色POLO收进来,用电吹风一点一点烤干,叠好,放在她的仔裤边。她的旅游鞋也烤了一下。这一切都做完,他去冲了个凉,灯关上,这才钻进被窝。

她在那里等着他。她知道他会干什么。她从来不说不，总是依他。她和他在一起不容易。她是和家里决裂才跟了他的。她不能怪家里。他谈过七个，有两个都要结婚了，结果还是吹了，闹得人财两失。有一次他从厂里揣了一把刮刀出来。还有一次他决定结束掉自己。她拿定主意嫁给他，不管家里怎么反对。他都二十八了，她就是六亲不认也要嫁给他，就是死也要嫁给他。她不会对他说不。

他在被窝里搂住她。小心翼翼。每一次，他都害怕她会碎掉。这是有可能的。她是有可能碎掉的。人们喜欢形容一个柔弱的人，风都能吹倒。她就是风能吹倒的那个人。

在原来那个厂，他去人事部领新分来的工人。来来往往的保安和电车工和他打招呼。他看见警戒线外站着几个女孩子，没录上的，脸上带着茫然，她也在其中。保安驱赶她们离开。她们笑着跑过鼓风机。她被阻止在鼓风机前，像夏天水塘边的泽芹，摇晃了两下，无助地坐在地上，站起来，又跌坐下去。她的短发碎裂开，无助地贴在脸上。他的心抽着疼。他撇下新员工朝她跑过去。他就是在那个时候一下子爱上了她。

"睡吧，我抱着你。"他说。

"嗯。"她说。她就乖乖地睡了。

马路对面的广场传来功放的声音。龙华到处都在跳舞，共和新村、瓦窑排、水斗村、清湖村，凡是有空地的地方，必定有男女青工聚集。

"13跳"之后，警察查封了几个稍大点的广场，不让跳了。警察说,什么时候你们不跳楼了,就让你们跳舞。政府很快干预下来,又让跳了。果然,以后好一段时间没有再发生跳楼的事。

下午五点以后,他去了环形过街天桥。环城二路和油松路还在那里。一长列柜式货车驶出FC厂西门,从桥下通过,驶向罗湖方向,从那里去香港,再装船去更远的地方。

桥上有一个长发男青年,穿着红色的POLO衫,扒在西边天桥的护栏上,百无聊赖地冲天桥下吐唾沫。要是吐到驶过去的货柜车上,长发男青年就乐,呵呵地一个人笑。驶过去的货柜车没完没了,他总能吐到,这样他就乐个不停。

一群提着行李和塑料桶的乡下青年一脸兴奋地从西边桥上过去。另一队提着行李和塑料桶的乡下青年满是疲倦地从东边天桥上过来。

桥上走光后,长发男青年看见了他。他懒散地靠在正对工厂大门的南桥上。长发男青年看了他几眼,过来了。

"等老婆?"长发男青年说。

"嗯。"他犹豫了一下。

"我也是。"长发男青年咧开嘴冲他笑。

他不想理对方。吐唾沫算什么,FC一天出几百辆货柜车,瞎子也能吐上。有本事往下跳,砸货柜车,嘭一声,那才有品质。

他也不喜欢对方的穿着,明显揩老婆的油。女人穿红色可以,男人穿算什么?他最讨厌穿红色POLO衫的男人。有本事褡祥上吊自己的工牌。

他朝长发男青年胸前看了一眼。长发男青年没有摘工牌,也看不出胸肌,老婆的工衣穿在身上倒是很合适。

"还有两天就出粮了。科技园的取款机又要经历一次严峻考验。"长发男青年知己地说。

出粮有什么,他不在乎。他都坚持这么长时间了。他和别人不一样,靠当月出粮过生活。他不。他还有些积蓄,无非节省一点,不乱花钱,两个月他也拖得起。

他从不去发廊,不频繁换手机,仔裤和旅游鞋是两年前添置的,他坚持得住。

"你和你那口子也不住在科技园吧?"长发男青年继续搭讪,"有老婆的人住在园里不方便。"

他当然知道。FC有让联合国难民署羡慕的单工宿舍集群,宿舍里有空调、电视和洗衣机。但他不愿意她住在宿舍里。他听说过女工宿舍里如何混乱的事。他还听说过一个女工死在宿舍里,两天之后才被人发现的事。他不会让她那样。他要知道她每分钟的呼吸频率。

她只是员工一级,没有住房补贴。他认了,三百五十元一个月的房租他掏得起。掏不起他也掏,卖血也掏。

"李明波的女朋友被人勾走了。操作线上一个贵州娃干的。"长发男青年说,"李明波是我老乡。所以我才来接我老婆。以前我才不接。你是哪里人?"

"你说什么?"他收回视线,扭过脸问。

"我问你是哪里人。李明波和我是一个垸子的。你不会是我们汉川老乡吧?"长发男青年开心地说。

"我问前面那句话。"他盯着对方那张挂满脏兮兮头发的脸。

"什么?"长发男青年困惑地看他,不明白他说什么。

他们没有再说什么。长发男青年百无聊赖地离开这边,回到西边的天桥上,扒在扶栏上到处看,也没有再冲天桥下吐唾沫,虽然货柜车络绎不绝。

他就是不放心这个。她是他谈的第八个,够了。总要有个结果。总要有一个结果吧?几十万员工的FC,减去一半女工,剩下的一半全是潜在的危险。他不能把她藏起来。他不知道该拿她怎么办。谁都能搞定她。风都能搞定她。

他读中专那年,镇上有十二个未嫁女。第二年剩七个。第三年,等他读完中专回到镇上,只剩下三个未嫁的,都跑到珠三角打工来了。

他暗恋其中一个。他读书的时候,她向他送过秋波,还约过他。他不能等镇上其他的未嫁女长大,等不起。他追到顺德,再追到东莞,最后追到宝安。宝安是个好地方,全中国的励志青年都云集此地,但她不向他送秋波了。眼神迷乱，心思不集中，她不知道送给谁。也许送给谁都可以，也许送给谁都不对。她让他离她远一点，别缠着她。

他痛苦了一阵，振作起来。他看出来，宝安不光是全中国有为青年的蓄水池，也是全中国清纯女孩的花园。他以为他如鱼入水，总有收获。可是，快十年了，他还是独身一人，直到遇到她。

九点过后，她才从厂里出来。他没有离开，被三色工衣淹没了两次之后，他仍然站在天桥上。她没有分开人群跑向他，他就等在老地方。礁石等着浪花。

很快解释清楚，是加班，因为这个她才下班晚了。他心里还是不舒服，之前脑子里胡思乱想的念头，需要很长时间才能降解，这个他知道。所以，他没有告诉她长发青年的事，那个喜欢往天桥下吐口水的汉川佬。

她没有提出去龙华广场看跳舞。去也只能赶上尾子，没有必要。

晚饭他为她做了合蒸，咸肉和咸鱼，外加一盆粉丝白菜，煎了虾酱。她必须多吃一点，加强营养，这样她才能够尽快结实起来。

她很累，没有胃口，但吃得很开心。她把鱼肚子上那块没有刺的夹给他。他再夹回给她，肉夹烂，埋进饭里。他让她告诉他今天她经历的事情，详细地告诉。她急着给他讲她打听到的情况。FC最近的确只招普工。是安环课一个台干告诉她的。她的意思是，他可以先去别的厂。他出来快十年了,干过的工种数不清,到哪个厂都抢手。等FC招管理工了,他再过来。

台干是FC自己的人,台干的话比较可信。他在FC见工半个月,事实证明了这一点。但他不会去别的厂。他就是要进FC,别的厂给个中管他都不去。

"你这样给我很大的压力。"她停下来,不吃了。

"是我有压力。我说了不要你挣钱。你只挣一部分就行了。一小部分。"他说。

"究竟为什么?"她说。

"你还问。"他说。

"你这样让人受不了。我都受不了了。"她说。

"再吃几口。瘦的不腻。"他剥下一块咸肉,把瘦的部分夹到她碗里。

"求你了,你到底想干什么?"她快哭了。

"你还不明白?"他说。

"你不要老想着监视我,好不好?"她急了。

"什么意思?你什么意思?"他说。

"我那是正常说话。不可能我不说话吧?我说了什么?"她说。

"你自己清楚。"他说。

"我不清楚。我都让你和张国奇对质了。对出什么了?"她说。

没对出什么。他那样做很傻,当众出丑。一大群红色POLO衫,还有蓝色和白色POLO衫,胸前或胳膊上一律吊着FC的工牌,他们站在那里,站在受到中伤的一脸委屈的张国奇的身后,那种眼光真是可以杀人。

但他不甘心。要是这样,台干又是怎么回事?台干比其他人更不要脸,他们以为自己是珠三角的拓荒者,高人一等。被台干迷惑的人还少吗?那些血汗工厂里究竟在发生着什么?

他想知道台海战争什么时候打,福建需不需要支前民工。

他看她的手机。她的手机安静地放在床头。今天好像一声都没有响,连信息声都没有,这不正常。要是这样,她要手机干什么?他已经不在观澜了,和她在一起了,她可以用他的手机给家里打电话,用不着有一个手机。

她哭了,嘤嘤地,哭一会儿撑不住,从放着菜盆的凳子边退开,窝到床上,把枕头抱起来哭。她身子弱,累不起。还有,他规定,她可以哭,但声音不能太大。出租屋一砖的墙,不隔音。好在房间不大,只有30平方米,她能够做到。

她是哭着睡着的,衣裳没脱,人窝在床头,怀里抱着枕头,像一只没见过世面因而害羞的麻雀。他坐在那里,听着广场上那台功放突然停下来,什么声音也没有了。他想他们散了,回去睡觉了。只是她在梦里还在抽搭,委屈得要命。

他站起来,把凉了的饭菜收进厨房。他在那里站了一会儿,抬手抽了自己一耳光,又抽了一下。他的脸火辣辣地疼。他想,够了没有?他那么想了,把脑袋抵在墙上。那里有一片污浊的水渍。他用力在水渍上撞了两次。

有一阵,他满眼冒金花,过了一会儿好多了,眼眶里的泪水一点点收去。

他把她的红色工衣洗了,用力拧干,用吹风机一点一点吹去水分。他解开衣扣,把还有一点潮气的工衣贴在胸膛上,靠在栅栏前。他看马路对面空无一人的广场,灯光下,那八匹欢快的马儿老也不肯放下撅起的蹄子,好像它们很眷恋这个地方,要是放下蹄子就收不住,它们就必须离开这里似的。

楼上吴元琴气恼地喊了一声,然后是朱先勇小声的说话声,好像是在赔罪。楼下有什么东西跳动的声音,然后是孩子咯咯笑着到处跑动,是老石那个捣蛋的儿子。

他把烘干的工衣从怀里取出来,叠好,回到屋里,把工衣放在她的仔裤旁。他拿起她的仔裤闻了闻。他决定明天把她的仔裤洗了。

他上了床,平着身子躺下。她捧着自己的脸,不知道是不是做了什么不愉快的梦,鼻息短促,频率不稳定。他慢慢转过身,面向她,在黑暗中看了她一会儿,伸手为她脱衣裳。

她动弹了一下,睁开眼睛,看清楚是他,放心了,闭上眼又睡。他把她搂住,一点点搂进怀里。他的手指在她的背上,瘦削的背,比山峰尖锐的背。他知道那里有一块伤疤。是她六岁时和弟弟争一只鸡蛋,她父亲朝她掷出一支燃烧的青冈木,它灼伤了她。

她在梦中抽搭了一下。他停下来,憋住气,一动也不敢动。她没有破碎,至少这一次,她没有。他想她都做了一些什么呀!他有些发抖,比她更委屈。而且,他心里涌出对她无限的疼怜和温情,怎么堵都堵不住。

她是他在这个世界上唯一的牵挂,是他的家。如果他能寿终正寝,他要和她在一起;如果不能,他要为她去死。他就是这么想的。

他瞪大眼睛,一动不动地搂着在梦中啜泣的她,一遍一遍在心里想着,直到晨光渐渐涌入屋内。

下午快六点的时候,过街天桥上的人流开始多了。上班的三色工衣大军进厂后,天桥上空了一段时间。他看见了那个小个子青年。

小个子穿一套李宁牌运动衣,背着一个巨大的挎包,手里拿一只木架。这个其实没什么。进厂的人数以万计,他得抓紧天桥护栏才不至于被踩成粉尘。他转过身,背对着过桥的人流,他就是这样看到那个小个子的。

小个子在天桥下,就在他脚下。小个子在马路边蹲着,从巨大的挎包里拽呀拽,拽住一堆橘红色的东西,摊了一地。然后小个子撅着屁股在那儿往橘红色东西里打气。橘红色的东西慢慢胀开,鼓起来。原来是一个安全气垫。

小个子把气垫充足气,从挎包里掏出一团红布,抻开,绑在木架上。小个子走到马路上。上下班高峰期,来往车流很大,它们不耐烦地响着喇叭。小个子不慌不忙,看也不看顶上鼻子的车流,把绑着红布的木架支在马路上。

他不明白小个子要干什么。他看清楚了红布上写的字。"施工重地,车辆绕行"。红布上就是这么写的。他看见小个子退回人行道,拖着气垫往马路上走。一个人,有些吃力,但他也做到了。

小个子把气垫放在红布架子前,退后两步,打量了一下距离,重新移动了一下气垫,再度退出马路,从地上拿起空了的挎包,背上,朝天桥上走来。

上班的三色工衣早就走光了,还有五分钟,也许还有八分钟,下班的三色工衣大潮就会从另一边涌来。

天桥上没有人,只有他和小个子。他看见小个子低着脑袋,往一只胳膊上绑扎着什么,样子很认真。也许感觉到有人在看,小个子抬头看了一眼。两个人的目光撞到一起。小个子很快低下头,继续绑扎,然后在挎包里掏着什么。他闻到一股汽油味。

FC下班了。三色工衣大军潮水般涌出巨大的厂门,气势汹汹朝天桥拥来。上万名红色POLO,加上万名蓝色POLO,再加上万名白色POLO,他们几乎在同一时刻拥出厂门,一部分拥往环城二路和油松路,一部分跨上过街天桥。纷乱的脚步声隆隆作响,气温立刻上升了好几度。他被淹没在三色工衣的潮水中,因为窒息,咽喉隐隐作痛。

他还是觉得有什么不对劲。他转过身,这样环绕着的两只脚就有些松开,抓住冰冷栅栏的手也有些松动。他看见了那个小个子。

小个子出现在南边天桥上,他爬上护栏,面向FC大门,摇摇晃晃地站住,这样不但他,别人也能够看见他了。

小个子手里握着一只简易的扩音装置,冲着扩音装置喊了一句什么。他的声音被三色工衣大军制造出的巨大声音淹没掉,嗡嗡的。他看见小个子低下头摆弄了一下扩音装置,重新送回嘴边。

"孙爱芳……"小个子冲着简易扩音装置喊。

这一次,他听见了。附近的一些三色工衣们也听见了。也许更多的三色工衣没听见,他们正忙着说话,或者惦记着赶紧回家。也许更远一些地方的三色工衣没听见,比如沿着环城二路分流的,还没有拥上天桥的,他们没听见。但没有什么,小个子手中的简易扩音装置发出一阵刺耳的尖啸声,接下来,他通过扩音装置喊出来的话,他们应该都能听见。

"孙爱芳,孙爱芳,我知道你在。我知道你在这里,在他们中间。"小个子喊。

湍急的人流打了个结。有人驻下脚。更多的人驻下脚。他们扭过头,或者不用扭头,看摇晃着站在南边天桥护栏上的小个子。有两名治安协管员拼命朝这边挤。天桥上顷刻间爆满,他被膨胀的人流压在护栏上,喘不过气,他的肋骨被人撞疼了,一只鞋也快脱离脚。

"孙爱芳,我只想对你说一句话。你不要不耐烦,我只说一句,从此以后你就解脱了。"小个子对着扩音装置喊,"我爱你,孙爱芳,做鬼我也爱你!"

人们开始有了呼应,鼓掌、吹口哨、吆喝着起哄。有人在努力拉开圈子,为小个子撑出一个舞台。他被退过来的人群压在护栏上。他呼吸困难。他已经坚持不住了。礁石要被冲垮了。

接下来的事情谁也没有想到。一团火苗冒出来。是小个子。他举着顷刻之间燃成火炬的拳头。他把它高高地举在头顶。他那张扭曲的脸在飘摇的火光中显得有些不真实。他朝人山人海的三色工衣中茫然地看了一眼,举着火炬纵身跃下天桥。

人们发出一声喊。浪头突然退回去。他被解放出来,喘着气拼命咳嗽。有人朝马路上大叫。那里刹车声响起一片。

他不是第一个跑下桥的。他在桥上摔了好几个跟头,手掌被划破了。他其实一点忙也帮不上。马路被截断了,治安协管员朝人们喊叫着,他根本挤不进人群。他觉得他应该去那里。他和他是一路人,只是方向不同,但他应该去。

谁也没有留意马路上的安全气垫是什么时候被搬开的。小个子直接摔在水泥地上,一辆来自油松路方向的载重车把他撞得飞起来,再从他身上碾过。空气中弥漫着强烈的汽油味,但火肯定是没有了。

这一次，他看见了她。是他先看见她的。天那么黑，他却从三色工衣中一眼就认出了她。

她也看见了他。她离开她那些流水线上的姐妹，朝他走来。不是跑，是走。

他朝她微笑。本来笑不出来，但他认为应该笑一下。他觉得自己有理由朝她微笑。不管怎么说，他还在，站在南桥上。汽油味和火焰都消失了，他还在。他没有注意到，她的脸色不好，比平时更苍白。

他握住她的手，紧紧握住，为这个他有些粗鲁地挡住了一群朝他们拥过来的三色工衣。

"出了什么事？"她朝天桥下闪着顶灯的110警车看了一眼。

"没什么。"他说。小个子已经不在了，已经被先前离开的120急救车带走了。他打算以后再告诉她这件事。她胆子小，他不想吓住她。

她不再问什么。这和平常不一样。他感觉到她的手心里一点汗也没有，它在他的手掌里软弱无力。她累了，他心疼地想。

他们回到共和新村。他们一路上都没有说话。她也没有朝马路对面的广场看。这个时间有点长。走到村楼下的时候，他忍不住把事情告诉了她。

"我录上了。上午就录了。"他说。

她站下来，借着马路边微弱的路灯看他。

"是普工。但没什么。就普工吧。"他说，咽下一口唾沫。

她还在看他。她的半边脸在路灯的阴影里,看不清。

"我问过,三年晋升一次。我会比别人快。我有把握。"他自负地说。他不用汽油,不用点燃,不用纵身一跃,照样能够做到。他的确和小个子的方向不同。他就是要和小个子的方向不同。他觉得他要谢谢小个子。他应该谢谢他。

她没有说话,用一种奇怪的目光看着他。

他想,没事的,他们终于在一起了。她会很快摆脱掉伤感,他发誓他会做到。他们两个加起来能挣三千多,如果尽可能地加班,能超过四千,够了。只要他们在一起,什么苦他都不怕,他能挣更多的,他会这么做。

"你怎么了?"他还是觉得有什么事情不对。他有些心神不宁,觉得附近什么地方还有汽油味。

"没什么。"她说,扭头往楼里走。

他有点儿心慌。不会出什么事了吧?不会是台干的事吧?这么一想,他怒火中烧,赶上两步,追上她。

"到底怎么了,你说。"他说。

她不回答他,径直上楼。老石在炒菜,问他们昨天怎么没来提水。他没有理老石。他觉得热水不重要。他觉得昨天也不重要。他觉得除了她,什么都不重要。

回到家,她才给他说,到底发生了什么。她把门关上,关好。他要求过,注意影响。一砖厚的墙,他们要注意影响。她告诉他的事情其实不是他想的那样。没有什么台干的事,没有。她只是辞工了。如果还需要说明的话,她是今天上午辞的工。自退,当月薪水自动放弃。

"为什么?"他说,怎么都没有明白过来。

"你去哪个厂,我就跟你去哪个厂。我就是这么想的。"她说,哽咽了一下,身子发软。

"为什么?为什么要这样做?"他还是不明白。

"那你要我怎么办?"她朝他喊,"你知不知道,我害怕下班,害怕上天桥。每次上天桥,看着你靠在那儿,扒着护栏,被人群淹没掉,又淹没掉,我怎么都看不见你,我就觉得呼吸不过来,我就想死!你要我怎么办?"

他愣在那儿,呆呆地看着她。现在他明白过来,为什么这一次她没有向他跑过来,而是走向他。她的脸色本来就不好,但今天尤其糟糕。她把自己辞了,事情就是这样。

他们都不说话。屋里一点声音都没有,天在渐渐黑下来,直到马路对面的龙华广场上响起功放的声音。

她起身去拿外套。先拿了一件,丢开,又拿了一件。

"你去哪儿?"他问。

"广场。"她说。

"干什么?"他说。

"跳舞。"她说,低头找鞋子,他给她买的坡跟鞋。

"不行。"他说,觉得自己很无力。

"我要去。"这一次她没有妥协。

"站住。"他说。

她已经走到门口了。他追上去拉住她。屋子很小,这很容易。她用力甩动胳膊,想甩开他,但没有做到。

"放开我。"她说。

"不许去。"他放开了她。

"偏要去。"她去开门。

他不想那么做,不想她破碎掉,就算什么结果也没有,他也认了,但他必须阻止她。

"你给我听好,我只说一遍。"他把手举起来,像是要阻止那道门,然后他想到那只举起来的火炬,又气咻咻地放下,"我只说一遍。关于去广场跳舞,有两个原则。"

"你说。"她盯着他,身子轻轻地颤抖。

"第一,不许把衣裳最上面的那颗扣子敞开,不要露出你的脖子。"他说,"还有,以后上下班,不要和白色工衣走在一起。蓝色的也不要。"

"就这两个?"她说。

"一个。我说了,这是第一。我刚才说的。"他说。

"扣子是第一,白色工衣和蓝色工衣是第二。"她说。

"不要犟嘴。你总是和我犟嘴,我不喜欢这样。"他说。

"那你说清楚。"她说。

"我已经说清楚了。我现在就在说清楚。"他感到三色工衣大军向他拥来。礁石在发出断裂的声音。她还在犟。她想干什么?"不要打断我的话。"

"好吧。"她脸色苍白,靠在门上。她只想离开。她快坚持不住了。

第二个是什么呢,他问自己。他不是问自己。他什么都清楚。没有什么他不清楚。问题是,怎么是两个原则呢?还有,谁允许过他有原则?他悲伤地想。他真的不知道该说什么好。

外面传来音乐的声音。是《走进新时代》。那些人又在跳舞了。高个子领舞者。站到第一排的骨干男女。他和她都知道,接下来会是《复兴之路》。

他站在门口,她靠在门上,他们谁也没有说什么。他们什么都明白。

簕杜鹃气味的猫

罗限量站在雨林溪谷的小河旁,看刘朕拎着尼康5000型相机从小路那头走来。年轻人起床以后没有来得及洗脸,脸色晦暗,头发高高的翘一绺朝天,像一只输了架的雏公鸡。

罗限量等着刘朕走近,借这个机会,他扭头往雨林溪谷南边看。他猜想这个时候有多少人正从地铁二号线和四号线站口拥出,去市政大厅办理他们需要办理的手续,比如凭着高等教育部承认的海外学历学位证书落下户籍,申请创业促进基金,或者从这座城市转走辛辛苦苦积攒下的"五险一金"。再过几天,罗限量也会去市政大厅办理转迁手续。他已经决定离开深圳,去中山或者珠海看看,也许那里更适合他。

刘朕走近了,人有点喘,不是累,是生气。

"又被人掐死一只,还是丢在簕杜鹃灌木丛里,脚露在外面。"刘朕抹一把汗,"上个月一只伯曼,一只土耳其,这个月更过分,布偶,缅因,波斯,今天又是一只暹罗,六只了。"

"也许是饿死的,也许是生病。"罗限量知道刘朕在说什么。他对自己的回答并不那么肯定。公园里有很多流浪猫,其他地方更多。狗属于城市的正式居民,有养犬证,猫没有,人们还不承认它们的居民身份,等于说,它们在生存之地没有户籍,和狗是两个阶层,饿死或病死在街头,说得通。

"哪有那么风雅的猫,专找簕杜鹃花丛死。"刘朕说,"照你说,它们是某个文艺小组的成员,前仆后继死磕簕杜鹃。"

刘朕是景观设计助理,工作是拍摄公园里的代表性样本植物,做成景观评价文本,诸如植物季相变化、空间复层结构、植物韵律和植被节奏对景观的影响什么的,送到绿化管理处,让专家做进一步分析。小伙子是动物保护协会成员,说到对喵星人的了解,他本人就是专家,不用别人分析。

罗限量提防着脚下,谨慎地迈过开着小黄花的马缨丹,穿过一排高大的美丽异木棉,上了阳光疏漏的林间小路。他们离开雨林溪流,去南门椰风林景区。

他们绕过丝葵、金银木和榆叶梅,来到景区一大片簕杜鹃灌木丛前。灌木丛下有一块橘红色的雨布,罗限量弯下腰伸手去揭它。

"你最好别看。"刘朕阻止罗限量,"我检查过,杯状病毒和绦虫不敢说,肯定不是瘟热和狂犬病。我说过,和之前那几只一样,压迫性颈椎折断,是被人掐死的。"

罗限量没有听刘朕的,还是把雨布掀开了。他真不该那么做。

那是一只脸颊瘦削的短毛小家伙,看上去刚断奶不久,可能因为断气时间不长,毛色仍然光亮。小家伙两只眼睛被挖去了,烂蓝莓似的瞪着两只空眼眶,几只褐红色的剑颚蚁上下颚飞快闭合,在神经丛里忙碌着。稍远处,一条炭条似的千足虫像被篱杜鹃的味道魅惑住,正动车似的快速超过一条身体晶亮慢腾腾蠕动的蛞蝓,向这边爬来。

罗限量恶心了一下,松开雨布,站了起来。

罗限量不喜欢猫。小时候他被猫欺负过。一次是刚记事的时候,一只难看极了的怀孕的母猫吓唬他。一次是读小学五年级的时候,一只脏兮兮的贪婪的野猫抢走了同桌周思爱红着脸塞给他的半块糍粑。还有一次,是母亲撞死那天,一只猫在屋后叫了整整一夜,他没有见到它,不知道它长的什么样。

不过,把眼睛剜掉这种事,罗限量还是不能接受。他嗅到空气中一丝鱼腥草血腥的味道。

"是虐猫族干的,"刘朕气愤地说,"那个香港女人,肯定是她。"

"不要乱说,"罗限量说,"也可能是别人。也可能是别的原因。"

罗限量不再提饿死和病死的事。刘朕说得对,猫不会集体跑到篱杜鹃灌木丛里来辟谷,也没有哪种病能把眼睛病没的,剜掉猫眼的事,地球上只有一种生物能干出来。

罗限量是莲花山公园的老员工,开园时就在。那是一九九七年夏天,他十六岁,那以后,他一直待在深圳。这期间,他回过三次麻城老家,一次是处理母亲的后事,一次是处理父亲的后事,最后一次,是回去卖掉老家的房子。母亲是撞死的,父亲丢不下母亲,不到两年就追着母亲去了。

哥哥罗增量大学毕业后追随奖学金去了欧洲,十年后给弟弟打来电话,说他已经申请入籍了。"家里的事你看着处理吧,反正我不会回去了。"哥哥在电话里说。

罗限量也不打算回老家生活,回去也不会习惯。他请了假,最后回了一趟麻城,把安置区的房子卖掉,然后返回了深圳。

离开麻城的时候,罗限量在长途汽车站等着上车。几个穿制服的男人追打一个推销杜鹃花茶的少年,一个中年妇女叫骂着冲过来,手里扬着一柄铁铲。罗限量和几个乘客连忙让开。

罗限量听说一个名叫罗威廉的美国人,他写了一本书,书中说的就是他家乡的事情。那个美国人做了很多年的研究,最后得出结论,他的家乡被时代抛弃了。

在中年妇女和少年被踢得满地乱滚的时候,罗限量躲开人群,去车站的商店里买了一瓶矿泉水。矿泉水的牌子叫"八月杜鹃",是温州商人在麻城投资生产的,用的是罗限量老家龟山的泉水。小时候,罗限量和哥哥罗增量去山上玩,在漫山的杜鹃花丛中奔跑,他们玩累了,就趴在长满青苔的峭壁边喝山涧水,涧水深处,几条指肚大的大鲵在红红绿绿的石头上爬动。现在,那眼泉水装在一只塑料瓶子里,很安静,好像大鲵消失之后,泉水就睡着了。

罗限量拧开瓶盖,仰头喝了一口水,又喝了一口,听见"铮"的一声,肚子上那根脐带挣断了。他没有感到伤口有什么疼痛。他甚至觉得,他就没有在麻城生活过。不管别人说什么,他的成长是在深圳完成的,他是深圳人。

刘朕相反,他是宝安南头镇人,这一二十年,很多和刘朕一样的土著子弟移民去了北美。刘朕大学毕业后,却兴致勃勃回到深圳,城市规划专业毕业的他立志当一名伟大的景观设计师,为家乡留下点什么,比如彼得·沃克的儿童公园、P.奥多夫的巴特德里堡花园,或者仙田满的樱山之家。可是,一开始,他对偌大的莲花山公园有点发蒙,经常在六十公顷的巨大公园里走失掉,不知道去哪儿拍变叶木和希茉莉,或者美丽针葵和棕竹。园里安排罗限量带刘朕一段时间,罗限量就成了刘朕的师傅。刘朕家有七八栋房子,还有一些经营了三十多年的生意,光出租就办了一家租赁管理公司,刘朕放着家里的别墅不住,搬进罗限量住的公租房,以后熟悉了公园的植被带,不用再向罗限量请教,却养成了和罗限量泡在一起的习惯。

两个人找地方把暹罗猫埋掉,洗了手,往公园南门走。罗限量不放心挖掘机的事,去门口看看。

刘朕说的香港女人,曾向罗限量打听过公园植被的事。女人约莫三十岁,穿着极简,优雅的白话中夹杂着浓郁的港腔,说话带着复杂的平声。女人和别的游客不同,她就像对光和热有异常反应的含羞草,每次进园都敏感地避开人群高峰期。看得出,她熟悉城市的市政管理,知道该在什么时候出现在公园里。就凭这个,刘朕判断她是那种不必在公司里打卡、有大把闲暇时间、住在附近某个小区里的香港居民。

"它们会疼痛吗?"有一次,罗限量在风筝广场北边修剪桃林,女人路过桃林往山上走,她突然站下来问罗限量。

罗限量不明白地停下修剪,看着女人。罗限量还记得第一次见到女人的情形。那是某个初秋季节,天气很好,女人穿一身经典的黑白条纹图案抹胸裤装,一副脱俗的长尾玳瑁凤蝶的怜人样儿。他不确定她的嘴唇是否做过胶原蛋白注射,反正够性感的。那一刻,水枪在罗限量手中僵持住,他有一种立刻丢下蛇皮管,跑开去为她弄一只上好的番木瓜的冲动。

"你说什么?"罗限量说。

"纽约州立大学植物所的伊恩·鲍德温教授说,植物也有疼痛,它们疼痛了也会叫。"女人说,她用粤普,听上去有点别扭,但能听懂。

"哦。"罗限量说。

罗限量就给女人讲植物经,剪子切断桃树的老枝时,桃树的确有反应,是不是疼痛他说不好,总之会像人一样,有不舒服的感觉吧。不过,桃树很聪明,它们会快速分泌一种激素,把亚麻酸分解成茉莉酮酸,这样就能抑制切口的不适,快速愈合创伤。

"而且,"他说,"一会儿修剪完,我会在切口喷洒一些阿司匹林或布洛芬,这样它们就会好过一些。"

"鲍德温教授说,它们会叫出声来。它们会说,'哎哟'。"女人坚持说。

"哪有这种事,我从来没听到过。"他笑了,觉得事情被夸大了,"你说的那个教授,他也许听到的是风吹动树叶的声音,哗啦啦,就是这样。"

"但是,"女人很固执,她盯着他,"康奈尔大学的克里斯·克拉克教授亲耳听到了座头鲸唱歌,而且,它们在歌里相互调情,听上去让人不安。"

"动物可以,有声带呀。"他耐心地解释,"植物喜欢另一种方法,它们释放茉莉酮酸,就是人们说的气味,它们用气味驱赶天敌,或者引来天敌的天敌保护自己。如果遇到更厉害的伤害,比如根茎被切断,它们会释放气味更强烈的乙烯,你要正好在附近,就算没有闻到气味,也会感到不安。"

"是吗?"女人若有所思。

女人来公园的次数多了,罗限量和刘朕总能在某个植物带遇上她,就熟悉了,至少他们自己这么认为。女人每次都从南门进,背一只粉红色 Valentino 牌子的女包。刘朕回忆，那只包有时候鼓鼓囊囊，离开时就瘪了，好像她是来公园里给谁送礼物的，这种情况说不过去。

"你看离开深圳的那些人，就算败得一塌糊涂，走的时候都揣着一张银行芯片卡。"刘朕分析说，"深圳不是吝啬鬼，你见过谁大包小包地来，走的时候两手空空？"

他们在路上遇到一群糖果美人儿，嫩绿、柠檬黄、荧光粉，令人垂涎欲滴。早春的气息扑面而来，女孩子们叽叽喳喳从他们身边跑过。刘朕回头看。罗限量没有回头，他觉得，论打扮，还是女人的打扮好，像女贞的金边叶子，成熟不用张扬，精心的细节都在纹理里，这种女人才让人惦记。

刘朕突然站下，朝一边看。罗限量也站下，他也看到了。

公园南区草地那边，那个女人在那里，悠闲地坐在草地上，看一个白色绸装的老太太练太极剑，那只粉红色的 Valentino 手包抢眼地放在她脚边。

"我说过，是她。"

刘朕哼一声，折转方向急匆匆下了小路，迈过一道沿阶草，走到湖泊似的台湾草甸上去。

罗限量迟疑了一下，有一种不好的预感，也跟了上去。一只六斑月瓢虫从草叶上笔直地飞起来，扑了他的脸。

女人看见了他们，冲他俩点了点头，继续看白绸老太练剑。

"可唔可以打开你包,等我睇下啊。①"刘朕站到女人面前,用白话对她说。

罗限量阻止曾经的徒弟。刘朕不让,往一边迈了一步,躲开罗限量,解释道:"如果包里有猫血,说明就是她。"

罗限量感到羞愧,觉得一切都是他造成的。但他说不清楚,为什么一切都是他造成的,好像说不过去。

"我唔明你讲乜嘢。②"女人平静地说。她看刘朕,再扭头看罗限量,目光里有询问。

女人是那种与世无争的柳叶眼,眼睑细细,眸子清澈,这让罗限量有点难过。她说"你讲乜嘢",意思是"你们"。其实只有刘朕,罗限量跟在后面,是想阻止刘朕,她误会了。但罗限量来不及解释,事情很快变得糟糕起来。

粉红色Valentino有一只暗锁,女人说帮不了他们,她手机在包里,刚才响过,没接上,她忘记钥匙在哪儿了,要等回去找备用钥匙。很显然,她不想配合刘朕的怀疑,并且打算离开那里。

"不开包,我叫安保嚟。③"刘朕不让女人走。

接下来的事情让罗限量和刘朕没有想到。女人深深地看了他俩一眼,走向一旁,对白绸老太说了句什

---

① 粤语:可不可以打开你的包,让我看看。
② 粤语:我不明白你在说什么。
③ 粤语:不打开包,我叫保安了。

么,从老太手中接过晨练剑,返回两人面前,屈下一条膝。她穿一条亚麻材质的蛋青色长裤,轻薄柔软的布料下,清晰地透出瘦削的膝盖骨轮廓。

晨练剑没有开刃,但已经足够了。剑尖切割开涂层下的皮革,扭曲地划过V形标志外围的金属圆圈,在手包上切出一道大大的口子。

"你使唔使咁样,"罗限量结结巴巴地说,"可以想第二啲方法。①"

女人没有看罗限量,也没有看另一个呆若木鸡的年轻人,从开了膛的Valentino里摸出钱夹、手机和一只化妆盒,包往两人脚下一丢,起身朝南门外走去,头都没回,消失在人流中。

罗限量低头看草地上的Valentino,它有点像一只被切割开的粉色子宫,完全失去了之前的优雅圣洁。

"你看你。"罗限量涨红了脸埋怨刘朕。

刘朕失去了信心,仍有点不甘,底气不足地拾起Valentino查找血迹,再把包彻底翻过来,让内袋的一面对着明媚的阳光,然后一脸懊丧。

"香港人,就是这样,她要怎么样啊?"

"你不能尊重人家一点?"

罗限量说的是事实。刘朕不但是动物保护主义者,还是家乡保护主义者,他来公园五年了,并没有心想事成当上景观设计师,这让他这个世代的客家子弟

---

① 粤语:用不着这样,可以想别的办法。

对家乡近似变态的热爱到了走火入魔的程度。有好几次,他大声呵斥在软枝黄蝉中躲迷藏的孩子,或者在蚌兰和春羽前搔首弄姿的少女,就像他们是不速之客,把他家的客厅弄糟了一样。

"我不想吼他们,但他们太过分了,他们想干什么?"他气愤地质问罗限量。

罗限量说不好过分这种事情,他不明白人们的防范和怒气冲天是打哪儿来的。有时候,他会给刘朕讲一些过去发生的故事。那个时候,深圳分关内和关外,一道长长的铁丝网隔在当中,人们进出关内关外要靠通行证。

"本地人用身份证,香港人用回乡证,外国人用护照,有这几样才能通行。"

"我知道,我阿爸帮人逃过关。"刘朕笑着说,"也可以办护照啊。"

"护照不行,要先去广州找别的国家大使馆办签证,办完签证才能进来。"

罗限量第一次来深圳的时候,就是因为赌一口气,用六个月的薪水换了一张劳务用工暂住证,仰着头进了铁丝网南边,成为莲花山公园的花木工。站在莲花山的山顶凭高远眺,能看到整个深圳,很多人就是想看一看整个深圳,才努力奋斗,把自己打拼成了深圳人。还有一些人运气不好,把自己打拼不见了——伤了残了,找不到自己了,或者丢了命。

现在,罗限量不想给刘朕讲故事,他在雨林溪谷等人送挖掘机来,他要布置人挖掉七棵凤凰木,三十二棵桂花,在原来的地方重新种植火焰木和大叶紫檀。倒不是说凤凰木和桂花不好,凤凰木树形漂亮,桂花树开花时花香缭绕不去,都是好树木,只是公园南边的市民广场建设时,工程紧张,建筑垃圾来不及运走,很多被卸在公园里,公园的土地变得不干净,植物种下去生长得不好。还有,公园刚建时没有经验,植物选种不对,比如桂花树耐热性差,大面积种植很难养护,这些品种要不断置换,就像很多早年来这座城市闯荡的人,他们也是选种不好的植物,他们在这里生长过一段时间,要么死掉,要么迁移走。罗限量看着他们死掉或者走掉,现在轮到他了。所以,他必须完成今天的工作,他不想在这里给过去的徒弟回忆过去的故事,没有这个必要。

第二天,罗限量本来打算请两小时假,去市民中心问问办理"五险一金"迁出需要的手续。离开的熟人告诉他,需要先在网上预约,再耐心等待,手续办起来非常麻烦。现在他决定不管这些,先给火焰木和大叶紫檀浇足水,整整枝。他还是放心不下,不管怎么说,它们是昨天刚迁到雨林溪谷的居民,会有一段时间不适应,他不想抛弃它们,让它们在初来乍到的时候觉得不受待见。

罗限量带着两个年轻徒弟在雨林溪谷给新种的树浇水修枝,忙得浑身透湿。树林里植物味道强烈,想到自己很快就会离开这些侍候了多年的植物,罗限量心里多少有点惆怅。

"切口修成这样,伤多少皮,多久才能愈合?病虫早吃了它。"罗限量说一个徒弟,然后再说另一个,"留那么长切口,树活过来不难看啊?"

两个徒弟看师傅一眼,不敢犟嘴,重新修整切口和皮伤。

罗限量说不上喜欢深圳,只是在深圳生活了十八年,他习惯了。再说,他三十三岁,年纪不小了,没有到处跑的激情,也不再相信未来这种话。

罗限量不想一辈子这么过下去,他得结婚生子,把日子过起来,这个,在深圳办不到。

罗限量从来没有谈过恋爱。他倒是经历过一些女人,但是没有恋爱过。第一个算沾点边,是以恋爱理由认识的。他那时年轻,在关内上班,工资高,住公租房,眼光下不来,认定自己未来的女人藏在城市丛林深处,他绕着植物一棵一棵寻找,总会找到。后来年纪大了,他发现城市里女人无数,她们都和自己没有关系,他也就不相信命中注定这种事情了。以后麻城老乡给介绍了一个,拿一张照片给他看,姑娘叫汤云朵,在关外电子厂上班,照片上,姑娘额头又宽又高,人长得说不上好看,他本来不想答应,可姑娘有一双狐狸眼睛,看人的样子媚媚的,他犹豫了一下,答应见见。

两人接触了几次,有一次,汤云朵来找罗限量玩,遇到林子里闹天牛和舞毒蛾幼虫,罗限量要去山上治虫,汤云朵非跟着去,罗限量想显摆一下自己的公园,就带她去了。

两个人在林子里钻来钻去,阳光跟着他们跳来跳去。罗限量拿小铲子铲净虫洞四周的新鲜木屑,用注射器向虫洞里注射乐果稀释液。汤云朵在一边凑着脑袋看,夯开的头发撩了罗限量一脸,痒痒的。她不断发问:

"你在干什么呀?"

"注射药水。"

"给谁注射呀?"

"虫子。"

"谁是虫子啊?"

"舞毒蛾。"

"舞毒蛾是谁呀?"

"哦,就是虫子。"

"你猜我是不是虫子?"

"我不知道。"

"猜猜嘛。"

他们都笑了。他看她,她那双狐狸眼在树叶的光影间媚态十足,他嗅到一股强烈的植物味道,脑门上一涌,没有把持住,丢下注射器,把她摁倒在树下。

汤云朵是来借钱的。她要退掉老家的婚事。男方纳吉时送了礼,问期时下了聘金,汤家花光了钱,退不出来,汤云朵发誓追求自己的未来,决定自己把聘金筹足还上。罗限量被姑娘的决心感动得红了眼眶,去银行把卖老家房子的钱取出来,交给了她。

"要不够,我们继续挣,一分钱也不欠人家的。"

拿到钱那天晚上,汤云朵拖罗限量上山,还去生了虫子的那片林子,她要报答他。罗限量没让她报答,怎么说也不干。那算什么,他不能让姑娘为自己的未来做这种事,那种感觉让人心里很难受。两个人在树林里揪扯了半天,落了一身树叶,最终还是罗限量做了主。他央求姑娘,他们留着,以后有的是时间。

"那我们现在干什么呀?"汤云朵心有不甘,口气惴惴的。

"我给你讲植物的故事吧。"罗限量说。

"天这么黑,讲了也看不到。"

的确,林子里一片漆黑,花木师罗限量能看到几只顶着微弱蓝光的百足虫,或者是涡虫,它们从草叶下爬过,他喜欢那样的寂静之声,窸窸窣窣,这样的黑暗最适合讲植物的故事。

植物和人一样,有的聪明,有的笨,有的内敛,有的张扬,它们性格不同,但气味同样活跃。石竹挥发神秘的幽香,让人们注意它,所以人们喜欢用它来增加记忆,训练对外部信息的接受能力;薰衣草的气味像母亲,柔弱地抚摸人的脸颊,让人从紧张中平息下来,所以人们用它来治疗失眠和抑郁;桂树有一种特殊的芬芳,雀跃的气味独一无二,所以人们用它为胆小的孩子熬汤喝,让自卑的孩子驱除怯懦;橙树的气味热烈明快,是最好的鼓励剂,是情感缺陷症和冷漠的人们杰出的治愈师……

汤云朵在黑暗中静静地听,一只手悄悄伸过来,捉住罗限量的手,然后一直停留在那里。

事情过后,有很多次,罗限量都在猜测,在他讲述那些植物的时候,汤云朵其实是被他感动了,虽然那天天亮之后,他摇醒趴在他怀里睡着的她,给她掸净身上的泥土和草屑,送她离开莲花山公园时,她有点儿魂不守舍——没有多久,她拨通他的电话,通知他,他俩的关系结束了。

"我不想那么做,"电话里传来汽车驶过的背景声,也许她并没有走远,就在红荔路的某一个拐角处站着,"可我只能这样,你别恨我。"

他当然恨,但她没有欺骗他,她的确需要一笔钱,的确要退彩礼,只是她从没想过要和他好。她不爱他,爱的是另一个男人,男人经济能力不好,不能帮她还上聘金,她决定自己凑齐这笔钱。她纠结了好几个月,只是不想降低品位,才找了一个关内的男人——用她的话说——来换取这笔钱。

"你就当我是虫子,被你注射过。"她在电话那头阴阴地说。

罗限量当时就蒙了。他想,他带汤云朵去山上灭虫子的时候究竟发生了什么。他只记得他把汤云朵扑倒的时候,有一股强烈的植物气味让他失去了判断,然后他什么事情都不记得了。现在他想起来了,那股植物的气味来自栗子花,像极了精氨的气味。

刘朕整整一天没有露面,晚上回到公租房的时候,罗限量已经睡了,两个人没有说上话。第二天早上刘朕起来的时候,罗限量已经把他那份炒粉放在他床头了。

"知不知道,伯曼猫毫无性格,只会讨好主人。"刘朕一边穿衣裳一边没话找话,"土耳其梵猫狡猾得很,而且太顽皮。"

罗限量停下正叠着的衣裳,扭过头去看刘朕,不知道他想说什么。

"布偶猫基本上就是傻子,你会被它急死。缅因猫爱惹事,而且极不诚实,惹了事就躲起来,你找都找不到它们。波斯猫像个妖怪,你要养了它,等着自取其辱。"

罗限量看刘朕,心里想,要是不出意外,接下来他应该提到暹罗猫。

"暹罗猫,"刘朕哧哧笑着说,"暹罗猫嫉妒心强,总是冲人大叫,就像被惯坏的孩子。"但他很快不笑了,看一眼罗限量,烦躁地把网上拍来的LED发光鞋一脚踢到床下,"我知道你心里怎么想,你觉得我卑鄙,对人冷漠,可谁不是这样,我又不是故意的。"

"那就赔她包。"罗限量说。

"凭什么?"

"你不逼她打开包,她就不会把包割破。"

"还就还,Valentino包网上拍最多三千块,我会还她,见到她我就还。"刘朕凶巴巴地说。

听到三千块这个数字,罗限量心里抽了一下。三千块,不是一笔小钱,罗限量三周的工资。他刚上班时,一个月挣六百,头一次领工资,他吓了一跳,那是内地花木工半年的收入。以后涨到两千多,然后是四千多。他觉得这座城市到处都在咕嘟咕嘟冒油,堵都堵不住,不接都不好意思。每次发工资,他都要和伙伴们去梅林夜市的大排档大吃一顿,那个时候,人们充满欲望,但谁都是单纯的,他们就像兄弟姐妹,喝下很多推销价格的啤酒,塞一肚子烤蚝。那是他和这座城市的黄金时代,现在不行了,现在人们变得越来越冷漠。

一上班,罗限量就去山顶广场处理地被。有一片叶良姜出现了枯叶病,叶片开始发黄,需要处理。罗限量为那片植物喷洒了一遍硫酸铜混合液,等徒弟拖腐殖肥上来的时候,他用手机上网查了查,在京东网站上查到了那款正品粉红色Valentino女包,包的价格是一万三千八百九十九元。他想天哪,一万多啊!他想刘朕怎么说是三千。他猜正是因为这个原因,刘朕才改口说猫的坏话。

罗限量有点吓住了,他回忆刘朕的话,刘朕说,见到她就还,看来他已经被自己的抱怨裹挟住,打算赔包了,但他为什么说三千?是不是找到了电商,打算赔高仿品?罗限量为这个纠结了一会儿,接着想,如果只是三千,也许自己应该出一半,毕竟包被划开的时候,他站在刘朕身边,所以女人才说,"我唔明你讲乜嘢"。按她的说法,他是"你们"中的一个。

山顶上风很大,风把植物叶子吹得没头脑地乱滚,罗限量看见几片斑叶山宫兰叶子,它们被风吹得拍来拍去。叶片下,两只红色的桃狭口山地蛙重叠着骑在一起,雄蛙个头壮,身体圆滚滚的,行动却一点都不笨,完全把雌蛙控制住了。罗限量知道,雄蛙很狡猾,交配时会在肚皮上分泌黏液,把自己和伴侣黏在一起,这样,雌蛙就算不愿意交配也没有办法分开。

　　罗限量把目光从狭口蛙身上移开。有一阵,他心里怏怏不乐。风越来越大,广场中央那尊著名的雕像迎风竖立,一点也不怕冷。罗限量离开交配的蛙,从雕像身边经过,走到广场边上,站在那里朝南边看。城市正在拔地而起的那栋最高大厦,脚手架涂抹了一层暗红色,让人担心它正在融化。再过去,就是香港米埔了。十八年了,他从来没有去过香港,只在山顶上眺望过那边。他没有时间去。再说,就是去了,他也不知道能做什么。他这么想,就想到了母亲。

　　母亲突然推开父亲,冲到马路上,迎头撞向一辆高速开来的运板栗的货车,当场死亡。母亲的决绝给罗限量造成了很大的刺激。父亲告诉罗限量,母亲那段时间完全魔怔了,老说没有家了。"那不是我的家。"母亲说。她说得对,京广线一路穿过家乡,然后是中南最大的火力发电厂,那些年家乡的变化非常大,村庄拆迁掉,很多人去了别的地方,在拆迁后重新建起来的移民点新家里,母亲闻不到家乡的味道。那些漫山开着的红杜鹃,成了招商引资的旅游资源,它们生长在海拔三千米高的龟山上,好像它们一开始就知道躲避这种诀窍。

　　那段时间,罗限量有点沉不住气……公园里有保洁队,有宠物清洁箱,但人们把包装袋丢在金脉爵床和山瑞香的枝叶上,遍地都是狗粪,他和徒弟们得帮着捡,不然会烂植物。狗粪黏性强,草地和台阶上的粪便,要用清水冲几遍才能冲干净。有一次,一个年轻人竟然站在路边,冲着大叶红草尿出他黄澄澄的尿液。年轻人辩解说,植物需要肥料,他是在做好事。那一次,罗限量不但吼了人,还和人打了一架。

罗限量开始讨厌公园。过去不这样,他非常在意公园,甚至可以说,他热爱公园。在他心里,那些高大的油棕、大王椰、金山葵就像他的兄弟姐妹,阔叶的大叶榕、小叶榄仁、尖叶杜英则是老家的街坊邻居,至于小一点的灌木,散尾葵、三药槟榔、四季桂和翅荚决明什么的,它们是他的儿女。他三十三岁,早到了生儿育女的年龄,可连婚都没结过一次,自然没有儿女,但他就是这么想的。

也就是那段时间,罗限量对成家上了心,不断地和各种各样的女人纠缠。公园椰风林景区有征婚廊,那不是他的去处,招贴栏基本成了研究生以上学历女性的档案馆,大学只读了四年的都不好意思往上贴资料。在汤云朵之后,同乡会的老乡给罗限量介绍了几个,见一个失败一个。晚报组织的相亲活动,罗限量参加了三次,约过两个,也都没谈成。

刘朕替自己的师傅着急,掺和进来,张罗着给师傅介绍了几个,以后不敢再介绍。因为一介绍,人家姑娘不看师傅,只问徒弟,要不要谈,二婚三婚都行,有没有孩子无所谓。刘朕是本地人,家里光押地就能养三代人,但他的志向是景观设计师,三十岁之前免谈。

"机器都智能了,城市也会动脑子,一线城市,不是谁都能够让你娶妻生子留下来,"刘朕耐心地给师傅分析,"不这样,城市素质怎么提高,讲不讲未来?"

按刘朕分析,这事不能怪罗限量,要放在二十年前,罗限量的条件完全能凑合,现在不行了,全球人口稠密度,这座城市排第五,常住人口一千多万,适婚者占一多半,大学生和海归主又占了适婚人口一半,他这种条件,一下子就比下去了。就像五六十年代的香港,凡能偷渡过去的,只要能喘气就欢迎,以后劳动力解决了,警察恶狠狠把游过去的人往外赶,所有的移民城市都这样。

罗限量被征婚的事情闹得有点绝望,刘朕怂恿师傅扩大交际面,并且帮师傅下载了陌陌。那以后,罗限量被敲诈过,挨过两次打,进了一次派出所。进派出所那次很糟糕,警察让交罚金,罗限量舍不得,认判不认罚。结果单位去人把他领回来,被好一顿处理,事情闹得公园里人人都知道,要不是看他手上活好,植物离不开,公园就把他开了。"再急也不能这样,约你也约正经的,软件上约的,谁跟你谈哪?"他没法辩解。他不能告诉人家,他一个也没谈过,这种事,说了也白说,没人相信。

直到夕阳掉进深圳湾肮脏的海水里,吐出一层雾茫茫的水汽,罗限量才忙完枯叶病的事。只有和植物待在一起的时候,罗限量才毛孔舒张,让汗水带走满心的郁积,有一种放松感。

下班以后,吃过晚饭,罗限量去了二十四小时银行,从柜台机里取了一千五百块钱。回公园的路上,他很小心,没有走树荫下,人少的地方他就停下来,站在路灯下等,人多起来他再跟着走。路过天桥时,他脚步慢下来,朝市民广场那边看。他知道那里有中心书城、音乐厅和图书馆,还有一片大得惊人的广场,很多比他年轻的男男女女在那里寻找他们未来的家。他猜他们和十八年前的他一样,也是兴致勃勃地从外地移栽到这座城市,他们中间,只有少数的树种能够存活下来,别的要么死掉,要么得把自己移栽到其他地方去。

回到公租房,罗限量把钱交给刘朕。刘朕正低头刷屏,抬头看罗限量一眼。

"是不是我要不赔,你就过不去,非赖我赔不可?就算赔,我也不赔正版,她有发票吗?"刘朕的意思,如果可能,连高仿他也不想买,"你不会赌气一个人给她买吧?"

罗限量当然不会一个人赔,他对奢侈品一窍不通,说不准粉红色Valentino的真伪,但他要离开了,不想欠谁的。他坐在那儿委屈地想,我这是干什么呀。他还侥幸地想,也许还有时间,应该试一试,抓住那个杀死猫的人,把凶手往派出所一送,这样他和刘朕就有了理由,什么也不用赔了。

连续几天早上,罗限量都没有出现在东南坡地的凤凰木林、东北坡地的疏林草地,也没有去侍候西北坡地上的面包树、海南红豆、风铃木和火焰木,他在公园南区椰风林景区的簕杜鹃灌木附近徘徊,等候凶手出现。

等到第三天,凶手出现了。

那个时候天刚亮,公园还没有开门,也不知道她打哪儿进的公园,怎么躲过了公园的安保。她背着一只粉红色的Valentino包,和之前那只一模一样。她朝四周看了看,没有发现躲藏在一片棕榈树后面的罗限量。她快速走到簕杜鹃灌木丛边,把子宫似的手包放下,从包里往外取什么。罗限量一头早雾,连蹦带跳地冲过去,她吓了一跳,不明白他是打哪儿钻出来的,接下来,他俩都站在那里。

和之前的那些牺牲品不同,这一次,女人手里捧着一只狸花猫,是那种最普通的品种。猫被套在一只塑料袋里,已经死了,四爪僵硬,姜黄色的眸子看不见,原来长眼睛的地方,空空的留着两个血肉模糊的窟窿。

女人丢下袋子里的死猫,反身往南门方向跑。她尖锐地叫了一声,身体矮下去,倒在地上,压抑地抽搭起来。罗限量跟过去,看见女人蛋青色的裤腿,被簕杜鹃的一根枝杈戳了一个洞,一截弯曲的灌木从左腿的腓骨内侧插进去,挑起那条腿。女人脸上流着泪,疼得拖着腿说不出话。

"咪嘟,"罗限量阻止住试图躲开自己的女人,"伫会拣断血管。①"

女人停下来,不动。罗限量伸手固定住摇动的花枝,另一只手从身后工具包里掏出修枝剪。"忍一忍,好快就好。②"他熟练地用修枝剪截断插在女人比目鱼肌上的枝杈,留下三厘米左右的茬口,再小心地把乱糟糟的裤腿剪开,让婴儿嘴似的伤口露出来。伤口处有些泛白,不过一点血都没有。

"我唔可以将佢擸出嚟。"罗限量快速在亚麻料裤脚上剪下一圈布,剩下的绾起来,但不能绾太高,那样会露出膝盖,让受害者发窘,"我唔确定伤口入面嘅树造会唔会断,会唔会伤到大啲嘅血管,你要到医院接受一次小手术。"他觉得他没有在这座城市白生活十八年,那点白话还管用,"你要讲医生,伤口接触喇泥泥涅,佢哋会畀你做破伤风处理,唔系,就算未拮着血管你都会死。③"

罗限量用剪下的布条小心地为女人包扎好伤口,固定住伤口中留下的树茬,尽量不让它移位,再在裤腿上剪出两个洞,布条打了个死结,这样人再怎么动,裤腿都不会落下来妨碍伤口了。

现在他做完该做的事情。他们看对方。他知道她

---

① 粤语:别动。它会挑断你的血管。
② 粤语:忍忍,很快就好。
③ 粤语:我不能把它拔出来。我不确定伤口里的树茬会不会断在里面,伤到大一点的血管,你要到医院接受一次小手术。你要告诉医生,伤口接触到了泥土,他们会给你做破伤风处理,不然,就算血管没断你也会死。

很疼,会越来越疼,而且她不想和他说话。

"要我扶你吗?"他说。

女人点点头。他把修枝剪插回工具袋,把女人从地上扶起来。她看他,用那双与世无争的柳叶眼,它们眼睑细细,眸子清澈。他突然有些恼火。

"点解咁?"他质问她,"你杀咗几多猫呀?①"

女人看着他,不说话。

他知道这么问什么意义也没有。他觉得不应该轻易相信,人能够变成植物,或者说,不应该相信在植物中,人能够找到亲密的感觉,就像兄弟姐妹的感觉,就算在别的地方这种情况曾经有过,现在也越来越少了。

他把目光从女人脸上移开。他确定她自己能走,像他告诉她的,离开公园,去找医生。他从地上拾起装死猫的塑料袋。狸花猫身上有一股簕杜鹃的味道。他知道这个念头是不对的,不是所有的植物都有气味,簕杜鹃就没有气味,有的植物至死都不肯释放出茉莉酮酸。他决定不去想这个,先把狸花猫埋掉。还有,他不希望她再回到这里,无论是否带着子宫一样漂亮的包。

花木师罗限量离开簕杜鹃花丛,向高处一点的地方走去,阳光从更高的地方洒落下来,从他渗出微汗的额头上一片片掠过。很多年以前,他在谈唯一一次恋爱的时候,他给那个名字叫作汤云朵的姑娘讲了一个植物气味的故事,他没有告诉姑娘一件事,植物的气味

---

① 粤语:为什么这样做? 你杀了多少猫?

有时候是邀请,但更多的时候是拒绝。它们希望访客不断,带走它们的孢子,去别的地方繁衍生长,但它们不希望访客留下来打扰自己,于是就用气味传递驱离访客的讯息。关于这个,昆虫们接受了,别的动物没有接受。

家乡菜，或者王子厨房的老鼠

周元林和黄小拉，他俩是大龄单身，周元林过年满三十岁，黄小拉也过了二十八岁，俩人分别有过几段未果情感，最终又回到单身，就像两条从沸水锅中捞出的半熟排骨。

在婚介中心数据库资料表上，周元林和黄小拉是026791号组合，俩人的匹配率达到81.6%，据说在2818对适婚者中才会出现一次。所以，双方在婚介中心见面时，周元林相信，这一次他会成为一道成品咖喱排骨，被正式端上餐桌，不用继续待在沸水锅中打捞浮沫了。

黄小拉轻轻碰了碰周元林的手，后退一步，专注地看他。她穿一身大开领的碎花连衣裙，纤瘦而略为紧张，身高大约172厘米，比周元林矮了不到10厘米；她一只手叉在腰间，胯部的重心被推到另一边，这让细腰丰臀的她显得尤为抢眼。周元林立刻看出，026791号组合的另一半有着良好的生殖能力和愿望，如果她不反对，接下来他们可以有所作为。

因为是第一次见面，需要确认双方的适配度，以便顺利进入契合阶段，他们坐下来交谈。可不到两分钟，黄小拉的脸就松弛下来,脚不自主地转向门的方向,这暴露出她坐不住,想要尽快离开的愿望。周元林那个时候实在糟糕,任何有效反应都没有,他给黄小拉的印象,就是一张善于表达安静的脸。从某种程度上,它表达了比其他生动和精彩的男人脸拥有隐藏和撒谎的技能,这种精湛的技能来自事主父母的基因,和他上过的那些学校;他们让他生下来就携带上克制的遗传基因,以保全家族的尊严,或者从小教育他在公共场合隐瞒自己的真实念头,以确保社会的和谐,但那一点忙都帮不上他。又过了半分钟,黄小拉终于站起来,取过一旁的手包,说就这样吧,我们以后再联系。

对026791号组合配对的结果,周元林有点遗憾。

周元林是一名高级厨师,在一家名叫"王子厨房"的粤菜馆工作,戴那种25厘米高的克莱姆厨师帽;他不擅烟酒,按职业要求不蓄指甲,不留长发,每年做两次呼吸系统检查,早上出门前换上干净的休闲款棉质衣裳,没有怪异的辟谷行为,中午以后不进五鼎食,因此保持着较好体形;他业余时间喜欢上"知乎"网,有几个性格温和的同性朋友,与异性大致保持着相互不交流私人生活的安全距离;在"王子厨房",他有十八个同样级别的同行,他们上面有一位总厨和两位大厨,那三个家伙戴29.5厘米高的厨师帽——要知道,周元林拿到三级资格证已满五年,如果继续努力,不碰上经济危机或者别的什么倒霉事,再过五年他就有希望升技师。总之,如果人们不受孟子"君子远庖厨"的影响,而接受仓颉"厨主食者也"的观念,周元林大体上算是一个条件不错的男人,不应该被人抛弃。

而黄小拉在食品药品监管部门工作,有一份稳定的收入,目光澄澈,胸形适中,这表示她没有什么危险,是周元林欣赏的那一类女人。如果他俩谈下去,也许她会从浩如烟波的大数据中走出来,成为他的妻子,以及他孩子的妈妈。但是很明显,周元林在某个方面没有让她满意,他被她从配对表中删除了。

周元林遗憾了两天,倒是没有替自己多委屈,事情过了也就过了,他耐心地等待婚介中心为他安排下一次见面。

二十多天后,周元林正在作业台前工作,接到一个陌生的电话。

周元林脸上带着从容的微笑,烹制一道潮汕蚝仔烙。这道菜是三十二号散台客人点的,点菜员在菜单上注明,"一对小恋人,男蓄长发,女留短发"。优秀的厨师工作的时候,脸上都会带着由衷的微笑,他们相信微笑时产生的良好情绪,能够传染给龙虾、鳕鱼、鹅肝、栗子、口蘑、青笋、草莓、洛神花、乳酪和橄榄油,它们会心情舒畅,焕发出潜藏的美味。至于点菜员在菜单上的提示,则表示"王子厨房"是一家新式概念菜馆,厨师做这道菜时,在菜式和摆盘上要完成角色互换工作,而不是烹饪一道传统菜,或者在第三性的食材上做选材工作。

周元林用搅拌器把沙井养殖的鲜蚝打成浆,片成薄片的五花肉化入鲜蚝浆中，番薯粉捏成鲜蚝模样，在七成热的橄榄油中耐心地煎制。一位厨工从更衣间出来，告诉周元林，他锁在衣柜里的电话响了。周元林表示知道了，并且开始煎制蚝仔饼的另一面，等菜肴烹制完成，搅匀的鸡蛋液浇在蚝饼上，出锅装盘，撒上葱花，让厨工送去传菜台，然后洗过手，去了更衣间。

手机上有两个陌生的未接来电，来自同一部电话。周元林正打算把电话收回衣柜中，那个陌生号码再度打了过来。他接了电话。对方是个女性，上来就问："你平时吃什么？"

周元林没有听明白。还能吃什么？他不是跳蚤，不吮吸动物血液，但就基础食材的成分，好像也差不太多。

"您能不能先告诉我，"他温和地对电话那头说，"您是狗还是猫，或者是别的什么。我不知道还有什么，也许我把重要的东西遗忘了。顺便请告诉我，您属于什么品种。"

周元林这么说，完全不能怪他，两天前他接到一个陌生人的电话，打电话的男人说他是一条狗，然后在电话那头和他探讨了半天作为狗，如何与人交流的问题。对方被这个问题困扰得患上了抑郁症，为了证明他的确很苦恼，他说了一个周元林从没听说的狗品种，就像那种用羊血和蟹肉做主菜，搭配海虹和杨梅作配菜，把材料填入鲢鱼头中上屉慢火蒸，揭屉后淋上香椿泥和蒜黄调和成的作料，再用冻豆腐和炸薯片摆盘，然后端上桌的一道复杂菜式。

"我是黄小拉,我们二十天前见过,"电话那头的女人说,"我说过以后联系,我觉得现在是时候了。"

周元林眼前立刻浮现出一件碎花连衣裙、一只手叉在腰间、胯部重心被推到另一边,这让连衣裙裹着的细腰丰臀尤为抢眼,然后是一双转向门口的脚,它们套在一双由某一种蹄类动物的皮做成的漆面皮凉鞋里,鞋的其他部分大概在几年前被他的某个同行当作材料,做成了红酒烩或秘制或咖喱什么的菜式了。

周元林掩上更衣间的门,把工作间叮当响的喧闹声关在外面。他说是你呀。

黄小拉说是我。她说你平时吃什么?

周元林想了想,说出他今天早餐的品种:一小碟豉汁碌鹅(昨晚炖在电子卤罐里)、一份海苔披虾肠(早上六点研磨机定时启动)、一份紫薯烤蛋(早上起床后入烤箱)、一盅生滚田鸡粥(早上起床后现煲);然后是昨天晚上的食谱:慈姑墨鱼干红烧肉、沙姜炝小章鱼、鲜贝烧花椰菜,一盅节瓜蚝豉老火靓汤;然后是昨天中午的食谱:一碟脆皮烧肉、一盅生菜鸡汤鲮鱼球、四小块客家酿豆腐,主食是腊味煲仔饭。他的意思是,依此类推,她大体能判断出他平时吃什么。他只是有点好奇,她为什么问这个。

黄小拉没有在电话里解释,提出俩人见一面,这让周元林感到意外。他打算摆出一种略为犹豫的样子,以示事情并不在他的计划中,实际上他立刻答应下来。

下班以后,俩人在笔架山公园见了面。地方是黄小拉挑选的,她就住在附近;她告诉周元林自己还有事,只能待一会儿。周元林说没关系,我也忙,一会儿要赶回去。黄小拉没有看出周元林有点不悦,急匆匆说,约他出来是想告诉他,她一直在为嫁给哪一种职业男人而纠结。总体说,她不排斥患有轻度神经质的设计师,稍许有点强迫症的创客也行,只要对方是个能做饭的男人。

周元林一时没有明白黄小拉这话是什么意思,他觉得受到了侮辱。他不是简单的能做饭,他是正经厨师,三汤两割,炮龙烹凤,庖厨是职业,如果不出差错,这份职业他打算一辈子做下去。他把这个意思告诉黄小拉,她一点都没有犹豫,立刻说:

"我们谈恋爱吧,"她目光灼灼地看着周元林,"不,我们结婚吧。"

周元林血往脑门上涌,差点没晕过去,幸亏笔架山公园里植被长势茂盛,供氧量充足,他没有咣当一声倒下去。现在他相信,大数据说他俩匹配度达到81.6%,婚配概率在2818对适婚者中才会出现一对,是完全有道理的。

事情在春天发生,到了夏天,周元林和黄小拉的关系进展得很顺利。不过,他们没有立刻结婚。主要是周元林觉得,结婚是大事,既然两人的关系决定下来了,就不必心急火燎。要知道,从准备食材到上桌,佛跳墙需要168小时;从修割腿坯到出堆下架,伊比利亚火腿需要26280小时。只有那些对生活不抱希望的人，才吃快餐工厂生产出的让人脑子僵硬的食物。

周元林把他的想法告诉了黄小拉，当然，他不是随便和她谈论这件事，为此，他把她带到自己的公寓，为她精心制作了一只慕斯蛋糕。

先说周元林的公寓，它是一座食物在烹调过程中成长为美食的神秘乐园，在慕斯蛋糕这档节目中，它充当了一座奇妙的舞台，以至周元林的计划能够如愿实施。

公寓86平方米大，采光良好，除了密封式卫生间，所有的地方都被充分利用起来。进门处，疏密相间的绿萝形成一道自然屏风，为神秘的居所制造出舒心的田园联想。沿东边一整面墙，一排由高密度玻璃搭建起的料理台阔绰到令人生气，如果一只蟑螂恰好爬上去，它会因为从这一头到另一头的长途奔波吐血累死。刀架上，安静地插放在整套德国"膳魔"牌刀具，"SICIOL"不锈钢洗碗槽旁是"西门子"洗碗机，它们的头顶，上掀式吊柜里整齐地摆放着两套"龙"牌瓷，两套"巴度"骨瓷。靠北一面墙，灶具台用原木防火板搭建，主位留给燃烧技术之王"林内"煤气灶和同品牌烟灶联运排油烟机，上掀式电器柜中，依次嵌入"松下"微波炉和"伊莱克斯"烘烤箱，"卡萨帝"气悬浮冰箱则巧妙地匿藏在西墙的橱柜旁，这样，它就远远离开了灶具，避免了水火相冲的厨忌，而灶具也远远离开公寓的门窗，严格恪守了灶王爷"食者，禄也"的戒律。至于西边靠墙的两只古典橱柜,它们气定神闲,橱柜上所有的图案都由手工雕刻,是整个公寓的点睛之笔。

周元林的慕斯蛋糕就是在这座美丽的食物乐园中烹制出来的。那是一款可爱的甜品,它有一个美丽而意味深长的名字——"甜蜜的凝视"。它需要耐心而有创见的工作:在上等奶油中添加奇妙的辅料,让它产生出千变万化的味层;蛋糕在烘焙好后,还要在表面均匀地撒上一层栗子面,放入冰箱中适温冷冻;两小时后,它才会焕发出其味无穷的迷人口感。

作为厨师和移民,周元林深知"甜蜜的凝视"具有的强大治愈力量。记不清有多少次,他被充斥职场的割烹伤残到半生不熟,茕茕孑立地回到公寓,夜深人静时,没心没肺地为自己打蛋清,做蛋糕,一口一口吃下去;那一份暖意无限的口感,曾经让他销魂到想要哭泣。正是因为这个,同为移民,同在职场的黄小拉有充足的理由在品尝过"甜蜜的凝视"后,毫无悬念地同意他的建议。她当然不会选择腌制伊比利亚火腿那么长的周期,但烹制佛跳墙的时间,她应该有足够的耐心去等待。

"最后一个问题,你睡在哪儿?"

在品尝过"甜蜜的凝视"后,黄小拉用迷人的动作小心翼翼舔去嘴角的奶油,困惑地看着周元林。

"我指的是,我俩以后睡在哪儿?"

周元林脸上带着一贯制的微笑,欣赏着黄小拉好奇的样子。她简直就是产自托斯卡拉小镇,有着阿尔法男性荷尔蒙气味的神奇白松露,他想。而他,则是领有正式牌照,对性信息素嗅觉敏锐的雌性搜寻犬。两个人的性别好像有点颠倒,但专注地追踪高贵食材,那之后水火相济,三饔八菹的奥妙全在其中。

周元林抽出一张纸巾,为黄小拉擦去下颌上的一星奶油,把她从房间中央造型风趣的饭桌边拉起来,牵着她的手,领她到水槽边,把她转向屋子中央,然后摁下遥控器。

有一段时间,公寓里很安静,能够听见冰箱的压缩机传来告别慕斯蛋糕后余音缭绕的叹息。接着,一声俏皮的咔嗒声传来,暗藏在饭桌下的搭扣脱离,桌面徐徐离开桌腿,头顶的天花板同时开启,细如龙须面的四具角爪欢天喜地地降下,牢牢扣住桌面,将它迎接上天花板,那里立刻出现了一幅"小王子与狐狸"的套色版画,它事先镶嵌在饭桌背面。紧接着,饭桌下部的液压装置启动,桌腿优雅地延伸,埋藏在其间的折叠床雍容地开启,桃花鱼般漫向四周,滑扣咔嗒一声固定住,一张舒适而浪漫的沙发床诞生了。

周元林从黄小拉惊讶的目光中看出了她有多欢喜,不是那张有着膨胀材料装置的沙发床,而是那张床所在的位置——有谁比一个拿定主意要在五年时间内让脑袋再长出4.5厘米高的厨师更知道食色同位的意义呢?

秋天来临的时候,周元林和黄小拉开始筹备婚礼。他们原来打算筹备一季树莓成熟的时间,又担心那个时间太长，婚礼会因此稍许变酸，因此放弃。他们同时考虑了无花果、杨桃和西番莲成熟的时间，最终选择了一季"多克拉"水果玉米成熟的时间。

现在可以讲讲黄小拉的过去了。

在周元林看来，他和黄小拉的年纪都不小了。作为食材，他们经过了漫长岁月的成长、采撷和清洗，到了可以被烹制成美食的成熟期。此刻，回顾一下成长经历，并且向无私养育他们的土地，或者别的什么环境表示一点敬畏，会让他们的婚姻更加美满。

黄小拉有过六段感情生活，也许五段或者七段，这都没什么，能够确信的是，其中一段影响了黄小拉作为食材的特性。那段经历发生在九年前，时间大约是一只走地鸡啄破蛋壳，到食材商将它收购入笼么么长，那是黄小拉一生中最投入的一次，为这个她差点没死掉。

情况大致是，十九岁的黄小拉爱上了一个年龄比她整整大一轮的男人——通常就是这样，人们喜欢用老姜和陈皮烹制卤汁淋烤乳鸽，用当季芦笋爆炒三年老鸭的胸脯肉，让鲜嫩食材在老辅材的调适中焕发出别有的滋味——黄小拉中专毕业，来到深圳，因为之前两段无疾而终的感情，心里充满忧伤。那个男人是大学教授，教育部某个人才计划名单上的培养对象，他妻子刚刚去世，痛苦得像一只失去配偶的灰冕鹤。他们在一场诗歌分享会上认识，那以后，男人常给黄小拉打电话，在电话里倾诉对亡妻的刻骨思念。

据说，男人的声音受过训练，有一种令人魂牵梦萦的缥缈音质。周元林没有音乐家的听力，按照他的理解，那声音就像一棵切碎的新鲜芫荽，六神无主地在空气中弥漫，传达出食物对食客所有可以相见的依恋。在一个由陌生人构成的城市里生活，人们受体基因脆弱，基因中的变体 OR6A2 显得尤其发达，对醛类物质，比如来自异性的气息产生异常敏感的亲切关联和假想。大约因为这个，黄小拉爱上了这个男人。

男人也爱黄小拉，他问她注意过自己的可爱没有，他很奇怪她为什么没有男朋友。这就和一棵孤零零的杨梅一样，人们觉得它附近没有生长出桃、李、杏、枣是一件不可思议的事情。他惊喜地想知道，她是不是上天派来拯救他的，他发誓他真切地听到了上天的回音。

男人约黄小拉外出听音乐、看电影、去海边栈道骑自行车。如果在海边，大部分时间，他们象征性地戴着头盔，车子停靠在滨海公园花廊前，人坐在某片盛开的簕杜鹃旁，他给她讲述优秀亡妻的种种故事；在他的讲述中，黄小拉静静地想象那个未曾谋面，却享有一个成熟男人刻骨牵挂的幸福女人。离他们不远处，一些浅海软体动物或者介壳类动物静静地观察着他们，在某些时候，他(它)们互为食材。

在这期间，年轻的黄小拉经历了两次找工作过程，世界性经济危机让这座以代工著名的城市遭遇到沉重的打击，她和很多外省人失去了工作，整天奔波在森林般密集的写字楼中，盼望在积蓄用光之前，手中能奇迹般出现一份用工合同。这个时候，男人给黄小拉打来了电话。她很欣喜。她需要安慰,需要这一次,她和他换一个角色,由他来听她喋喋不休地倾诉她的遭遇。可他没等她说一句话就语气轻快地告诉她,他突然有了顿悟,他相信亡妻在另一个世界里生活得很好,同时希望他也很好地生活下去,别再苦苦地牵挂她,现在,他终于走出来了,而且可以继续往前走了。

"谢谢你的陪伴,我会永远记住你。"他在电话那头快乐地对她说。

"只是,记住?"她当时就傻了。

"对呀,"他说,"一个人要记住很多东西,而且懂得感恩。"

黄小拉完全转不过弯来,他说过他爱她,说过她是上天派来拯救他的,现在她才知道,她那么想完全是错的,人们对爱的理解不是一个标准。

后来她给他打过一个电话,在她筋疲力尽签下一份用工合同后。她希望他为她的努力高兴,也许他会说上一句勉励的话。电话接通,鲜活的生活声涌来,一个女人在电话那头开心地大笑,还有若隐若现的音乐,以及他吩咐谁把炉子上的火关掉的声音。她确信此时的他真的已经走出来了,不再忧郁。她觉得她不应该再要求什么勉励,于是在他对着电话问"哪位"的时候,把电话挂掉。

关于黄小拉过去的经历,周元林觉得除了这一次,其他的都属于餐前小点,没有什么值得特别介绍。人们在人生中需要试菜,谁都有过菜品选择失误、配料失当、调料失度、火候失控甚至煳锅的经历,他自己也这样。有一次,他希望赶走老是在耳朵里喋喋不休的某个小人,他想不起来了,那个小人可能和他一样,是个野心勃勃想让自己脑袋升高的家伙。他后来把厨纸撕碎,蘸上浙醋,塞进耳朵眼里,事情就结束了。还有一段时间,他把积攒下来的钱全部花在厨房式公寓的布置上,为了筹到足够的费用,他和朋友们不再交往。过去,他的父母把工资花在信纸和邮票上,一些亲戚把钱花在买狗粮或猫砂上,这都差不多;他是幸运的,没有落下什么坏习惯,只是在试菜的过程中失过手而已。

现在我们知道了,周元林和黄小拉,他俩打算在冬天走进婚姻的殿堂,为此,他们经过了充分准备——拍了婚纱照,和旅行社商量好度假计划,订好酒楼,发出喜帖。周元林亲自设计了酒席的菜单,当然会有韭黄猪肉饺子,配广醋和宋城烂蒜,主菜是口外羊肉锅,严谨的立冬菜式。他们计划在立冬这一天举办婚礼,他俩觉得,那会是一个美妙的冬天。

事情就出在这个时候。

离举办婚礼的日期还有一个月,那一天,周元林刚下班,黄小拉打来电话。她劈头就问,"王子厨房"是不是有老鼠。

他笑了,他说有,城市里到处都是老鼠,别的城市也有,要知道老鼠有多勇敢,它们差不多是世界上最顽强的生命。

她在电话那头沉默不语。

他问你怎么了,是不是不放心婚戒?它的确没有卡地亚和蒂芙尼响亮,但也不错,我们只要不在婚礼上戴错手指就行。

她还是不说话。

他说不是这个?是礼糖盒?这个你放心,我一粒粒挑选过,立冬不食糕,一死一旮旯,我把巧克力全挑出来了,这样,什么问题都没有了。

她开始在电话那头嘤嘤地哭泣,然后她对他大发脾气,说他什么也不懂,他在欺骗她。她问他为什么要笑。

他没笑。但她就是听到了他的笑声。他猜她是婚前恐惧症,有点紧张,就像冻肉放入高温下,难免会起一层硬膜。有一阵,他想他最好不说话,这样她也许能平静下来,往脸上贴点什么,然后上床去哭第二次。

她果然平静下来,在电话那头说出了下面的话:

"周元林,你就是'王子厨房'的老鼠,你一个字也不提,从不告诉过我。"

她说他是老鼠,他能听出来,她指的不是餐厅为员工提供的工作餐,那不算不劳而获,他也从来没有从餐厅里夹带任何餐盒回公寓,她说的不是这个意思。

"好吧,"有一阵他沉默不语,然后他说,"那你呢?我是老鼠,你是什么?"

"不知道,"她说,然后在电话那头号啕大哭,"我不知道,我就是为这个才难过。"

你可以想象周元林当时的感觉。

事实上,这种事不止一次出现。在一个月时间里,或者不是周元林,而是别的什么事情惹黄小拉心烦意乱,她总是生气和哭泣,就像一颗被抛进大气层中开始燃烧并且被燃烧弄得不知所措的流星,毫无征兆地向他坠落下来。有好几次,她在电话那头对他发脾气,说她要过来和他讲道理,那之前,什么事情都没有发生,就算有,也是一些不起眼的事情:比如婚前体检的时候她要不要做卵巢项目、他要不要做精子项目,他们把蜜月的大部分时间安排在额济纳还是德令哈。一般情况下,她说什么他都会依着她的性子,把所有决定权交给她。而且,她说要和他讲道理,她真的会赶到他的公寓。她进门时的样子疲惫不堪,好像每一次离开这里之后,她都不曾合过眼。一进门她就抢过遥控器,摁下启动键,收起隐藏着小王子的桌面,展开床垫,直接扑上床,很快就睡着了。接下来,他会为她盖上被子,把她的鞋子拿到门外,在门廊的鞋柜里放好,回到公寓,关上门,拉上窗帘,以免夜里有风进来吹凉了她。通常情况下,她都睡得很死,一点动静也没有,他把充电器拿进封闭式卫生间,关上卫生间的门,在那里读一会"知乎",最终靠在马桶上睡着。他只对一件事情感到困惑,他的确有一间特殊的公寓,它是食材成长为食物的花园,也许因为如此,比她的卧室舒服暖和,但也许不是,而是别的什么原因,她会把它当作一张床。

别的时候,一般在天亮之后,她会从沉睡中醒来,整个人完全缓释下来,不再那么紧张,好像之前什么事情也没有发生。有几次,他按照她的意思准备了冷餐篮,她拉他去爬梧桐山,或者他提议去看一场电影,他从总厨那里知道一部正在上映的电影,男主人公为女主人公烹制了一款普罗旺斯红酒焖牛肉,那道菜改变了女主人公的命运;他会告诉她那个把平庸变成奇迹的秘诀,它们取决于迷迭香的添加顺序,还有一升来自罗瓦河谷的干红。他们去看了那场电影,从电影院出来的时候她哈哈大笑,看上去很开心,而且她的高兴如明前春芹,没有受到任何山岚的侵扰。

但这种情况不多。前往冬天的日子突然变得漫长起来,黄小拉烦躁的频率越来越高,周元林推测她受了秋燥之苦,六淫中两邪湿毒。他试过用红豉油、三渗酱、南姜和橘油为她祛除胸痞苔滞,清理体内胀气,它们经过精心酿造,比薏米、凉瓜、芡实和赤小豆更具除湿祛热功能。湿热就像一种错误,人必须从错误的生活中学会生活,周元林就是一个例子。他父母在这座城市刚刚建成时来到这里,打拼并且生下他,后来他们亏掉最后一分钱,带着失望和屈辱离开,他留了下来。不能因为父母是生活的失败者,他就陪着一起失败。他凭着一名厨师的经验知道,人早先是软体动物,然后变得坚硬,成为脊椎动物。人们必须相信,并非所有的浪头都有摧毁的力量,这样他们才能离开海洋,水淋淋爬上滩涂。这就是为什么人们走在大街上,看到来自同一生命出处的同类,他们的脸上会带着不一样的奇怪笑容的原因。

但是没有用,周元林用尽了已知的食谱为黄小拉做菜,她总是用怀疑的目光看他精心烹制出的菜肴,然后像他俩头一次见面的时候那样,夺拉下手腕,退后一步。她那个样子,就像翅膀受了伤的鸟儿,柔弱得令人心疼。

"别害我,"她露出一副困惑的,甚至有些乞求的表情说,"我不信你这一套,你别想骗过我。"

周元林被未婚妻折腾得疲惫不堪,那段时间老是做梦。在梦中,他听见有什么东西从很高的地方穿过空气,落下来,砸在地上,碎了一地。醒来之后,他去寻找,地上空空如也,什么也没有。他猜那是黄小拉,或者像她一样别的什么人,她和他们从什么地方跌落下来,消失在碎屑中。他猜想,在梦中,人们成了瓷器人,很多人都染上了碎裂的疾病。他猜想,如果天天做这样的梦,迟早有一天,他也会成为一只从空中坠落下来的瓷器。

有那么两天,周元林脑子里一片混乱,想不清他应不应该继续下去,走进婚姻。当然,他不会在工作的时候想,不会在炖老火靓汤的时候、烤乳猪和烧鹅的时候、做咸鱼茄子煲或者广式脆皮烧肉的时候想这些;他把工作和生活分得很清,他希望五年之后能戴上29.5厘米高的克莱姆厨师帽,不会让烦恼的私事影响到工作。后来他想明白了,他当然会继续往前走,和黄小拉结婚;他想在这座城市里安一个家,如果不结婚,他就没有家,就像厨房里没有火,他无法把生活熬煮成熟。

周元林这么想,他觉得自己一点错也没有,只是有些无来由的愤怒。他对城市没有什么愤怒,他对城市根本就不了解,他和大多数人一样,在某个油腻的工作间熬过一日又一日。对他来说,城市里没有苍鹰和白鹭,阳光被分割成了碎片,不再是一整块,但它什么错也没有,它有什么错呢?他需要城市,就像水果之于果斗,其他人也一样,他们像牛腱肉之于剔筋刀、鸡蛋之于搅拌器、冷油之于旺火、口欲之于色香味,人们需要在烹饪中完成生命的转型,没有城市,他们找不到烹饪之器。他只是不知道拿黄小拉怎么办,不知道她的生活缺了什么,漏洞在哪里,用什么才能填满它,或者它们。

周元林深陷绝望,消瘦得厉害。那一天,也是渴骥奔泉,他去了食品药品监管局,把黄小拉叫出办公室。他对她说,小拉,我们结婚吧。他的意思是,他俩用不着再等一个月,等到"盛德在水,天子乃斋,食瓜祭先"的立冬,他们现在就可以把婚结了,这样他们就可以"拟约三九吟梅雪,还借自家小火炉",可以共同面对生命中湿毒的侵扰了。

"很多时候,我会想起以前的经历,"她困惑地看着他,就像看着一道她从来没有尝试过的菜,犹豫地说,"离开家乡以后,那些逝去的经历仍然散发着一种滋味,随时随地跟着我,你猜那滋味像什么?"

他在心里想她说的话,想那是什么滋味。理论上讲,食物举五味,酸、苦、甘、辛、咸,五味配五行,西方佛教也讲五味,乳、酪、生酥、熟酥、醍醐,对应华严、阿含、方等、般若和法华涅槃。但那是哲学,用到生活中就靠不住了,比如不同的食材,它们的滋味至少有数万种,要是搭配起来滋味会更复杂,黄小拉的经历是一道曾经烹饪过的食物,即便盐梅相成,水火不避,他俩到底是煎割不同的两道菜肴,他猜不出它们是什么滋味,回答不了。

"贝壳沙。"她盯着他说。

他踟蹰了一下,立刻明白了。那些腹足纲类动物,它们或者在大海里老去,或者离开大海,做了人类餐桌上的材料,留下的躯壳被潮汐不断冲击,变成沙砾,散布在各地,却永远保留着生命鲜活时的气味。

"我曾想要你带我去顺德佬餐馆,"她目光空洞地看着走廊尽头的一道光说,"我们在那里点两样海鲜,这样我俩就像有着生活气息,同时能够找到前世基因的亲人,不会被遗忘在漫无边际的海滩上了。"

"为什么不告诉我?"他说,虽然这样做有点像凭吊,而且多少透露出对自己职业能力的不信任,让他受到一些伤害,但他确信他会那样做,"我会带你去。"

"因为风。"她说。

很长一段时间,周元林没有明白黄小拉的意思,后来他明白过来,她是害怕风。她担心一旦走进海鲜餐厅,潮湿的海风会带来盐分,浸渍进她的棉质衬衣。如果这样,她会害怕,会有一种强烈的渴望,急匆匆站到龙头下,用清水冲洗去重新返回生命的一切生活痕迹,这个强烈的念头阻止了她的口腹之欲。

周元林被黄小拉的说法惊愕在那里，然后有人过来，要黄小拉去办一件事，黄小拉抱歉地把周元林送到电梯口，周元林沮丧地下到地库，找到他的车。拉开车门的时候，他突然想起他和黄小拉的关系，第026791号配对，它是如何完成的——

在了不起的大数据宣告失败后，她给他打来电话，在电话那头问，你吃什么？然后她说，我们结婚吧。他们确立了关系，筹备婚礼，在此期间，他请她吃饭，为祛除她体内蓄积的湿热精心烹制菜肴，每一次她都拒绝了；他为他俩准备的登山食篮，那里面的任何食物她都没有动一下，连一片甜橙都没有吃过。只有一次，在她急匆匆想要和他结婚的时候，他把她请到他的公寓，向她解释烹制佛跳墙和伊比利亚火腿时耐心的重要性，为她做了一份名叫"甜蜜的凝视"的慕斯蛋糕，她唯一一次当着他的面吃掉一小块蛋糕；现在他知道了，她在抵抗食物的诱惑，它们会把她带回往昔之中，让她重返恐惧；她眼中流露出欢喜，不是因为蛋糕的美味，而是放置在公寓中央的饭桌，它从她眼中消失，被公寓的某个空间吞噬掉，她不再有对往昔记忆的担忧；她小心翼翼地伸出舌头，舔去嘴角的栗子粉，她的困惑正是来自食物诱发的回忆。

周元林不太清楚这是怎么回事，不太清楚黄小拉，他的未婚妻，是不是患上了厌食症。要是这样，情况就变得麻烦：就算他俩不能建立家庭，社会也宽容她的身体抗议,她同样活不了多久;如果发生了这样的事情,就算他戴上29.5厘米高的厨师帽又能怎样?

周元林从车上跳下来,拨通了黄小拉的电话。电话响了好一会儿她才接。他听见电话那头传来一片嘈杂声,有人在说沙门菌或者金黄色葡萄球菌的事,听上去像在说一场球赛,然后她接了电话。

"告诉我,你平时吃什么?"没等她开口他就急切地问。

她在电话那头没有说话,他能想象她在迟疑。

"你说我是老鼠,知道老鼠吃什么?"他急匆匆地说,声音在车库里回荡,"它们什么都吃,有一种老鼠连猫都吃,我不知道它是什么品种,但它的确吃过猫。好了,现在告诉我,你吃什么?"

她仍然没有说话。他在等待,隔着十八层楼。他们都渴望建立一个家庭,那不是房子,而是让房子变得有意义的人的关系。有时候他们会把一些具体的东西当成家,他们在床上,或者别的什么地方,她会把他的怀抱、他的性器当成她的家;他也一样,他会把她的乳房和阴道当成他的家。但他们都知道,并且从来不会欺骗自己,那些器官不是家,它们很重要,但它们不是真实意义的家,就像茱萸的螺旋状花丝不是家,石榴的瓶状子房不是家一样;他们一直在寻找真正意义上的家,寻找从花粉到果实的全部过程。这个过程不管有多困难,他们需要把花粉变成种子,把食材变成食物,需要缓慢、流动、持久信任的生活链,需要让自己相信,他们可以在以往的成长过程离开和失去之后,生活仍然可以继续下去。如果没有这个,就算他们整天裸露着,什么也不穿,也只是一些食材,无法进入最终的生命呈现。

在漫长的等待后,她开口了。

"我不知道。"她说,"我在想我过去吃的是什么,我一直在想它们。"

"你指的是家乡的那些菜肴,你记忆中的菜肴,对吗?"他试图跟上她的思路。

"可能吧。"她犹豫不决地说。

他能想象她此刻的样子,她下意识地抬起一只手,把它放在后颈窝上,脸上带着苦恼的神情,像是受到了某种威胁。

"我说不清,但我的确在想它们,我已经记不清它们的样子和味道了,它们好像从来没有在我的生活中出现过。"有一阵她没有说话,然后她说,"在没有弄清楚这一切之前,我不知道我该吃什么。"

那天晚上,周元林坐在自己的公寓里,它看上去像一个食材成长为食物的标准化生长营地,他坐在饭桌前,它的背面是"小王子与狐狸"套色版画,他在冬天将至的某个夜晚静静地坐在那里,就像坐在生死关头。

凌晨到来的时候,周元林离开公寓,乘电梯下楼,在街头拦下一辆出租车,返回他工作的"王子厨房"。

餐厅里很安静,食物隔夜的发酵味道在四下里缓慢地弥漫。他驻足倾听,然后走进操作间,走到工作台前,那是他熟悉的地方。他在那里蹲下来,趴到地上,想象自己是一只相当大的啮齿类动物,想象在那之前,他曾经经历过怎样的食物链,它们都是一些什么样的滋味。

与世界之窗的距离

我们在华侨城天鹅堡结婚。我、栾涤非、胡波儿和宋小树,我们一起结。

婚礼的大部分时间,涤非都没有和小树在一起。他俩本该在一起,但没有。涤非不满意婚庆公司请来的乐队,自己在DJ台前鼓捣。那里有一台升级版Tech I-Mix Reload Scratch DJ,带搓盘功能的内置声卡,机器不算好,但够用。有一阵,乐队那几个彩发男孩失了业,不知所措地抱着电吉他站在一旁,看涤非眼花缭乱地在96连击里连续打出四个90%,然后break掉其他内容,刷出一个漂亮的龙碟。

涤非一边刷碟一边扬扬下颌,示意彩发男孩们侍候。金发男孩连忙塞了一只草莓到他嘴里。涤非再示意。蓝发男孩赶快点上一支烟,凑上去让涤非深深地吸一口,烟夹匿在手掌中退回来,不让天鹅堡的服务生看到。

涤非和那些只会玩音衰控制滑杆和EQ调整钮的DJ不同,他有天才般的音准和节奏感,能将风格完全不同的几首曲子漂亮地混搭起来,tripping的效果迷死人,scratch更是刷到让人血脉偾张,等尖锐音部分出现的时候,人们能兴奋得晕厥过去。我曾经向涤非承诺,等我有了钱,我就给他买全日空ANA头等舱,送他去大洋彼岸的DMC大赛踢馆,夺了冠,奖金归他,奖杯我留着玩儿。我说过好几次,从来没有兑现过。

举办婚礼的地点是波儿和小树挑选的。波儿和小树考察了一圈,异口同声地说就是它了。我觉得不可能。天鹅堡的确是好地方,与"世界之窗"只隔着一片湖的距离,可为什么是它?这说不过去。不过,事情一开始就说好了,举办婚礼的钱我和涤非出,刷卡付现都行,婚礼的程序和地点由波儿和小树决定,我和涤非没有表决权,我俩只管参加,要不同意,她俩就拒绝和我们结婚。

我倒无所谓,涤非埋怨了一阵,到头来只能默认现实。谁都知道,如果你想走进婚姻,光有钻戒和鲜花还不够,得有一个结婚对象,俩人到政府部门申请一张证,再举办一场婚礼,让操碎了心的家人和心怀叵测的亲友们共同见证,要是结婚对象不参加婚礼,婚姻等同于无效。

是谁提议我们的婚礼一块儿办的,这个我忘了。事后说起来,他们三个人也想不起来。理由倒很清楚——我和涤非,我俩都过了三十,装不成蠢萌;波儿和小树稍年轻点儿,也都过了二十五,青涩已成烂熟,不再拥有入口即化的新鲜。我们两对在一起的时间都不短了,偶遇成为厮守,早已失去了激情,如果我们不想分开,就得正式在一起,这样大家都死了心。

没有人想要婚姻,但如果两个人在一起只能做一件事,也只好是它了。

依稀记得,我们两对一起结婚的事,是在涤非一个搞设计的朋友的工作室里谈的,那个工作室有个奇怪的名字,叫"就这样吧"。那天我们喝了不少"喜力",这让她俩两眼发光,人缩在地板上蠢蠢欲动,有点儿不自爱。

"先说清楚啊,"波儿海蛇似慵懒地在地板上滑动,哧哧的,一个劲儿地傻笑,"别到时候弄错了,乐队奏'当——当当当'的时候,栾涤非把我牵走,你搂住小树,那就乱套了。"

"说什么错,都这会儿工夫了,说点儿吉利话。"我不喜欢她俩的样子。

栾涤非阴下脸,从沉船木工作台上跳下来,一旁抄过一管马克笔,上去一把扳过小树,认真地在她脸上画了一个六十四分休止符。小树呲着嘴说,干吗呀你?栾涤非咬牙切齿地说,做记号,马义泉要敢摸你一下,我就宰了他。

马义泉就是我。

还是说回婚礼上吧。

婚礼是婚庆公司打点的,按照波儿和小树的从简设计,只请了家人和亲戚,四个人的亲友加起来,也就三十来号人。说服家人的工作遇到一些麻烦,有一些眼泪和不孝指责什么的,但最终家人还是由了我们。

我妈妈和舅舅来了。舅舅带着表姐和表姐夫,给我抱了六床新棉絮,扛了半爿猪肉做成的腊肉。我妈看什么都不满意,帮我张罗新房的时候,她嫌我租的是破旧的城中村改建房,家具是网上淘来的二手货,连我和波儿的婚纱照都是用手机拍的,就像临时想起来要结婚。我妈埋怨我凑合,和波儿过不长。我没打算气她,但她当着舅舅和表姐表姐夫那么说,我不高兴,回了一句嘴,我就没打算和波儿过。我妈急得上来给了我一巴掌,说呸呸呸,你要气死我呀。

我爸爸没来,他忙着挣养老钱。

我爸不知道打哪儿听说,国家要用通货膨胀对付美元的贬值政策,以后的钞票不值钱,人均养老得往120万上走,他一急,再让人一怂恿,把家里的粮食地废掉,办了一座中华田园犬养殖场。

"儿子考碗欠下一屁股债,他现在是国家公仆,不是我儿了,不能指望他养老,我得管我俩的养老份子,不然死了都没人收尸。"我爸给我妈分析前景说。

养殖场办了一年,除了肉狗贩子,没人光临,一了解,知道上当了,中华田园犬是好听的叫法,说白了就是土狗,北方人叫柴狗,南方人叫菜狗,不值钱。我爸不服输,养犬场平掉,原地办起了预制件厂。第一年生意不错,挣了30万,没想到,第二年政府装模作样和房地产商斗起了法,出台政策抑制房价,闹得预制件卖不出去,亏得厉害。我爸只好把厂子关掉,地置出去,改包了人家的果园。眼下正是梨树挂果的时候,我爸担心外出参加完儿子的婚礼,回到家,看园子的狗死在梨树下,梨树的枝头上光秃秃的啥也没剩,别说养老工程,连欠的债都还不上了。

涤非的父母来了,带着两位秃顶的球友、三位手指修长的牌友、四位运动系装束的登山友,还有几个使用"魅7"手机的阔太,后者是他妈的客户。

涤非的父亲热爱健康生活,每周两场桥牌、三次登山,高尔夫是他的最爱,观澜高尔夫球场他是卡客。涤非的母亲是某个慈善组织的理事,据说手头控制着好几只背景神秘的深港基金。她喜欢看丈夫打球,两小时的12洞,她能安静到一言不发。涤非事先叮嘱,他爸球打得烂,左右手平衡掌握不好,却不自知,认为自己是塞尔吉奥·加西亚,能把悬架在15米高树权上的球一杆悠进洞里,所以,当着面,我们可以奉承他爸的果岭推杆技,千万不要提树下低飞和杆头增速的事,谁不识大体把事情说破,谁吃不了兜着走。

小树家来的人最多,差不多占参加婚礼亲友人数的一半,基本是花枝招展的女性和一大群童子军。小树牌女眷团队一到场就摆出主场架势,拿下化妆师和摄影师,现场秀美容,带着摄影师去湖边拍照,大抢风头,好像她们才是婚礼的主角。要命的是,这家人无论老少,模样长得都差不多,服装又一律香奈儿系,好几次,我把小树的三姨认成了小树她妈,把小树的港生妹妹认成了她四姨在新西兰产下的小正太,连着讨了好几次没趣。

波儿家来的人最少,就来了个表哥。表哥年龄不详，人奇瘦，冷冷的，据说是大神级别的券商，来了也不和人打招呼，坐在角落里低头刷屏看大盘，像是婚礼与他无关，他只是走累了顺便歇歇脚的路客。我耐着性子和这位大舅子寒暄，说了些牛势来潮的讨好话，把他介绍给其他来宾。他有点爱搭不理，后来就不耐烦地对我说，你弄不懂市盈率，就别瞎嘚嘚了，忙你的去吧，早忙完早散。气得波儿冲过来拿眼瞪他，说有你这么说话的吗？谁散啊，谁散啊？我连忙把兄妹俩分开，回头劝波儿，算了算了，一会儿他们散，我们接着聚。波儿说，你就不敢把他的手机踹了？说完瞪我一眼，拎着裙子走掉。

来参加婚礼的同事基本没有。没邀请。不好邀请。

我在城区出租屋综合管理办公室当雇员，是四个人当中唯一吃公家饭的。我不是正经的公务员，是参公，提升无望，不打算献媚谁，婚礼的事定下来后，我厚着脸皮在办公室宣布了要结婚的消息，申明薪水有限，不想日后还份子，请诸位免俗，所以，我的同事不会来。

波儿在"琥珀"教育做客户营销，从澳大利亚学成回来后，她就一直做教育中介，换过几家机构，都没有离开教育这条线。她家经济条件好，家族做珠宝和古董家具生意，父母很早离异，家产一分为二，父亲带着财富去了加拿大，母亲带着财富去了西藏，到那儿把婚变理赔全数捐给了一家寺庙。父母很少和女儿联系，过年的时候想起来，给波儿打个电话，问缺不缺钱，或者传播一些密宗教义。

我和波儿是在字幕组认识的。她在字幕组做翻译,是组里最快的枪手,我入行晚,先做时间轴,以后改成发布,因为手里有条件,能利用单位的大引擎把做好的文件抢先发出去。

我俩熟了以后,波儿告诉我,同事在背后传,她是妈妈带种嫁给爸爸的,最终造成父母交恶,因为这个,她和所有的同事都断绝了关系,也不和过去的同学联系。有一次,她在"尚书吧"认识了字幕组的人,就进了字幕组,借此消磨时光。

我被波儿的经历说愣住,心想,这是什么样的女孩啊?我就想安慰她,后来一想,她不是需要安慰的人,这么多年,她早就安慰过自己了。

以后,每次见到波儿,我都保持一种很少有人注意的动作——她走向我的时候,我会站直身子,对她微笑。再以后,她带我泡电影院,我带她泡小剧场,泡着泡着,我俩就泡到一块儿了。她说,马义泉,别整天挂着张备胎脸,好像谁亏欠了你似的,我也不挑了,就是你吧。我说,行,我也没有什么好挑的。于是就有了这场婚礼。

显然,波儿这种情况,她不会请任何同事参加她的婚礼。

涤非是DJ行大咖,在深圳最有分儿的"靠近"吧驻场打碟,有时候也帮人做做音乐。刚出道那会儿,他到处跑场子,以后在"靠近"吧有了股份,不再挪窝。去

"靠近"吧捧涤非角儿的粉不少,他们都知道一个节目,碰到驻唱歌手嗑药或者塞车赶掉了场,涤非会上去救场。他把滑杆交给他那个老是拿眼皮子挑人的女助,脑门上顶着连衣帽,没精打采地上去,眼皮耷拉着不看人,一副颓废样儿,抄过麦。头几个节拍,他怎么都摸不着调,绕得下面人心里发慌,于是人们拉长声音一声"嘘",就是那声"嘘"出来,他眼睛一亮,连衣帽甩到脑后,露出迷死人的脸蛋儿,童贞似的嗓音乍泄而出,那个杀人劲儿,现场顷刻之间就疯了,接下来,"靠近"的屋顶要不是水泥浇筑的,非被掀翻不可。

涤非羞涩,不认人,平时爱耍单边,同事间也不怎么搭理;他在港澳台有不少发烧友,有忠粉经常打飞的跑来深圳听他刷碟,但他们不算同事。所以,涤非不会请人参加他的婚礼。

小树最先不认识栾涤非,因为我和波儿,他俩才认识,两人一认识就打得不可开交。

"画的是什么呀,鬼蜮四伏。"

"你要不当话痨话会噎死你呀傻×,玩你的粗口串烧去,再叨叨叨我插死你。"

小树做插画,是自由插画师,自己开工作室,只有客户,没有同事。她是事儿妈,和客户关系搞不好,不但从不试画,客户也不敢骗她的画,谁骗了,或者拖着稿费不给,她就在微博里臭谁一大街,连带着恶毒威胁:"人们常常陶醉在完美的谋杀案中不能自拔,比如我,这种嗜血习性与生俱来。我希望那个该死的欠债家伙能躲得好点儿,别让我兜里的刀片轻易找到他。"

她这种恶人婆的架势,就算发了帖,人家也不会参加她的婚礼。

婚礼没有邀请朋友。朋友不会出现在我们的家人面前,就像针尾雀和斑点猫,它们不能出现在同一个地方。

我想,我已经把婚礼来宾的情况说清楚了。

婚礼下午五点开始。我们四个人都很配合,司仪叫干什么我们就干什么,音乐响起的时候,我们也没有牵错人。

新人入场、揭头纱、交换戒指、致答谢词、切蛋糕、抛花球,所有程序都很顺利,只是在新人接吻环节时,小树老是咯咯地笑,缩着脖子躲涤非,弄得场面稍稍有点儿尴尬。但也过去了,比起我妈致辞时语无伦次,小树妈致辞时一个劲儿地哭,涤非爸致辞时慷慨激昂像是在作"中国梦"专题报告,那点儿尴尬不算什么。

忙忙叨叨结束上述仪式,婚礼进入宴客阶段。

我和涤非,我俩各端一杯矿泉水室内室外到处走,挨个儿给客人敬酒。波儿和小树拎着婚纱跟着我俩走了一圈,以后不用总跟着,她们只需要手支在姐妹肩头,偷偷让脚后跟溜出高跟鞋,冲来宾傻笑,间或柔情似水地看我和涤非一眼,再转过身去摆出一副从此一切交代掉的慵懒状,这样摆出几个幸福无比的姿势,伴娘会适时出现,把她俩带进化妆间补妆,或者换另一套晚装。她俩会躲在化妆间里做点儿什么,嘻嘻哈哈说几句无厘头的话,泡上半天再出现。

客人像砸了一地的什锦果盘,桃白蕉黄,滚落在天鹅堡户外平台上。真诚地说,来的客人都很精致,言谈举止妙趣横生。我在客人当中穿梭,听他们有一搭无一搭地谈话,都是一些生活在城市里的人们关心的话题——正在填埋的大鹏湾,不断上涨的路边停车费,20万一平的学位房,17.8%生育族无精子率……相比较,我更喜欢湖边的风景,那些以速写的姿势落下和飞去的野鸽子,它们降落在湖畔木制栈道上时,扇动的翅膀和歪着头往这边窥探的小眼睛,让人忍俊不禁。

来宾当中,涤非的父亲最抢眼,他穿一套质地考究的西装,打一条酱红色礼品级领带,符合市场管理局副局级官员的制式身份。婚礼一开始,他就不停地接电话,在电话里训斥人,电话挂掉,又要求司仪停下,把主婚人致辞环节再来一遍。等仪式结束,他和小树的妈妈,也就是他的亲家婆,以及色彩鲜艳的二姨三姨四姨五姨缠斗在一起,互相斗嘴,用广博的知识和外界鲜少知悉的政府内幕,博得女眷们不断发出讶然。

"如果你们认为生活会像我这样容忍我儿子,你们就错了。"他一脸严肃,用大人物的口吻说,"生活残酷无情,年轻人根本不了解个中滋味。"

然后他招呼乐队换音乐,撤下西城男孩的《My Love》,换上经典恰恰,他笑容可掬地邀请吊带露肩装的小树,也就是他儿媳妇,俩人跳了一曲。这位栾副局舞步花俏,节奏相当出色,短音和跳音部分腰胯扭动得令人惊叹,让人怀疑他在市场管理局的整个工作就是跳国标。当然,这并没有耽误他在婚礼过程中喝掉不少香槟。总之,整个婚礼上他都没有闲下来,至于他那位好脾气的妻子,她一句话也没说,手里端着冒着气泡的"酪悦",脸上带着母仪天下的微笑,一直形影不离地跟在丈夫身后,似乎习惯中决不肯冒犯苦难大众。

我注意到,客人对婚宴的全素冷盘菜肴很满意,每个人都往嘴里塞了不少食物,这让我松了一口气。我去给自己续矿泉水的时候,小声向小树表示,世俗观念真是害死人,她是对的,人们未必缺了动物就活不下去。

我这么奉承小树,因为小树不但是纠结的插画师,她还是素食主义者,而且是原教旨主义那一类,比较偏激。她带人砸过龙华清湖冷库,往罗湖和福田的好几家肯德基门口泼过油漆。干得最出色的一次,是第十届中国(深圳)国际裘皮展览会上,她带着两个女友冲进会展中心,当着"赛派""报喜天使""华伦天奴""P·ROSSA"商务代表和省里皮草专业委员会官员的面把自己脱光了,用喷漆往乳房上喷满殷红色的彩漆,完成了一次炸街的graffiti行为。小树干的事都是团体作案,为此她和她的朋友不止一次进过派出所,包括在拘留所里过了一个有纪念意义的春节。

小树不和任何食肉动物交谈。我指的是人这种动物,猫捉鼠噬菌体吃真菌这种事她不管。所以,在我和涤非充分的妥协下,婚宴采取冷餐会方式,菜式中不提供任何动物肉类、动物油脂、动物名称和造型,连孔雀、大熊猫、鱼和龙这些常用的摆盘都不被允许。

小树受到我的奉承,很高兴,冲我抛了个土豆脸的媚笑,从果盘中抓起一只牛油果塞进我嘴里,然后敏感地扭头看了一眼一旁的波儿。

波儿今天有点儿反常,整个婚礼中她都不怎么说话,婚礼总管叫她做什么,她乖巧地照做,表现得中规中矩,因此显得枯燥乏味,这和我认识的她完全两样。

日常生活中,波儿是风情万种的小妖精,连眼睫毛上都透着荷尔蒙不安分的气味。我第一次见到她的时候,她拿眼睛瞟我,我以为她在明目张胆地引诱我。后来我知道错了,她只是天生爱发嗲。她发嗲和对象无关。她甚至会向一句电影对白发嗲:

In spite of you and me and the whole silly world going to pieces around us, I love you.

还有:

We become the most familiar strangers.

我听她娇柔地说一次身子骨就软一次。

有一次,我带她去商场买衣裳,她从试衣间出来,失魂落魄地靠在门上,刻骨铭心地抚摸刚试过的那件桃蓝色连衣裙,就像她和它有过一场销魂的前戏,那副醉人的模样,把好几个路过的型男钉在原地动弹不得。

波儿的魅是伪魅,其实她是老派才女,读高中时就是深圳中学生里的明星人物,和笔笔同台演出过。因为喜欢墨尔本大学两位女性校友——女权主义者吉曼·基尔和澳大利亚首位女总理茱莉娅·吉拉德,还有墨大校训中贺拉斯的那句诗,"我们会在后代的敬重里成长",她高中毕业后选择了去墨大读书。

波儿特别会讲故事。我俩刚认识的时候,她给我讲菊池宽小说改编的《东京进行曲》,电影是1929年拍摄的,她竟然能随口背出西条八十为电影写的歌词:

> 看电影去吧,喝茶去吧,
> 搭乘小田急线,逃离尘嚣吧。

还有:

> 怀念当年银座的柳树,
> 谁还记得那位美丽婀娜的艺伎,
> 喝着甜酒跳着爵士舞,
> 黎明时分她泪眼婆娑。

我第一次听到这段歌词时,眼泪忍不住哗哗地流下来,就这么,我被她征服了。

我和波儿审美取向不同,我知道自己浅薄,但我真的觉得,二十世纪初,银座更能吸引我的是它能燃爆血管的青酎烧酒,还有惊为天人的歌舞伎。可不管怎么说,波儿会讲故事,这一点特别对我的路子,我就是因为这个才喜欢上她的。

波儿知道我的秘密,要不是担心搞文艺会被饿死,我不会考公务员。我的理想是当一名作曲家,写出《歌剧魅影》那样伟大的剧目,最好能像安德鲁·洛伊德·韦伯一样,在写完剧本以后,弄个骑士头衔什么的,这样我就能震住涤非,不然他老是在我面前拿捏。可我还是固执地考了三年国碗,而且在考上之后,不愿意轻易丢掉来之不易的工作。

我向波儿解释,我没有韦伯那样的天分,十一岁时就能为自己的积木剧院写作品。

波儿一点也不欺负我,反过来安慰我,给我讲吉田健一的故事。吉田健一是二战后日本第一任首相吉田茂的儿子,这小子不愿意接受父亲的资助,最终沦落为乞丐。有一次,他在《文艺春秋》出版社门前乞讨,《文艺春秋》的主编于心不忍,介绍他给杂志社写稿子,他摇头,说我的经验还不够。波儿的意思是,我有可能是吉田健一的命,得吃点儿苦头,只要不放弃,晚年好歹也能弄个学者当当。

波儿相信一个人有两条命,一条别人能看到,一条别人看不到,只有自己知道。她说她在墨大读书的时候,喜欢午后坐在南草坪上晒太阳,那个时候,她能清晰地看到自己的命。她还告诉我,她住的那套留学生公寓,门前有一条大叶桉树覆盖的街道,街对面的点心店里卖一种姜黄粗麦饼,非常有名,有在附近歌剧院和画廊上班的美女来点心店叫咖啡,她们大多穿着鲜艳的短裙,麦色皮肤,身材迷人,有些冷冷的架子,不是蓝衣男士能够接近的。

涤非不认识波儿的时候,有一次好奇地问我,波儿是什么样的人?

我想了想,回答涤非,她是该拿雪白缎子裹着的人儿。

小广场那边出了点儿事。是波儿的表哥,他和涤非吵起来了。我撇下小树家庞大的女眷团,快步朝小广场那边走去。

整个婚礼过程中,波儿的表哥形单影只,新人倒香槟酒程序还没结束,他就不耐烦地离开现场,一个人坐到湖边去无聊地冲湖里吐唾沫。这会儿工夫,他和涤非吵了起来。

"你说什么?再说一遍。"

"我说什么?"

"他说什么?"我过去了。

"你让他自己说。"涤非大理石般精巧的嘴唇哆嗦着。

"我说你人长得漂亮,像女孩儿。我说你们两对完全暗合了一场婚礼的主题,我说错了吗?"表哥冷笑,一副洞悉大盘走势,不屑和散户争执的架势。他真是无赖。

"你是这么说的吗?你说不如四个人组成一家,费什么劲儿。"涤非脸色苍白,像一张透明的美工纸,"你算什么,三观正直的道德犯,还是主白昼神?"

"×,找死啊?"表哥愤怒,作势要打涤非。涤非抄起一旁的凳子。

我立刻明白是怎么回事,但我不希望事态闹大,我一把拉住涤非,把他手里的凳子卸掉,回头看表哥一眼。我猜要不是他人长得太瘦,我会在他那张冷冷的脸上猛揍一拳。

亲友团过来了,栾涤非的父母打头,小树家的女眷团簇拥在后,然后是我妈和我舅。

波儿推开人们冲到我和她表哥面前。

"你干什么!"她斥责表哥。

"×,没见过这样的!"表哥涨红脸,冲地上啐一口唾沫。不过他没有再往下说。

"请离开这儿,别找麻烦。"我说。

"凭什么!"他说。

我把波儿揽到身后,让她离她表哥远一点儿,然后回到表哥身边,众目睽睽下拽住他瘦骨嶙峋的胳膊,不由分说把他带到一旁的玉兰树下,盯着他的眼睛,尽量克制着压低声音。

"你的意思,你没有过上你想过的日子,我们就不配过自己想过的生活,对吧?"我回头看了看。家人们在远处议论着,朝我们这边看。我回头继续说,"扁贝也是贝,藤壶也有权活着,这些简单的常识你知道,用不着我教你。"

"哼。"他说。

"别'哼',困扰你的不是我们怎么了,是你没有胆子往下走,我没说错吧?等这儿的事情弄完,我约你,我俩单独讨论,现在你最好躲到一边儿去收拾你的牛市,别在这儿胡来。"

我撇下表哥走回人群当中,把波儿劝离小广场,让乐队的彩发男孩们把涤非带走,再笑着劝亲友团回到冷餐台前去。至于表哥,他还站在玉兰树下。他肯定看出来了,我不光是他猥亵念头里那个同体婚姻中的占便宜者,还是一座潜伏在香槟酒杯子里的火山,如果发作起来,他没法招架。他悻悻地看了我一眼,没趣地离开了。

小广场上就剩下我,我捏紧拳头,人有点儿发抖。我清楚事情是怎么回事儿,表哥是一个"同妻"制造者,他"妻子"不堪婚骗和多年的家暴,烧炭自杀了,波儿的父母知道外甥的事,也知道波儿她爱的是谁,他们不关心这个家族的这两个秘密,只关心自己的婚姻解体后被稀释掉的财富,或者迦毗罗卫国的王子乔达摩·悉达多和他创造的教义,也许是他们无意间把女儿的秘密泄露给了外甥。

安顿好客人之后,我去了音控台。涤非在那儿,三个彩发男孩不知所措围在他身边。

我看涤非。他怨怼地看着我,不说话。表哥的话没错，涤非人长得漂亮，要是把他丢进女孩堆中，他会是最抢眼的那一个。我眼前浮现起那个刚刚脱下中学生校服，羞涩而充满青春苦恼的十八岁大一生，在整个"中大"生活的头一学年，他躲在我宿舍背后，用一把单音口琴吹奏《Stay》："我在这里，为你留在这里。"如今，他已是万众瞩目的唱片骑士了，但他仍然躲在南方潮湿的植被后面，即使在无数粉丝的尖叫声中，也不肯脱下连衣帽，露出他那张精巧到令人心碎的尤物般的脸。

我从涤非的眼睛上移开目光，回过头去看。我看见挂着彩虹的棕榈树下，涤非的爸爸在和小树的四姨热烈谈论着。我听见他们在谈夫妻间感情出轨的问题，那属于道德范畴。他老婆微笑着跟在他身后一言不发。

我离开音控台，走到一边儿去，给自己倒了一杯矿泉水。

我不主张出轨，就跟我不主张制造"同妻"一样。认识波儿以后，她嘲笑我没有轨可出，如同我热爱戏剧，却不敢辞掉公职，我在爱情上只能守住一个，一个伴侣就能让我走进坟墓。她的话有一定道理，但也未必。我不确定往后的路有多长，自己是否能守到最后。那些进入商场的人们，他们走进商场的目的，不见得是要买一件大家伙，很可能他们只是看一看，甚至连这个打算都没有。人们只是感到孤独，借他人的热流驱散恐惧，这个他人也许成千上万，也许就一个。

天在暗下来,天鹅湖那一头,几只被城市扬尘弄脏了羽毛的白鹭正在滑翔归巢。我、涤非、波儿和小树,我们像四个城市故事里的伏笔,在来宾中面无表情地游走,在婚礼接近尾声的时候,期望邂逅一名生物系教授,这样在大家散去之后,我们有很多事情可以讨论。

我清楚,这只是我个人的设想,别人可能不那样认为,正如我们举办婚礼的这个地方,它叫天鹅堡,是深圳最美丽的地方,但谁都知道,这只是一个假象——婚礼是假的,伴侣是假的,我们的身份也是假的。可这有什么,我们一直生活在假象当中,就连一湖之隔的"世界之窗",它也是假的。有谁在去过那个用装置材料堆砌起来的游乐场之后,就认定自己周游过世界了?

我猜没有。

我看见波儿独自站在湖畔栈桥边,她一个人,怕冷似的环住自己。我向她走去,站到她身边。她深深叹了一口气,好像已经准备好了,要把自己变成另外一种生命,但我知道那样办不到。

"如果这个时候来一场雨,我想让雨赢。"波儿不看我,看着湖那头的"世界之窗",表情认真地说。

我同意,但我没有说话。我和她一起看湖的那一边。

"我想尖叫。"她说,"哪怕一声也好。"

我收回目光,回头看她。她也回过头看我,眸子在夕阳下暗淡了一下。我伸出胳膊,揽住她的腰,将她拔地而起,用力抛向空中。她的短发因为气浪压迫贴在脸上,然后被风急速地撩向一边。她尖叫着大笑,裙裾飘过栅栏,落下来时盖了我满幅。

客人们朝这边看,不明白发生了什么。波儿扶住我的肩膀,两只手在颤抖。她压低声音哧哧地笑,喘着气央求再来一次。我照办了,再度将她抛向空中。这一次她叫得更凶,湖里有两只天鹅快速朝湾角丛林那边划去。我看见小树朝这边转过头来,嘴角露出生气的表情。涤非站在她身后,显得无所适从,如果我没有猜错,他眼里闪烁的不是刚刚亮起的户外路灯,而是一星泪花。

我想够了。

我想,他不应该这样。他俩都不该这样。今天这个场合不同,我们在华侨城的天鹅堡结婚,我和栾涤非、胡波儿和宋小树,我们一起结,我们不知道什么时候爱上的对方,只知道从一开始我们就在一起,从一生下来就注定了,这一生只能是对方,只要遇上了,就没法分开。

我还想,没有人要颠覆这个世界,没有人想要其他人过不好,到底大家在拼一个坎,想拼过去,我们不过是想挣扎一下。

我决定带着波儿离开,回到家人当中,回到我们各自的同伴面前。我伸出胳膊,重新揽住波儿的腰。她的腰很柔软,但我知道,和涤非小树一样,她有多脆弱,

就有多坚强。我揽住她,我们微笑着,静静地走过湖畔栈道,心里响起那首让人心碎的歌:

我在这里,为你留在这里。

我们在这里,我们会一直在一起,守住我们的初始之心。

无论人们说什么,我们都在这里,在一起。

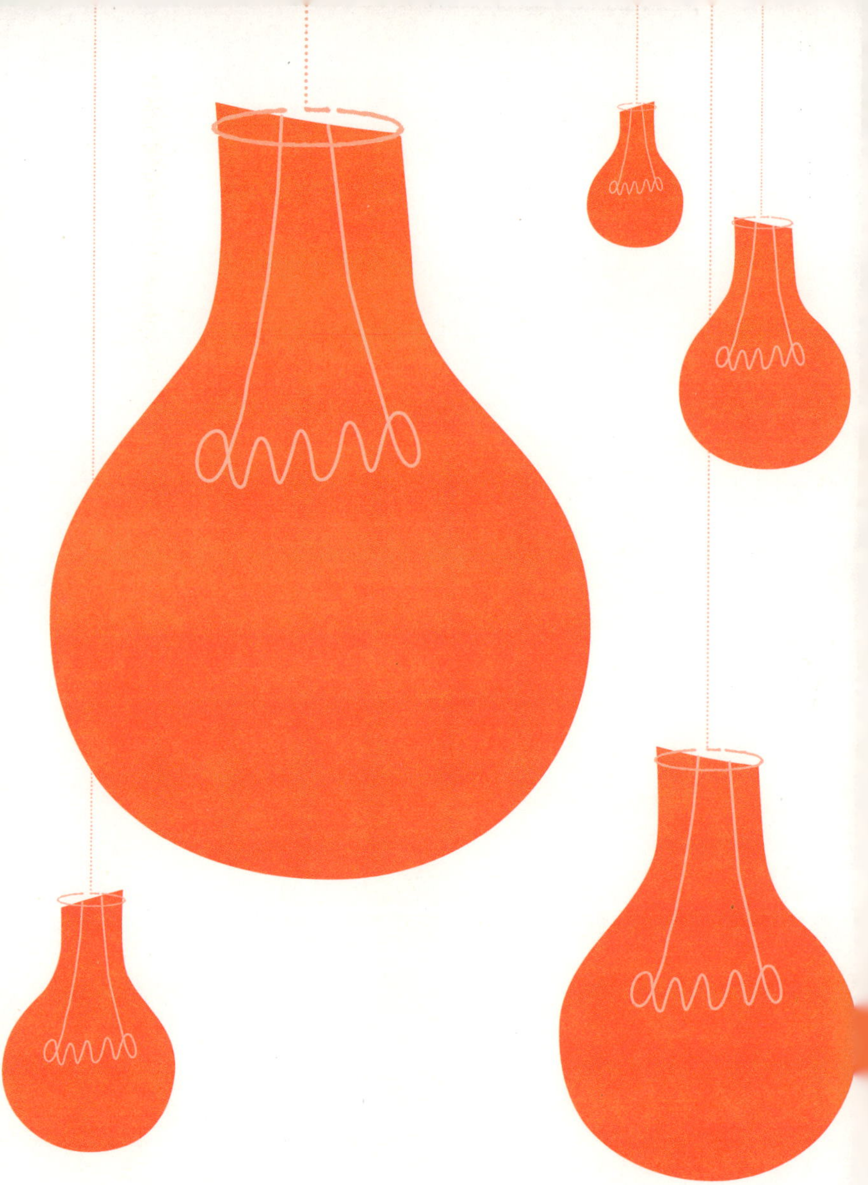